2017年度
公安文学精选
（纪实文学卷）

剿赌马尼拉

全国公安文联 ◎ 选编

代表本年度中国公安文学最高创作水平
一年一度的中国公安文学盛宴

群众出版社·北京

图书在版编目（CIP）数据

剿赌马尼拉／全国公安文联编．—北京：群众出版社，2018.12
（2017年度公安文学精选．纪实文学卷）
ISBN 978-7-5014-5899-8

Ⅰ.①剿… Ⅱ.①全… Ⅲ.①纪实文学—作品集—中国—当代 Ⅳ.I25

中国版本图书馆CIP数据核字（2018）第278221号

剿赌马尼拉

全国公安文联　选编

出版发行：群众出版社
地　　址：北京市丰台区方庄芳星园三区15号楼
邮政编码：100078
经　　销：新华书店
印　　刷：三河市荣展印务有限公司

版　　次：2019年3月第1版
印　　次：2019年3月第1次
印　　张：9
开　　本：880毫米×1230毫米　1/32
字　　数：259千字

书　　号：ISBN 978-7-5014-5899-8
定　　价：38.00元

网　　址：www.qzcbs.com
电子邮箱：qzcbs@sohu.com

营销中心电话：010-83903254
读者服务部电话（门市）：010-83903257
警官读者俱乐部电话（网购、邮购）：010-83903253
文艺分社电话：010-83903973

本社图书出现印装质量问题，由本社负责退换
版权所有　侵权必究

出版说明

为深入贯彻党的十九大精神和习近平总书记在文艺工作座谈会上的讲话等系列重要讲话精神，积极落实公安部关于推动公安文化大发展大繁荣的实施方案中提出的"推出更多公安题材优秀文化作品，出版年度公安文学精选"的要求，进一步加强公安队伍思想文化建设，服务公安现实斗争，着力打造公安文化品牌，推出公安文学精品，发现和扶持公安文学创作人才，满足新时期公安民警对公安文化的新期待、新需求，同时更好地满足广大读者对优秀公安文学作品的阅读需求，全国公安文联和中国人民公安出版社决定继续选编、出版"2017年度公安文学精选"。

由全国公安文联选编的"年度公安文

学精选"迄今为止已出版了二十三卷，即"2011 年度公安文学精选"共三卷，含中篇小说卷《特殊任务》、短篇小说卷《结案风波》、纪实文学卷《追捕始于新婚之夜》；"2012 年度公安文学精选"共四卷，含中篇小说卷《归案》、短篇小说卷《编外神探》、纪实文学卷《亮剑湄公河》、散文诗歌卷《我的贺年卡》；"2013 年度公安文学精选"共三卷，含中篇小说卷《命运之魅》、短篇小说卷《沙堡》、纪实文学卷《追捕深海"掠食者"》；"2014 年度公安文学精选"共四卷，含中篇小说卷《派出所长》、短篇小说卷《无处可逃》、纪实文学卷《"猎狐"行动》、散文诗歌卷《心中有座百草园》；"2015 年度公安文学精选"共五卷，含中篇小说卷《风住尘香》、短篇小说卷《神算》、纪实文学卷《刑警"803"》、散文诗歌卷《秘密》、网络文学卷《背后有眼》；"2016 年度公安文学精选"共四卷，含中篇小说卷《绑架》、短篇小说卷《罪案病理》、纪实文学卷《铁笼沉湖》、散文诗歌卷《我的警察兄弟》。以上作品出版后，受到了广大读者，特别是全国各级公安机关民警的欢迎和喜爱。

"2017 年度公安文学精选"的入选作品，均为发表后受到读者广泛好评并产生较好社会效益的优秀公安文学作品，代表 2017 年度中国公安文学在中篇小说、短篇小说、纪实文学、散文、诗歌体裁中的最高创作水平，在思想性和艺术性方面具有突出特色，是奉献给广大关心和热爱公安文学的读者的精神大餐。

"2017 年度公安文学精选"共出版四卷，即中篇小说卷、短篇小说卷、纪实文学卷、散文诗歌卷。

这是中国公安文坛第七次举办全国性"年度公安文学精选"的征集选编活动。该活动由中国公安文学精选网协办。

"年度公安文学精选"编委会办公室
2018 年 8 月 10 日

目 录

剿赌马尼拉／冯　锐 ………………………………………… 1

舌尖护法／胡　杰 …………………………………………… 37

危机干预／欧阳伟 …………………………………………… 75

北极，北极／杨　玺 ………………………………………… 103

那些人，那些事
　　——"长征路上的坚守"采风笔记／韩　媛 …………… 127

归流河上的星光／贾文成 …………………………………… 142

李德强"养羊"记／王宗伦 ………………………………… 156

一树怪柳自迎风
　　——对奈曼旗原公安局局长邵兵的采访手记／孙丽萌 … 165

忠诚的誓言／张　望 ………………………………………… 202

蓝色刀锋
　　——上海市公安局经济犯罪侦查总队一支队的
　　　　故事／林　楣 ……………………………………… 217

天柱盲警／陈　晨 …………………………………………… 259

剿赌马尼拉[1]

冯 锐

这是一台架在中国人头上的"抽水机"——数万亿元资金流在这台"抽水机"里昼夜流转,源源不断从中国流入境外赌博集团囊中。名不见经传的黑龙江省农垦警察长途奔袭马尼拉,与凶险狡诈的赌博集团展开你死我活的较量……

马尼拉很危险

元月的菲律宾依然保持着三十摄氏度以上的气温。来自黑龙江省公安机关的五名中国警察第

---

[1] 文中涉案人员均为化名。

一次踏上菲律宾的土地，其中两人来自黑龙江省公安厅，三人来自黑龙江省垦区公安局。

马尼拉市中心，三座大厦高耸入云，里边密布的各类赌博公司有一个鲜明的特点——他们的业务只针对中国大陆。

云端中的三座大厦即使在夜间也是灯火通明，中国警察老徐、大石、小程仰着脑袋，不由自主张开嘴巴、瞪大眼睛。一条曲曲弯弯的云柱从三座大厦顶部伸向夜空，这使得他们三位联想到抽水机——一台架在中国人头上的"人民币抽水机"。

"马尼拉很危险，不要进入贫民窟，尤其是在夜间……"领事馆工作人员不厌其烦地叮嘱他们。

马尼拉的确是一个很特殊的城市，这个城市只有云端之上的东西值得一看，而在地面四顾，却是贫民窟密布，比如这三座大厦的背后。看了这样的景象，几位来自中国的警察马上判断出，这里的社会治安一定隐患密布。

混乱的贫民窟最能代表这片土地上的无序与贪婪。马尼拉街头劫匪的作案对象往往是中国人和韩国人，他们知道这两个国家的人经常随身携带大量现金，打劫习惯于刷卡的欧美人或日本人难得有什么收获。这些劫匪竟然非常善于区分中国人、韩国人或日本人的特征。

就在老徐、大石、小程抬头仰望的时候，不知从哪里蹿出来的劫匪抢了大石的手包飞奔而去。事发突然，但他们处变不惊。大石和小程迅速追上劫匪，大石一把夺回手包，在劫匪掏出手枪的一刹那，小程则用力一扭对方的手腕，随后跟上的老徐一脚将掉在地上的手枪踢出老远。三个警察配合默契，动作一气呵成，没有丝毫拖泥带水，就好像事先演练了无数遍似的。

不过，这样的亲身体验也让他们意识到，马尼拉真的很危险。在这个风光旖旎的群岛国家，几位来自黑龙江的中国警察感受到的，除了凶险，没有其他。身在异国他乡的中国警察能否顺利完成任务，还是一个未知数。他们此行的目的，是要找到七名涉嫌网络赌博的嫌疑人。

中国警察在马尼拉街头惊心动魄的时候，乌齐、曾祥和郭博等人正享受着他们的快活。他们的国籍都是中国，曲曲弯弯的人生路，使他们成了跨国网络赌博公司的高级白领。

虽然是赌博公司高管，其中乌齐已是公司的财务总监，但他们和当前很多人一样，都是地道的手机控。出于职业需要，他们自然希望手机通讯录中的好友名单越长越好。但他们并不知道，他们的微信和QQ好友名单里，多了几位来自黑龙江的农垦警察。当然，这些农垦警察用的都是美女头像。

乌齐、曾祥、郭博等人都是贼心满满的人，也是色心无度的人，他们喜欢和陌生美女聊天儿，也喜欢和她们发生各种各样的故事。周末不忙的时候，乌齐等人的手下会从国内重金定制美女来到马尼拉，消费过后再送对方回国。为什么甘愿花费这样的代价呢？因为钱对他们来讲不是问题，但菲律宾女孩儿的相貌与风情却是个大问题。所以，才会有他们重金买春的荒唐。

在菲律宾的日子，透过自己别墅的窗户，乌齐似乎看到家乡那片辽阔的草原，看到那里的羊群和马群。菲律宾这片土地上生长着形态各异的植物，乌齐苦心奋斗换来的这幢别墅被绿色包围着，他已经把妻儿父母全部接来。可乌齐依旧想念那片草原，只是，他永远也不想回去。

乌齐的家乡在内蒙古。他家的那个村子，在一条名叫霸河的大河旁。霸河河水滚滚流淌，乌齐却不是那里的霸王，他在那里活得一直憋屈，从在那里出生，直到最后离开，一直憋屈。这种憋闷也说不出具体缘由，直到有一天乌齐在网络赌博世界里独霸一方时，他的那种憋闷才在一夜之间消失了。

赌博公司老板是个英国人，每次老板接见，都坐在大厅里很深的地方，而且总是逆光状态，乌齐从没看清他到底长得什么模样。老板制定了一套完整的制度，这套制度驾驭着公司里的每一个人，同时也分配给每一个人丰厚的薪水报酬。

老板虽然是英国人，但乌齐负责管理的赌博网站最大的受益者却是菲律宾方面,不过,乌齐从不思考英国老板和这个国家的关系,做好自己的事就是了。乌齐一路攀爬,直至升为财务总监,这时候,金钱对于他来说已经成为了一个数字。虽然不会像英国老板那样乘坐私人飞机飞来飞去,但乌齐的生活也是富豪级别。像他的老板一样,在这个体系里,乌齐也驾驭了很多人,比如曾祥、郭博,还有许多支付公司、地下钱庄……

2015年夏天,乌齐的父亲回了趟内蒙古,这是草原最美的季节。他总会在这样的季节回去,每天躺在霸河边的草原上大醉不醒。

"乌齐没和你一起回来?"沉醉中,乌齐的父亲被来自黑龙江的警察叫醒。

老头儿对此极不高兴。他当然不会提供与儿子有关的任何信息,对警察的态度更是非常蛮横:"你们都出去,有事儿找我儿子去问。"

黑龙江警察风尘仆仆赶来,却没有任何收获。为了侦破这一系列网络赌博案件,他们的足迹踏遍全国二百多个市县,不顺利的事儿和满脸灰的事儿,他们遇到得太多了。他们心平气和地告诉老头儿:"乌齐不可能躲一辈子,但我们警方会惦记他一辈子。别以为他在菲律宾我们就拿他没办法了,只要他还没归案,就要一直提心吊胆过日子。"

草原的阳光照在老头儿脸上。老头儿有些忧郁,但语气依然自信:"吹牛吧你们……"

乌齐与警方的博弈早已开始,双方都非常清楚,到底是谁能耐大,早晚会有定论。

"来了,就让他们有来无回!"曾祥说这话的时候,透出一股霸气。

乌齐很认可他的想法,马尼拉这地方,无缘无故死个人很正常,根本没人去破案。为了迟早要面对的那场较量,乌齐准备了专项资金，同时安排曾祥和马尼拉黑帮取得联系。这是一个危险的游戏，他们绝对不能输。

英国老板外表很随和，那是因为乌齐是一部运转良好的赚钱机器。乌齐心里清楚，一旦老板感觉他是多余的，一旦老板意识到他会给自己带来危险，马上就会像扔垃圾一样把他们几个甩掉，甚至毫不留情地把他们的尸体扔到大街上，因为乌齐和曾祥等人掌握了跨国赌博集团太多的秘密，如运转流程、后台软件、人员布局状况，老板不会把他们留给中国警察。

乌齐更加清楚，国内警方一定会派人来菲律宾，不找到他们不会罢休，而且会注销他们的护照，令他们成为非法滞留人员，接下来等着他们的，就是被移民局遣返。

如何不被遣返？答案只有一个字——钱。

当然，最安全的办法还是乖乖地跟国内警察回去，因网络赌博被判刑，一般不会太重；可一旦回国，滚滚的钞票此生就永远和自己绝缘了，乌齐不甘心。乌齐不想回到霸王河边，像一只小虫子那样生活。所以，乌齐要奋力一搏。

能保护自己的，只有老板。要得到英国老板的保护，首先要让老板看到自己的价值和决心。乌齐带着真挚的感情，用流利的英文和老板说明了情况，英国老板鼓励他："我会做你的坚强后盾。"

这意味着，即使自己被菲律宾警察抓了去，英国老板也会大把花钱让他获得自由。英国老板非常自信，菲律宾这个地方，几乎没有金钱办不到的事情。他已经感受到了乌齐的忠心耿耿，这对他来说就足够了。他甚至都没把这事放在心上，依旧乘坐私人飞机飞来飞去，该干什么还干什么。

马尼拉很危险，尤其是在乌齐作出某个决定的时刻。那些正在寻找他的中国警察们，那些已经身在马尼拉的中国警察们，他们所面临的潜在危险开始成倍增长。小程、大石、老徐等人对此全然不知，毕竟是有生以来第一次出国办案，虽然压力不小，但他们的紧张感很容易被满眼的异国情调转移。尽管马尼拉点缀式的繁华外表下更多的是无度的混乱，但这些在大家眼中都可以归为还算是比较新鲜的异域风情。此刻，他们对困难估计有余，对危险倒是没有考虑太多。

目前几位中国警察要做的事情，首先是获得乌齐等人的 IP，这要通过菲律宾警方才行，他们不帮忙是不好办的。菲律宾警方负责网络的官员对中国警察很客气，但客气的背后是明显的犹豫。对方边说话边抽着香烟，吞云吐雾，语言表达也是云山雾罩。最后对方提出了交换条件："落实一个 IP 三万比索。"

老徐、大石、小程一阵嘀咕，想了又想，给了对方九万比索："先查三个，试一下。"

之所以先查三个，是担心其中有诈，投石问路试试看。可许多天过去了，一点儿消息都没有。这回三个人郁闷了，和菲律宾移民局官员交流时，他们表达了自己的困惑。

提及本国警方，移民局官员气不打一处来："他们永远不会给你们 IP，不信走着瞧。"

"为什么呢？"

"我们和警察局那边很不对付。他们抓到非法移民罚款完毕就放了，而我们移民局是要遣送的。"随后，移民局官员又讲了一个技术性问题，"按照菲律宾法律，IP 查询必须司法部下命令才可以，他们就是骗你们钱呢。这些渣滓……"

警察腐败的话题让移民局官员越说越气愤，语速越来越快，翻译有点儿跟不上了，他表情尴尬地对几个中国警察说："等等，等等啊，我想一个恰当的中文词汇……他的意思是，哦……你们被忽悠了。"

老徐、大石、小程都很恼火，对照和菲律宾警方打交道的前前后后，眼前这位移民局官员的话基本靠谱儿——

每天晚饭时间，菲律宾警方的戴维·李会准时来和他们碰头，互相交流一些情况。戴维·李是警察局专门负责和中国警方联系的人员。初次见面时，戴维·李显得阳光而热情，大家对他印象不错。虽然他的眼神总有些飘忽，但毕竟是异国他乡遇同行，信任还是第一位的。

戴维·李每天都会向中国警察提供一些信息，但一涉及具体工作，总是说要等一等。后来的事实证明，他提供的那些信息，没一个是有用的。他把中国警察当成了免费饭票，每天吃中国警察一顿饭，才是他的真正目的。

来自黑龙江的五名中国警察失望至极，敢情在马尼拉待了这么些日子，全浪费了。还这样继续等下去吗？显然不行。那么，就只有自己想办法了。

他们开始认真研究乌齐、曾祥、郭博等人的微博、微信和QQ，希望通过他们发布的照片确定他们所在的具体位置。

马尼拉这座城市很少有街牌、门牌，那些照片大多找不到参照物。研究了很久，大家在曾祥朋友圈的照片中发现了一个干洗店。照片下面，是曾祥的一顿抱怨。曾祥对马尼拉全是抱怨，比如街道布局完全没有章法，比如当地人的英语比"洋泾浜英语"还难听，当然，最头疼的是饮食……

有了这个干洗店，五名中国警察分作三组，开始了为期一周的艰难寻找。每天都是一早出发，晚上八点以后才返回。

第六天，小程起床后吃了一大碗面条、一份火腿煎蛋，喝了一大杯芒果汁。因为午饭和晚饭不定什么时候才有着落，所以他早晨吃得特别多。

小程会一点儿英语，尽管是半吊子，勉强还能和当地人进行一些简单交流。但是，有关那个干洗店的信息，还是没有任何进展。下午两点，小程累了，一直呜哩哇啦的，把嗓子也弄哑了。另外两个组的情况也是一样。

正情绪低落的时候，他在街口看到了一辆警车，警车里有一男一女。

"我是中国人，我有些东西放在一个干洗店洗了，可现在我找不到这个干洗店了。"小程哑着嗓子，又是一顿呜哩哇啦。他没说自己是中国警察，说了反而不好。

小程很着急,他担心自己蹩脚的英语对方听不懂。好在没有白折腾,对方听懂了,还用英文告诉他,让他上警车。小程坐到了外国同行身边,他们却不知道他是同行。两个警察还用对讲机到处询问,小程很感动。但对方仅仅是领着他转了一圈,而后说:"我们也没有办法。"

刚才还在感动的小程感觉不对头,立即给了两个警察每人两千比索,相当于人民币两百六七十元。两个警察点完钱(当街点钱!),像打了鸡血,拉着小程转了三个小时,一直转到晚上五六点钟,依然没有结果。

小程知道,这次警察也是尽力了。但这个结果表明,想通过干洗店这条线索找到乌齐等人,怕是没希望了。

晚上八点,各组在那三座大厦下面碰头,五名中国警察的情绪低落到极点。怎么办?没办法。绝望之中,大家忘记了那句忠告:马尼拉很危险,尤其是晚上……

已经找了六天了,他们打算今晚继续找,不找到决不罢休!完全是赌气似的一时冲动,没想到,来自黑龙江省公安厅的小谷和小秦在当夜创造了奇迹,他们不但找到了那家干洗店,还在附近一个居民区巧遇曾祥的女友。

遣返风波

找到这个女人,比找到 IP 地址还重要。

这个居民区有四个出口,五名中国警察分兵把守。第三天,女孩儿从一个楼道口出来了,小程一路跟踪,步行七八分钟,来到赌博公司所在的那座大厦。第一天,小程没进去,因为进门需要胸卡和工作证。第二天,精明的小程想办法躲过了保安的盘查,顺利跟着女孩儿来到了二十楼,正是一家赌博公司。

按说,女孩儿既然来到这里,总会和男友曾祥或者一号嫌犯乌齐见面吧。

小程在二十楼到处溜达,表情从容。遇到巡逻的保安,他就躲进卫生间。小程在等待，等待一号嫌犯乌齐和二号嫌犯曾祥的出现。

两天过去了，乌齐和曾祥不见踪影。其实，即使发现了他们也没用。中国警察在菲律宾没有执法权，不能抓人。但如果发现了乌齐和曾祥的踪迹，可以要求菲律宾移民局对其进行遣返，因为乌齐等人的护照已经被注销了。几个中国警察目前的任务，就是为移民局提供准确的信息。否则，在这个贿赂横行的国度里，乌齐等人的遣返会是个大麻烦。

对那个女孩儿的跟踪并没有发现乌齐和曾祥的踪迹，不过，小程却从女孩儿和别人的闲聊中捕捉到一个信息：乌齐的小舅子要到马尼拉。

中国警察约了菲律宾警察到机场堵截，大家分析，乌齐可能会来接机。

马尼拉天天堵车，为了方便跟踪，菲律宾警方派出了六辆摩托，每辆摩托两个人。不过，这六辆摩托没有直接去机场，半路在加油站停下了，他们对中国警察说："加油，一辆车一千比索。"

一辆摩托车加油没多少钱，按照国内油价，大约三十元人民币，而菲律宾油价更低。可对方却是狮子大开口，一千比索合人民币一百三十多元，六辆摩托，就是六千比索。对此，小程装聋作哑，只当没听懂，六辆摩托车加油完毕，小程独自去前台交费，只花了一千多比索就搞定了。

车队继续上路，还没到机场的时候，菲律宾警方的领队又提出要求："我们还没吃饭呢……"

除了要好处就是吃饭，菲律宾警察在这个星球上也算是奇葩了。这顿饭又花了好几千比索。几名中国警察也没吃饭，但此时他们一口都吃不下去，眼看着菲律宾同行表情陶醉地享受着一只大号螃蟹，他们心里只有两个字：服气。

让中国警察稍稍安慰的是，还好没人喝酒，否则更耽误事儿。

晚上七点多，乌齐的妻子出现了，乌齐本人没有出现。眼见乌齐的妻子和妻弟都上车了，六辆摩托车发动引擎，准备跟踪。

马尼拉机场有两个出口，车牌号码都告诉了菲律宾警方。当乌齐的妻子乘坐的车辆从一个出口驶出时，三辆摩托车立即跟上。从机场到市区，一路堵车堵得像长龙一样，摩托车跟踪汽车，应该是小事儿一桩。可让人万万没想到的是，即使这样一个简单的跟踪任务也失败了。对讲机里很快传来消息：两公里左右，就跟丢了……

几天后，中国警察还是靠着自己的努力找到了乌齐的别墅。后又几经周折，移民局将一号嫌犯乌齐扣留。

乌齐被扣留的过程，显得波澜不惊。乌齐对此倒也不怎么紧张，他知道，这是自己必须经过的一个环节，对于最终的结局，他很自信。

中国警察不能在菲律宾执法办案或开展侦查活动，只能以涉嫌网络赌博在国内注销乌齐等人的护照，这样，身处菲律宾的乌齐等人就成了非法居留，经过菲方的调查，由移民局将其遣返。

乌齐这边开始发力了。乌齐事先已经将一大笔资金交给英国老板和他的团队，英国老板当然也很大方："不要紧，不够了我会给你出的。"

果然，遣返乌齐事宜变得扑朔迷离……

至于曾祥，则干脆躲了起来，根本不露面。他不希望跟移民局有任何瓜葛，他早就想好了，这辈子不一定非得需要一个合法身份，有钱比什么都重要。况且，在菲律宾这种地方，只要有钱，还用担心没身份吗？

黑龙江垦区公安局吊销了乌齐的护照，以乌齐非法入境、非法滞留为由，要求菲移民局将其遣返。而根据菲律宾相关法律，移民局进行遣返前应确认乌齐在菲律宾有无违法犯罪行为，这需要菲律宾国家调查局和高等法院出具相关证明。如有，则需先在菲律宾承担相应的刑事责任甚至服满刑期，然后才能遣返本国。

由于先期已经和律师沟通，乌齐对局势的进展充满信心。看守所里的乌齐，当然享受着最好的待遇，和外界的联系也畅通无阻。看守们早已被买通，除了不能把他放出去，其他要求，一概满足。

乌齐委托律师做了大量工作，企图以自己在菲律宾有犯罪前科为由，阻挠移民局对其进行遣返，如乌齐被其妻子起诉有家庭暴力行为，被他人起诉涉嫌诈骗、拐卖人口等，前前后后在菲律宾各地方法院以各种罪名被起诉了六次。

菲律宾法律规定，案件从起诉到上庭，至少需要四十八天时间。乌齐的目的，就是通过这些自设的莫须有的罪名，尽量拖延时间。垦区警察当然明白乌齐的盘算，在中国驻菲使馆、公安部驻菲警务联络官和当地华侨领袖的帮助下，他们逐一向菲律宾当局提供证据，戳穿了乌齐编造的种种谎言。

菲律宾移民局局长终于签署了遣返乌齐的遣返令。但由于乌齐花重金买通了移民局的两名副局长，他们没有在遣返令上签字，致使遣返令无效，并以中国警方没有充足的遣返证明为由，要求中国警方继续补充材料。随后，此案由菲律宾司法部接手调查。

菲律宾当局作出对乌齐不予遣返的决定后，看守所准备将乌齐释放。即将被释放的那一天，乌齐的心情多云转晴，一种骄傲感油然而生。一大早，乌齐把自己好好捯饬了一番，就好像他是什么大人物似的。

乌齐没想到，当他走出看守所的时候会遇到中国警察。

这是一个很无奈的场景，远在异国他乡，即使几位中国警察面对的是触犯中国法律的犯罪嫌疑人，在当时的情况下也无法给其戴上手铐。但是，大石、小程、老徐等人还是想做最后的努力，和乌齐面对面好好谈谈，希望他能够浪子回头。

可乌齐是不会领情的。刚走出看守所大门，突然看到中国警察向自己走来，他的第一个反应就是调头往回跑，重新跑进刚刚走出的那扇大门。看来，他是宁可失去自由，也不想面对国内警察。

看守所警卫和乌齐的关系很不一般，眼见乌齐跑回来，他们马上冲了出来。小程数了数，总共有十三人之多。他们把中国警察围在中间，指责他们所处区域不妥。

中国警方再次和菲律宾有关部门交涉，说明乌齐不宜被释放的理由。最终，菲律宾移民局取消了对乌齐的释放令。

与此同时，曾祥雇用的杀手也在向中国警察逼近。

小程等人住在滨海大道的一个旅馆里。三十多年前，这里是繁华的旧城区；现如今，各种设施已显得非常破旧。透过旅馆窗户，可以看到各种电缆电线在空中杂乱无章地交错着。

当几名杀手鬼头鬼脑地出现在混乱的电缆电线网格当中时，小程等人完全没有想到危险会来得这么突然。不过，好在这些马尼拉的杀手水平一般般，小程等人一顿折腾便将他们制伏了，随后给戴维·李打了电话。

戴维·李将那些人带走之后，小程几人又换了一家旅社。这家旅社里有个小院子，感觉很不错，入住当天就遇见合唱团在院子里练习，让几位中国警察恶劣的心情得到了一些缓解。唯一感到不便的是，这地方的被褥不太干净，蚊虫更多，晚上，所有人都被咬得睡不着。管服务员要蚊香，对方听不懂；比画着要苍蝇拍，对方也弄不明白。女服务员最终不耐烦了，无论提什么要求，干脆都是一个字：No（不）！

睡不着觉的中国警察们坐在三楼的平台上眺望夜景，旅社周边一览无遗。

"这个位置，还告诉戴维·李吗？"有人问。

"再告诉他一次，我们也要做好防范。如果还有人来找麻烦，那就说明戴维·李不是好东西。"

来自中国的警察们有很多事情要处理，不仅仅是对付一个乌齐，其他目标也要兼顾。

那个晚上，小程与曾祥遭遇的时候，曾祥恐惧得大喊大叫。这个花钱找杀手追杀中国警察的家伙，在自己面对中国警察的那一刻，却显得如此虚弱。他恐惧的是什么，小程当然清楚。不过，中国警察肯定不会以其人之道还治其人之身。

等曾祥的情绪平静下来，小程顺手帮他整理了一下因为挣扎弄得皱皱巴巴的上衣："转告乌齐，还有其他人，想来狠的，我们不怕。只不过，这样下去你们会把自己的路走绝了。组织网络赌博是什么罪名，谋杀警察是什么罪名，你们好好考虑清楚。这件事，我们就只当是没发生过，但你给我记住，别有下一次，听明白了吗！"

曾祥全身抖得像筛糠。小程希望经过这件事，能让他迷途知返，但最终，曾祥还是执意一条道走到黑。他真的不想回国，他不想再变回当初那个一无所有的穷光蛋。他只想躲在马尼拉过逍遥的日子，能多过一天是一天。

西方不亮东方亮，除了乌齐、曾祥、郭博依旧冥顽不化，小程等人对另外四人的劝返工作取得了突破性进展。他们都表示愿意戴罪立功，争取宽大处理。不仅如此，他们还提供了不少自己掌握的赌博公司的内幕犯罪证据。

围魏救赵，几经周旋，郭博被移民局扣押，很快顺利遣返。只有乌齐和曾祥，铁了心要对抗到底。

菲律宾是一个天灾人祸频发的国家。天灾包括经常性的台风和暴雨，所以，菲律宾人的心态是及时行乐。自然灾害不可预知，会让自己一夜之间一无所有。与其把钱存银行，还不如早点儿花掉。在自然灾害面前，什么都不可靠，何况还有无法控制的人祸呢，匪徒、反政府武装、恐怖袭击，诸如此类，谁知道灾祸什么时候落到自己头上？

曾祥派遣的那些杀手为了获得酬劳，继续疯狂追杀中国警察。也许在他们看来，赶紧办事拿钱，然后消费，才是人生真谛。小程等人的新落脚地很快进入杀手们的视线。不过这一次，中国警察已经有了准备，他们是故意把行踪暴露给戴维·李的。现在，他们彻底明白了戴维·李是个什么货色。当然，在异国他乡，他们不能和杀手们火并，惹不起躲得起，三十六计走为上。

这一次，几个人住进了安保措施严密的半岛酒店，进入酒店要进行安全检查，类似机场的那种。到底有没有效果不好说，但至少，杀手们不能在这里随心所欲，为所欲为。

入住半岛酒店当晚，一个华人社团宴请来自中国的警察。老徐职务最高,见过的世面也多,和华人社团的首脑人物许周翔聊得很投机。对于遣返乌齐回国一事,许周翔表示会全力帮忙,采取各种办法给菲律宾政府施压。

这可不是随口一说。许周翔是当地华人中的佼佼者,他领导的华人社团控制着菲律宾多个媒体,很快,这些媒体将在遣返风波中扮演重要角色。

这次会晤之后,菲律宾各大主流媒体纷纷报道乌齐行贿政府官员,企图对抗遣返。对于行贿的诸多细节,更是不吝笔墨。

马尼拉是一个舞台,也是一个擂台。这一边,是毒枭、卖淫团伙及跨国赌博犯罪集团;另一边,是尝试与之较量的各种力量。后来上台的菲律宾总统杜特尔特,几乎是采用革命手段对付毒品犯罪,足可以看出这片土地上的犯罪活动之猖獗。

毒品犯罪活动如此,跨国网络赌博犯罪在菲律宾这片土地上,也在时刻以惊人的速度膨胀,而且,此类犯罪活动最贪婪的触角,正伸向中国内地……

中国之大,哪部分警察能够接招?哪部分警察接招后又能够赢得主动权?哪部分警察最终能够来到马尼拉,站到那个看不见硝烟的网络无形的舞台上打擂台,与对手一决高低?接招的那一部分警察,又应该具有怎样的决心?怎样的意志力?怎样的技高一筹?

"索命筹码"

2014年2月,正值隆冬时节。黑龙江省牡丹江垦区寒气逼人。一个中年人走进当地公安机关。他是一个小生意人,他没有任何不良嗜好,一度朋友众多。如今,他周围大部分朋友都不见了,老友之间常有的各种真情聚会没有了,很多人沉溺于网络赌博不能自拔。偶尔见面,也没有了往日真诚的热情,朋友们的精气神没了,网络赌博把他们榨成了空洞的躯壳。这位中年人决定到公安机关反映情况,他觉得这个事情公安机关再不管管,祸害的不仅是他的那些朋友。

对于这样一个情况，牡丹江垦区公安没有任何敷衍，迅速开始了一系列认认真真的调查。这种认真的态度，成为了侦破这起案件的一个重要起点。

初步调查发现，辖区内冬闲时节的确有很多人参与一种名为"大发888"的网络赌博活动，该赌博活动涉及面广、参与人数遍及全国十多个省市，多数赌徒伴有吸毒行为。

刘恒是牡丹江垦区居民，原本他家有耕地，每年国家给的补助加上耕地外租，有几十万元的进账，日子过得不错。自从迷上"大发888"网络赌博活动，他的命运和他家庭的命运出现了拐点，家人尤其是孩子对他是敢怒不敢言。

赚来的钱陆续输光了，耕地转让了，最后，刘恒把家里的房子也卖掉了，一家五口无家可归。令警方纠结的是，刘恒周围也有很多像他这样的人，有的人输得抬不起头，干脆豁出去贷款参赌。为了弄到赌资，他们不择手段。刘恒甚至逼迫女儿卖淫赚钱……

牡丹江垦区四季分明，具有"东方夏威夷"之称的兴凯湖风光旖旎。静静地工作和生活在这里，原本是很惬意的一件事，但网络赌博却毁灭了一个个美满的家庭。他们输掉的钱财，竟然全部转移到了一个遥远的地方——菲律宾。

调查中发现，距离兴凯湖六百公里的省城哈尔滨，也有类似的情况。

宝和是哈尔滨一个知名的房地产商，他最初参与"大发888"网络赌博时，筹码都是很小的，并没有当回事。想不到的是，一个个小筹码，竟会在日后成为"索命筹码"。日复一日，宝和几乎输光了所有财产。他在网上提出用公司房产抵押，对方不仅同意，而且做得非常专业，以至于他想反悔都没有机会。

听起来不可思议，但这一切都是真的。一个小小的赌博网页，竟然具有毁灭性的力量。

"八百万，借我八百万，给我一次机会……"

但菲律宾那边没有给他任何机会。八百万，转瞬灰飞烟灭。宝和嗅到了死亡的气息，他决定一了百了。

一个深秋的傍晚，他登上一幢高楼的顶层，飞身而下……

偏远的兴凯湖闭塞落后，有人因为无知参与网络赌博输个倾家荡产，多少还有点儿网络赌博公司的精明人欺骗边远山村里老实人的意味，即使是精明的房地产商宝和的纵身一跃，也让人觉得多半是咎由自取。但是，作为北上广深知名杀毒软件公司的副总，竟然也落入网络赌博的圈套，就显得不可思议了。

与兴凯湖一带的宁静与惬意不同，北上广深的生活当然是快节奏的。何晶晶是一家知名软件公司的副总，年轻有为。高额年薪和步入高管层的结果是，她不必再像几年前拼搏奋斗时那样"白加黑""五加二"式地疲于奔命了。

何晶晶经常会在工作不忙的节骨眼儿发呆，她也弄不明白自己在想些什么，也许是明天、后天、半个月以后的规划，或者是去普吉岛或马尔代夫休个长假……那个时候，很多旅行对她来说是说走就走的。

说走就走的旅途很快中断了，因为何晶晶迷恋上了网络赌博。她不再幻想普吉岛的水下世界，也忘记了马尔代夫的热带风光。她不仅白天赌，晚上回到住处，依然是赌。开始时是为了好玩，后来是为了过瘾，再后来，她固执地认为，输了的，一定都会赢回来。转眼之间，三百多万元积蓄灰飞烟灭。

一个人好好静静，好好想想。何晶晶没有选择从高处纵身跃下，虽然她曾经给过自己这个选项。冷静下来后，她首先断了自己的赌瘾，彻底收手不干。再接下来，何晶晶选择忘记过去，一切重新再来，不为过去忧劳，不为过去思虑。她把全部精力重新集中在工作上，知耻而后勇。公司里的人竟然谁也没有看出何晶晶还有那样一段难挨的网络赌博经历。

农垦公安前来取证的时候，何晶晶全力配合，她真心希望更多的人认识网络赌博的危害，也真心希望从远方赶来的这些农垦警察能够在打击网络赌博犯罪方面有所突破。

"我曾经尝试对他们进行网络攻击，但那些网站显然都是国际一流软件设计师设计的，根本攻不进去……"何晶晶从技术角度给农垦警察讲解，为办案警察提供技术参考。

的确，国际一流软件设计师的制作水平绝对不是闹着玩的，防范系统固若金汤也在情理之中。打击"大发888"网络赌博活动，其他一些省市公安机关也都尝试过，最终都没能进行下去，而黑龙江农垦公安为何有这般勇气？

没有金刚钻，也揽瓷器活儿

黑龙江垦区前身即黑龙江生产建设兵团，位于中国最北部，是世界三大黑土地带之一，过去因寒冷荒芜而被称为"北大荒"。如今，昔日的"北大荒"已经发展成为中国耕地规模最大、现代化程度最高的国家重要商品粮基地和粮食战略安全后备基地。

黑龙江省垦区公安局始建于1980年，此前的黑龙江生产建设兵团公安保卫工作，经历了解放军代行和设立公安保卫处两个时期。1980年3月，黑龙江省政府正式批准成立垦区公安机构，纳入国家行政序列和公务员管理，业务隶属于黑龙江省公安厅直接领导。现下设九个农垦公安局，一百一十三个公安分局、派出所。

针对打击曾经猖獗一时的东盟网络赌博，习近平总书记曾经进行专门批示，侦破此类案件的重要意义不言而喻。初查过程中，牡丹江垦区警方紧紧盯住赌博网站涉案资金流，发现涉赌银行卡资金流转之巨令人咋舌：仅"天际亚洲"一个赌博公司的资金流水就达上千亿元，而某些"人头卡"——赌博公司用来收取参赌人员汇款的卡，卡上的流转资金少则几千万元，多则上亿元。

最初接触这个案件的时候，黑龙江省垦区公安局局长徐连斌心里是没底的，但眼见案件危害如此之大，尤其站在国家层面思考，此类案件直接危及国家货币安全。徐连斌在心底认真揣摩打击这类案件所必备的"方方面面的资源支撑"，其中有公安内部的，更有重要的外部因素。

虽然有其他省市公安机关侦办此类案件的前车之鉴和各种现实困难，徐连斌还是定下总基调：敢于应战、敢为人先，此案绝非我们"一局之案",必须站在保卫国家经济安全的高度,必须"举全局之力"!

说是"举全局之力",垦区公安当时却面临窘境。其时,原系宝泉岭垦区公安局局长的徐连斌刚刚出任黑龙江省垦区公安局党委书记、局长。垦区公安面临的真实困境是:科技信息化、网络安全建设起点低,缺人、缺钱、缺战斗力……

"不管这个单位有多难,不能灰心、不能嫌弃,总能找到突破点把它带好。"经过多个领导岗位锤炼的徐连斌坚定这样一种信念。

利用科技穿线,实施全警当网警战略,抓住有科技含量、有挑战性的大要案全力侦破振奋人心,强力拉动科技网安建设,这是垦区公安局党委选择的一个突破口。对于"大发888"网络赌博活动,徐连斌态度坚决,要以此案为突破口提升队伍的科技作战能力,提振精气神。

练十年兵不如打一场仗。接下来,垦区公安迎难而上,不仅获得公安部对此案的指定管辖权,并迅速攻克,成功侦破"3·22"系列跨国网络赌博案。垦区警察一步一个脚印,直到最后踏上马尼拉的土地,名不见经传的黑龙江垦区公安因此成为网络强警队列,进入人们的视野。

此案冻结、扣押赌博资金及各种财物折合人民币2.5亿元,抓获违法犯罪嫌疑人127名,全环节打掉了十余个赌博网站、支付平台和众多代理机构。值得一提的是,垦区公安网安工作经过一年时间的"在干中学,在学中建""边打边建",从全省末位迅速跃升为先进,黑龙江省政府报请国务院为专案组记集体一等功。

事实表明,垦区公安的"战斗力"和"执行力"已经生成。人还是这些人,民警还是这些民警,那么,这3500人的垦区公安队伍,是如何通过打击"大发888"网络赌博活动实现质变的呢?又是如何跨过一道道沟沟坎坎,最后出现在马尼拉的剿赌"擂台"上的呢?

小程原是一名基层的法制科民警。

其实小程不小，1975年出生的他算是个老警察了。早年在打黑除恶工作中，他表现出的政治意识和忠诚意识让人印象深刻，更重要的是，他办案的时候，总是有一股一往无前的气势，这种气势是来自骨子里的一种纯粹、一种忠诚。打击"大发888"网络赌博犯罪，要的就是这种气势。

参与案件侦办之前，小程在黑龙江省公安厅网络监察总队学习，回局后便出任垦区公安网络监察支队负责人。

第一次面对刘恒的时候，小程被深深震撼。刘恒输得实在太惨了，房子卖了，带着家人租住在小旅店，还逼着媳妇孩子卖淫。为了逃避现实，兜里有余钱的时候，他还要买点儿毒品，让自己进入幻境。

为了详细了解沉陷赌癖不能自拔的整个过程，小程把整盒香烟递给刘恒。刘恒一根接着一根地抽起来，烟雾中的他显得特别焦虑。小程劝他："戒了吧！"

"说起来容易，做起来难……谁陷进去，都很麻烦……"

"有那么好玩吗？"

"开始的时候，筹码很小，几毛钱一个筹码，但慢慢就陷进去了。我的钱，都是一毛一毛消失的。"

"几毛钱一个筹码？"

"是啊，所以特别迷惑人。"

"你恨这个赌博网站吗？"

"恨！但又摆脱不了，和吸毒一样。"

"希望我们打掉它吗？"

"当然希望，可有时候，又忍不住想去搏一把……很矛盾，是吧？"

沦陷的过程几乎大同小异，一个又一个刘恒，组成了庞大的网络赌博参与群体。

这个东西到底怎么整？受理案件之初，小程心中一直反复嘀咕。网络赌博案件，以前听说过，但从没有具体经办过。而真正让他傻眼的，却是在初查涉案银行卡之后。通过查检涉案银行卡交易的流水记录，小程发现仅其中一起案件涉及的银行卡就有七八万张。

那么，那些钱都转到哪儿去了？小程围绕地产商宝和开展调查，他调出了宝和在ATM机上操作的视频。这位开发商在最后输掉八百万元之前，在ATM机旁暴跳如雷地打电话："咱不是有房产吗？押上，把钱拿出来，我还得干。"

"怎么？不借？当初你从我这儿拿走两三百万的时候我眼睛都不眨，今天向你借五十万都不借？"

小程记得，他把这段录像拿给局领导看的时候，徐连斌局长连说："这事儿危害太大了！"

垦区公安的网安工作原本是落后的。一段时间小程频繁到省公安厅请教专家、请示领导，黑龙江省公安厅网络监察总队几乎天天开会研究这事儿。

有一种声音说：别打了，没法儿打。

又有一种声音说：人员资金的投入相当巨大，合算吗？

垦区公安局局长徐连斌是一个不服输的人，也是一位"不撞南墙不回头"的铁腕局长。早些年，无论是复杂的打黑除恶，还是解决疑难信访案件、清除队伍顽疾、"打老虎拍苍蝇"，一个又一个看似不可能完成的挑战，他都以顽强的意志和恰当的工作方法取得最后成功。尽管这次打击网络赌博犯罪与以往所有挑战都不相同，但网络不是法外之地，在虚拟的世界里徐连斌依然决定一试，即使"撞了南墙"也不会后悔。

垦区公安没有退缩：打，一定要打；同时，先期投入一百万元启动资金。

省厅一看垦区公安是真的有决心，于是表示坚定支持。省网安总队长孙耀武频繁深入垦区公安指导办案，三次集中动员讲话更是激励斗志。

当然，这一百万元的经费，对于打击网络赌博犯罪来说真是杯水车薪。九个工作组，总共一百六十人，这一百万元够干吗的？参与案件侦破的民警多少有些抱怨，但这抱怨没毛病，这点儿钱确实仅够撒芝麻盐的——闻着香。

磨刀不误砍柴工

打击跨国网络赌博犯罪，不但要有决心，更需要办案人员具有开阔的视野，对民警的培训异常重要。

黑龙江省垦区公安局经过多方游说，在农垦总局的大力支持下，组织一千名民警轮流在清华大学、华东政法大学、中国人民公安大学、中国刑警学院、江苏警官学院、哈尔滨工程大学等高等院校参加了十五期领导干部能力提升培训班和警种业务培训班，聘请名校教授和社会知名人士亲临授课，培训内容与时俱进，形成了"厚基础、拓视野、宽领域、强能力"的人才培养模式。

无论到哪里学习培训，参训民警禁止一切应酬。白天上课，晚上就是自习、讨论。管理经验丰富、执行纪律严格的领导干部担任培训班班长，做到业务技能学习和纪律作风教育双管齐下，既有利于培训期间的管理、提高了课堂学习效率，又让参训民警感受到纪律严明对于公安工作的重要性，从而以点带面，推动全局的纪律作风建设。垦区公安无论走到哪里，其良好的纪律作风总会给人留下深刻印象。

经过培训锤炼，垦区公安队伍的状态，在侦办网络赌博案件过程中的关键时刻得到检验。

小程带一组民警去南方一分支基地冻结银行卡，为了节约经费，他们一路吃面包就咸鸭蛋。没钱住宾馆，就选择最便宜的小旅店对付。银行不热情、不配合，小程就动之以情，晓之以理，入乡随俗，给人家送生日礼品，请吃"工作餐"。回过头来，自己和民警吃方便面就咸菜。

一趟南方之行让小程感触颇深，公安民警不图名不图利，打击犯罪，为老百姓除害，竟然还遇到诸多不理解、不配合，这也就难怪网络赌博犯罪为何那样屡禁不止、愈演愈烈甚至于猖獗了。

随着调查的深入，跨国网络赌博集团的脉络逐渐显现：菲律宾赌博集团"大发888"为幕后操纵者,旗下有"天际亚洲"、"乐天堂"、"拉斯维加斯在线"等三十余个分支。他们在中国境内招募人员赴菲担任赌博机构客服,针对中国大陆网民开设网络赌场。很多赌博网站完全是简体中文的界面,要求参赌人员汇款的银行卡必须为中国境内的银行卡,在侦办过程中警方也没有发现其他国家和地区的银行卡。这一切都表明,这个赌博犯罪集团的目标对准的就是中国大陆。

渐渐地,大家觉得这个案件的侦破越来越有意思了。随着一个个难点被攻克,垦区公安民警慢慢从不敢打、不会打变得敢打、会打、善打,而且越打越漂亮。从垦区公安领导,到各个工作组民警,大家彻底"钻"进去了。与此同时,黑龙江省农垦总局不断加大支持力度,陆续拨款给各个工作组,最终累计拨款达六百万元。

网络赌毒,家破人亡是噩梦。一枚枚筹码背后,是一桩桩触目惊心的案例。让办案民警们感到无奈的是,在警方的打击工作起步之后,依然还有许多人"前赴后继"往陷阱里跳——

阿坚走进网吧,打开电脑,进入"大发888"网站看了一会儿,又充值一万元。那几个支付网站非常便捷,可以让阿坚的赌资快速通过这些支付平台流向国外。这些支付平台暗地里帮助赌博网站洗钱,而表面上的存在和一切流程还是合法的。

一万元转眼间就没有了,阿坚继续充值,不到半个小时就把七万元输个精光。阿坚当时心里想的就是一个字——赢,于是开始动用信用卡里的钱。由于是白金卡,银行给予的透支额度是十万元,阿坚通过网银毫不犹豫地充值过去。不知道过了多少时间,阿坚输输赢赢,运气时好时差,勉强保住了本钱。

下线之后,阿坚一阵后怕,对自己刚才的冲动感到不可思议。要知道,信用卡里的那些钱是他的身家性命,可是,自己却像吃了迷魂药,就是一个念头——为了赢,继续赌下去。

从那以后,阿坚反反复复,时而对自己赌博的恶习深恶痛绝,时而又难以抗拒诱惑,频繁动用信用卡里的钱。几个月下来,阿坚查了一下自己的账单，不由得大吃一惊。从开始赌博至今，他的信用卡里竟然有三千万元的资金流水。

网络赌博系列案件破获后，电视新闻上说案值有多少多少亿元，阿坚的朋友们都感到难以置信，只有阿坚对此深信不疑。

通向马尼拉的资金抽水机还在高速运转，人民币每分每秒都在以惊人的速度外流。阿坚们的故事依然在不断上演，而正是因为有了黑龙江垦区公安机关的努力，人民币通过赌博活动外流的势头才得到遏制，悲惨的故事才停止了复制。

在这起案件的侦办过程中，垦区公安表现出了超强战力，不仅成功"打进去"了，而且以高度规范的执法能力，又成功地"打出来"了。

看似不可能完成的任务

一般来说，境外针对我国的赌博网站大多有中国籍不法分子参与，而且往往是整个犯罪流程中的主要人物。这是因为，这类网站既然是针对中国内地的，不仅需要一流的软件和优秀的软件设计师，也需要懂得中国人思维方式和懂得中国法律、资金流转模式的人。黑龙江垦区公安机关一开始就把深挖主犯当作核心任务。

2007年秋天，刚刚从内蒙古科技大学毕业的农村大学生乌齐成为中关村一家游戏公司的客服，他的大学同窗、妻子贝尔则在一家外教中介做客服，两人每天忙忙碌碌，在期望中等待着一个又一个"明天"。在朋友眼中，他们老老实实，本本分分，工作与为人都特别扎实可靠，在他们身上，大家都能感受到蒙古族同胞的豪情与真诚、踏实与肯干。在朋友圈子里，乌齐与贝尔的口碑相当不错。

令所有人做梦也想不到的是，若干年后的某一天，原本满是草原淳朴气息的乌齐有了一个英文名字"艾伦"，更令人想不到的是，生活原本拮据的乌齐在成为"艾伦"后，摇身一变，当上了境外赌博公司的财务总监，最终作为网络赌博团伙的主犯，被中国公安机关通缉。

2008年8月，乌齐和贝尔来到菲律宾闯荡，在"大发888"赌博网站从事客服工作，这次做客服的经历彻底改变了夫妻二人的命运轨迹。

初到马尼拉，乌齐和贝尔面临的是远比北京还要艰辛许多的生活窘境。马尼拉林立的摩天高楼与他们没有什么关系，他们只能在陋巷与贫民区挣扎，盲流般的生活一度让他们感到绝望。在一个又一个早晨，走出贫民窟之前，他们会洗去所有尘垢，将自己打扮成气质不凡、衣着得体的高端白领，然后走入那些写字楼。

那段时间，要说对乌齐最大的震撼还是来自于工作。他在为"大发888"赌博网站做客服时发现，他负责的账户每天都会源源不断地收到从中国内地网上流出的上千万赌资，而像他这样的客服，在"大发888"赌博网站里不计其数，网站旗下的分支更不知道有多少……

乌齐意识到在这里工作"大有可为"，他拿出在国内扎实工作、扎实做人的状态，认真打拼，直到有一天，乌齐有了自己的英文名字"艾伦"。不久，"艾伦"又作为赌博网站的财务总监，具体负责"天际亚洲"分支网站的所有事宜，成为了一部架在中国头上的资金抽水机的"操盘手"。当然，他的个人收入也在迅速飙升。

乌齐成为财务总监的消息传到老家村子里，引起了轰动。村民们不知道远在菲律宾的乌齐具体在做什么，但国际公司财务总监的头衔已经令大家头晕目眩了。乌齐随后的所为更令村民们震惊，从他发给家人的照片中，人们知道他在菲律宾有了别墅、豪车，过着村民们根本无法想象的生活，不久又把家人也都接到了菲律宾。

乌齐想尽各种办法、穷尽各种技术手段，把自己隐藏在赌博网站最深的地方，他希望自己永远都会安安全全地从中国榨取如潮水般涌来的钞票。的确，当黑龙江农垦警方在网络上初查发现乌齐负责的"天际亚洲"赌博网站上千亿元资金流水的时候，透过层层网络，远隔千山万水，办案民警根本无从知晓"艾伦"是何许人也……

赢得"尚方宝剑"

"大发888"于2002年在菲律宾成立,主要针对亚洲各国开展网络赌博活动,该赌博网站的设计号称世界一流。其总部设在马尼拉的RCBC大厦,当地人称该大厦为"博彩大楼"或"菲律宾中华银行",已经运营了十余年,总部工作人员三百余人,号称控制着分布在世界各地的三十多个分支机构。赌博集团分工明确,下设财务部、技术部、客服部、招商部(招分支代理)和扑克部、体育部等多个赌博玩法部。

位于马尼拉中心地带的博彩大楼高耸入云,彻夜灯火通明。从某种程度说,正是来自中国的资金点亮了那彻夜通明的灯火。

就是在这幢大楼里,乌齐靠着"不懈努力"成为了高管,他是中国的罪人,但在这幢大楼里却是炙手可热的人物。他早已不像初来菲律宾时那样寒酸,沉浸在自认为传奇般的梦幻生活里。

境外赌博网站多得不计其数,被打掉的寥寥无几。对此,乌齐充满自信——表面上看的确如此,打击此类赌博网站似乎是一个不大可能完成的任务。自以为已经成为人上人的他做梦也不会想到,远在数千里之外的黑龙江农垦警察正在努力创造打击跨国网络赌博犯罪的奇迹。

不入虎穴,难得虎子。为了解"大发888"网络赌博网站的运转流程,办案民警以赌客身份登录网站、注册会员、购买筹码,很快发现这些赌博网站内容丰富,功能齐全,可以利用网络与境外赌场连线,并现场直播相关赌场的赌博活动,进而实现国内赌博与境外赌场同步。

此时,办案民警与乌齐之间还有着非常遥远的距离——大量的赌客、不计其数的银行卡、中国境内网络赌博代理人、非法支付公司、洗钱机构……如何寻踪追迹摸到乌齐,如何将不可能完成的任务变为可能,这些就像菲律宾漫长的夏天一样炙烤着在林海雪原中成长起来的办案民警,令人感到焦灼。

对于黑龙江农垦警察来说，摆在面前的突破口非常单一，只有扑朔迷离的赌博网页和网页上用于赌博交易的银行卡号，而这些卡号均是"傀儡卡"。

所谓"傀儡卡"，意味着卡主人身份都是虚假的，这些银行卡都是境外赌博团伙从国内非法购得的。

这些"傀儡卡"互相关联，成千上万张这样的"傀儡卡"，组成一个庞大的资金流转网络，一旦赌资进入赌博网站上公开的银行卡，就会通过这个网络进行分解和转移，令警方难以追查到资金流向。

在"傀儡卡"之间转来转去的资金令人晕头转向，这些银行卡构成了一个资金流迷宫，只有乌齐知道这座迷宫的入口和出口，知道迷宫里的每一处机关。

即便明知是一张涉赌银行卡，银行人都难以查清来龙去脉，黑龙江农垦公安的触角又怎能撼动远在马尼拉的乌齐呢？但是，就是这样一个看起来不可能完成的任务，来自黑龙江省垦区公安机关的民警却做到了。

黑龙江省垦区公安机关对于网络赌博案执着地侦办，得到了黑龙江省公安厅的大力支持。鉴于垦区公安先期侦查获得的一系列重要进展，公安部网安局于2014年7月15日下发了《关于对黑龙江"大发888"赌博案部分犯罪嫌疑人指定管辖的批复》，明确给予垦区公安局对于此案的侦办管辖权限。至此，专案民警终于赢得"尚方宝剑"。

认真排查涉案银行卡的同时，垦区公安机关终于查清了"大发888"在国内的资金流转方式、发展会员方式和发展代理的基本情况。从已获取的银行卡信息分析，"大发888"及其在国内的分支机构流转的资金高达数万亿元。按照理论值估算，至少有一万亿元左右的国内资金被跨国赌博团伙榨取。众所周知，国务院一个经济刺激计划才是四万亿元，菲律宾2014年度财政收入折合人民币也不过一千三百多亿元，足见跨国赌博活动对国家经济安全的巨大危害。

通过对该团伙使用的银行卡进行分析和追踪，办案民警逐渐获取了针对四千余张银行卡开展冻结工作的基本条件，但相比获取与乌齐有关的线索来说，这些工作还只是浅表。

这些年来，乌齐曾多次回国，用其母亲、姐姐及多位亲属的身份证办理多张银行卡，并通过携带、邮寄等方式，将银行卡带往菲律宾用于赌博资金流转，仅乌齐本人利用亲属银行卡为"大发888"赌博网站周转赌资就达一百一十四亿元。乌齐认为，没用自己的身份证开卡，一切就万无一失了。他万万没有想到，心细如发的民警会因此发现他的踪迹。

在此案的侦查过程中，专案民警累计排查数万张银行卡，努力找寻银行卡之间的内在联系，付出了常人难以想象的努力，为此案的成功侦破打下了坚实的基础。

2014年9月2日，在梳理数以万计的银行卡中，与乌齐亲属有关联的这些银行卡被成功检索出来，而乌齐成为了这些银行卡之间的最大"公约数"——这些银行卡的主人都与乌齐有亲属关系，而乌齐本人又常年驻留菲律宾，他的疑点骤然上升。

办案民警专门来到霸河旁的那个村庄，与管片民警一起走访了乌齐的亲属。虽然没有太多收获，有些亲属，比如乌齐的父亲，还十分不配合，但这些都不重要。办案民警既然能够在数万张银行卡中大海捞针一样把乌齐筛出来，最终找到确凿证据，将其抓捕归案也只是时间问题了。

马尼拉的"擂台"

境外赌博公司发展对华业务不能"孤立无援"，需要为其提供支付结算业务的支付平台，需要境内代理为其做业务推广，需要地下钱庄为其漂白赌资……

根据这个思路，垦区公安对赌博网站伸向中国境内的触角进行全面打击，一举打掉一系列支付平台，对违法犯罪分子形成强大震慑。香港速达支付公司姜某、翟某、苏某，西安唯威电子王某，分别从马来西亚、菲律宾、越南、泰国回国自首。其中,姜某还主动上交赃款两千万元。

通过打击外围支付平台,办案民警找到了深入案件核心的缺口,距离乌齐也越来越近。根据众多涉案人员的供述,办案民警越来越意识到乌齐的的确确是个至关重要的人物。作为"大发888"赌博网站的财务总监,打掉乌齐就相当于打到蛇的七寸,可以让整个赌博网络陷于瘫痪。因此可以说,找到乌齐是整个战役的关键所在。

涉案银行卡的情况调查清楚后,黑龙江农垦警方果断采取行动,分赴各地同一时间冻结银行卡 4264 张,累计冻结、扣押、收缴资金、财物折合人民币 2.5 亿元。"大发888"旗下以"天际亚洲"为代表的赌博网站在国内的资金链一度被切断,缴获"棋智谷"在国内的服务器,该网站随即停止运营,继而将"BET8"、"千禧"赌博网站彻底摧毁;重创了"金沙娱乐"黑彩网站,抓获"金沙娱乐"在辽宁地区的多名代理人,遏止了"金沙娱乐"黑彩在辽宁地区的扩散;此外,"AG"、"乐天堂"等十余个与"大发888"有关的赌博网站也被彻底打掉。

这一轮打击之后,经公安部批准,在我国驻菲律宾大使馆警务联络官的协调下,由五名黑龙江警察组成的境外抓捕组最终得以抵达马尼拉。由此,老徐、大石、小程等人正式登上马尼拉的"擂台"。

他们克服种种困难,甚至冒着生命危险,掌握了大批中国籍违法犯罪分子在菲从事网络赌博活动的线索,获取了赌博网站运营、人力资源来源、赌博风险控制、资金流转等多方面的情况。只是他们没料到,眼看胜利在望,抓捕乌齐的行动却节外生枝——

乌齐在英国老板的支持下,想尽一切办法拖延被遣返的时间。

在中国驻菲律宾大使馆的协调下,追捕组与马尼拉当地华人社团取得了联系。华人社团利用媒体的力量帮助追捕行动大造声势,追捕组终于变被动为主动。

当地媒体发布消息称,乌齐为了不被遣返回国,花巨资行贿移民局官员。有关文章刊发后,在菲律宾各大媒体引发连锁反应和跟风炒作潮。

乌齐问题在菲律宾国内的持续发酵,整个过程充满了戏剧性。经过漫长博弈,再加上国际刑警组织发布了针对乌齐的红色通缉令,菲律宾政府迫于压力,最终决定遣返乌齐。

这场博弈中,乌齐败下阵来,成了被国际网络赌博集团舍弃的一个小筹码。

黑龙江省公安厅国际合作总队与黑龙江省农垦公安局民警乘机奔赴菲律宾,办理交接手续,乌齐被押解回国。

乌齐对自己的犯罪行为供认不讳,同时表示,网络赌博对国家造成的经济危害触目惊心,他自己深感罪孽深重;同时,他也意识到当初抵制回国接受审判的想法是多么幼稚,英国老板一旦意识到他失去了利用价值,结果只有一个——干掉他。

网络赌博面面观

垦区公安集中抽调所辖九个农垦公安局一百六十名警力组成的专案组,成员涉及网安、刑侦、治安、技侦等多个警种,分期开展了打击内容各有侧重的"一号行动"、"二号行动"、"三号行动"。专案组成员分赴全国二十一个省、区、市调查取证、冻结赌资、抓捕嫌疑人。黑龙江省公安厅网安总队从警力和技术手段上给予了全力支持。

在垦区公安的强力打击下,以"大发888"为首的菲律宾赌博网站对华业务遭到重创。遭到打击后的"大发888"赌博主网站网速极慢,由于警方的全环节打击,如今,已经没有国内机构为"大发888"等境外赌博网站做上网加速服务,这直接影响到参赌人员的体验效果和参与热情,赌博活动基本瘫痪。截获的数据显示,为境外赌博公司担任境内代理的机构已经难以从赌博公司收到返利,表明"大发888"等赌博网站在华的资金链已被切断。

一些赌博论坛上,赌博代理机构抱怨资金被警方冻结,也有赌博公司在论坛上提醒参赌者防范"九三"警察——由于在此次打击网络赌博犯罪中的出色表现，无论在涉案省市，还是赌博集团那边，九三农垦公安局都有很高的知名度。

在冻结银行卡的行动中，分赴全国各地的黑龙江垦区一百六十名民警提前办好相关手续，同一时间对各地涉案银行卡进行冻结，其目的是防止某地银行卡被冻结后，其他地方涉案银行卡发生钱款转移。这种大兵团作战，统一号令，统一行动，民警们为此做了大量的前期准备工作。

在打击速达支付和My18两个支付平台的过程中，垦区公安掌握了他们与哪些赌博公司签订过支付软件交易合同，为哪些赌博公司提供过支付软件，并进一步掌握了赌博公司的股东、代理、流动资金与会员数量。

目前，垦区公安通过支付平台后台，发现了上万家赌博网站，其中能进入参与赌博的有三四百家，为进一步的打击行动找到了突破口。

赌博网站上挂的是低级"人头卡"，经常变换，钱款一旦打入，会在很短时间内转至上一级的收钱卡。专案组抽丝剥茧，从上万张涉案银行卡中找到了六张核心卡。对于每张银行卡，民警都需要一一找到开户人，说明利害后，和开户人一起到开户银行，方能将其中的涉案资金追缴。"一号行动"需要查证的两千多张银行卡中，九三农垦公安局负责其中的七百多张，逐张查证就耗费了几个月的时间。

通过锲而不舍的调查，专案组还掌握了赌博公司的新型洗钱方式，真正由浅入深，从简单的打"外围"深入到"内幕"中。

网络赌博犯罪具有手段隐蔽、专业分工细致等诸多特点，尤其是将赌资通过正常国际贸易进行"洗白"的方式，给公安机关的侦查工作带来极大挑战。垦区公安在侦破"3·22"特大网络赌博案中发现，支付平台和代理机构为赌博公司的发展壮大起到了推波助澜助纣为虐的作用，显示了网络赌博犯罪各环节分工专业且合作紧密的特点。

此案中，香港速达支付公司是一家专门为境外赌博网站提供支付结算服务的机构。这个公司支付平台的服务器设在香港，但所有员工都在深圳办公。赌博公司使用速达开发的支付软件，可实现为玩家"自动上分"的功能，省掉了赌博公司人工核对账目、人工计分的烦琐工序。赌博公司会按照赌资的千分之三至千分之七的比例返点给支付公司，每月一结账。

垦区公安在侦办案件中发现的一幕，证明了支付软件的巨大功用：在某赌博公司的十多台电脑上，外接了二三百个银行U盾。使用支付软件并设置一定的程序后，可自动登录各银行网银界面并自动转账，无须人工操作。这意味着，公安机关对银行卡内钱款交易的跟踪调查，远远赶不上赌博公司使用支付软件在银行卡间自动转账的速度。

除了像速达这种专门为赌博公司开发支付软件的机构外，还有一些如My18等支付公司开发的普通支付软件，也被赌博公司购买利用。因为没有签订与赌博公司的交易合同，公安机关对此类支付公司只能是给予警告。

同样"为虎作伥"的还有为境外赌博公司开拓中国市场的众多国内代理。代理在搜索引擎中设置网页链接，与境外赌博网站对接，通过与搜索引擎网站的利益关系，可将自己代理的网页链接置顶或者放在网页搜索结果的前几页。玩家点击某代理提供的网页链接，登录到赌博网站成为赌博会员并成功参赌下注后，即被赌博网站认定为这个代理发展的会员，代理便可享受赌资的返点提成。代理的级别取决于其发展会员的数量，绝大多数对华开展赌博业务的代理都在中国境内。垦区公安抓获的一名王姓代理，发展的会员竟达上万人。

此外，为赌博网站提供支付业务的还有电子商务平台上的不良商家。专案民警在侦查中发现，某知名电子商务平台上，有二三十家网店为赌博公司提供充值服务，当民警对其中一家非法获利三十八万元的网店进行查证时，当天其他提供这一业务的网店纷纷闻风将这项服务"下架"。

为了逃避打击，赌博公司和支付平台会设置诸多障眼法，扰乱公安机关的侦查视线。

赌博网站上公布的收钱银行卡账号，都会不定期更换。收钱的"人头卡"内一旦有钱款转入，会第一时间转至其他银行卡，并层层转移至赌博公司认为安全的银行卡内。等公安机关查清钱款在哪个银行卡上，并到银行卡开户地准备冻结时，钱款早已转移。

为了躲避公安机关的侦查视线，赌博公司要求玩家打钱充值时，必须提前与网站客服人员沟通，否则钱款充值被认定为无效。而客服经常会给玩家一个不同于挂在赌博网站上的新账号，让玩家往新账号上充值。

在公安机关的强力打击下，赌博网站的收钱方式变得更加隐蔽。黑龙江省九三农垦公安局在侦查中发现，有些赌博网站已不再向玩家提供银行卡账号，而是提供QQ号、电子邮箱号，玩家输入电子邮箱地址后，钱款自动划入与邮箱关联的银行卡内。公安机关需要通过银行和电子邮箱的运营商两道查证工序，才能查明电子邮箱与银行卡之间的关联，这反映了赌博网站在与公安机关角逐的过程中，不断变招。魔高一尺，道高一丈。见招拆招，需要引起公安机关和银行等部门的高度重视。否则，赌博网站还会死灰复燃。

一些中国境内的赌博公司、支付公司，往往会打着"科技公司"的幌子，行违法犯罪之实。办案民警在西安调查一个为赌博网站提供支付软件的公司时发现，公司的主要经营项目竟然是卖眼贴。普通员工对内幕并不知情，一心一意卖眼贴，有的员工还纳闷，眼贴生意做得并不好，但公司效益却一直不错。还有的赌博公司、支付公司以分析彩票走势为名，背地里收集彩民信息，有针对性地向彩民发送参赌短信。

赌博公司的反侦查意识极强。有些赌博公司规定，个人通信工具严禁接入公司电脑。为了防范公安机关侦查，赌博公司多使用Skype之类服务器设在国外的聊天工具。一些客服即使在私人聊天中，也严防"泄密"，有一位在菲律宾赌博网站工作的中国籍客服，在母亲询问其何时回国时都含糊其词。

赌博集团之所以大多设置在东南亚国家，尤其是菲律宾，是因为菲律宾有完善的地下洗钱运营模式，这些地下钱庄（菲律宾称之为兑换所）多为福建、中国台湾一带的中国人开设，钱庄有的与赌博公司关系密切，有的就是赌博公司自家运营。地下钱庄将洗钱犯罪行为掺杂在正常贸易中，极大干扰了公安机关的调查取证。

中国境内某生产拖鞋的供货商向菲律宾收货商发货后，收货商并不直接通过国际贸易结算向中国供货商汇款，而是将货款打给菲律宾地下钱庄。地下钱庄通过网银将菲律宾赌博公司拥有的中国银行卡上赢取的赌资，直接转账给中国拖鞋供货商，而后再与菲赌博公司进行结算。

这种洗钱方式非常具有迷惑性。两国境内的钱没有走出国门，就各自在境内完成了洗钱过程。钱款在银行卡之间转来转去，看似数量没变，其性质却早已不同。

走正常国际汇兑业务，受汇率变动及各项手续费用影响，商家可能会有一定经济损失，并且有交易数额限制。通过此种洗钱方式收款，对商家来说既经济又便捷，深受欢迎，在东南沿海一带做国际贸易生意的商家中，可谓参与者众。由于商家有正常的发货单手续，公安机关对其参与洗钱交易也无可奈何。有的商家甚至表示："我正常卖拖鞋，有人给我汇拖鞋款，至于是谁给我汇的，我哪能管得了？"

全国"一盘棋"

为成功侦破"3·22"特大跨国网络赌博案，黑龙江省垦区公安机关克服了重重困难，这其中既包括银行卡查询冻结过程的复杂烦琐，也包括赴菲律宾期间遇到的重重阻力，甚至还来自相关部门的职能缺失。

一个显而易见的事实是，赌博公司要想实现层层转账，必须有足够数量的银行卡。"3·22"赌博案中，仅被冻结的银行卡就有四千余张，涉案银行卡达上万张。

那么，这些银行卡从哪里来？

"人头卡"的开户人身份都是真实的，来源于两种类型：一种是当事人身份证丢失、被盗，被犯罪分子冒用到银行开卡；另一种是有意利用这种途径牟利者，拿自己的身份证或带领他人到银行开卡。

不少违法犯罪分子专门从事银行卡买卖生意。一套银行卡，如包含工、农、中、建等几大银行的银行卡及相对应的银行U盾，并带有绑定银行卡的手机号，最高可卖至两千元。垦区公安在南方某市侦查取证时发现，某嫌犯怂恿不明真相或意图牟利的人到银行办卡，参与银行卡倒卖达五百余张，这些银行卡几经辗转，最后都到了菲律宾。

这表明，银行在开卡审批上把关不严。对于一人办理多张银行卡的情况，银行没有限制或限制门槛低；对于是否是本人持身份证来办卡，多数银行没有认真审核。从垦区公安后期调取的银行视频监控中发现，一个人拿着他人的身份证到银行柜台办卡，工作人员就简单问了一句"身份证是你的吗"，得到肯定回答后就给办了卡。银行工作人员严格按规定仔细核对办卡人相貌、要求办卡人说出身份证号的情况，少之又少。

更为严重的是，有中国人带领外国人到银行开卡，有的甚至一次带十多个外国人。民警表示，银行应该是知晓其中猫儿腻的。对于这种情况，有的银行会明确拒绝，但也不乏有的银行限于开卡数量要求而放松审查。外国人开的银行卡一旦用于网络赌博犯罪，因日后公安机关很难找到开户的外国当事人，无法取证，给后续冻结追缴赃款的工作造成极大困难。

在查询银行卡交易明细时，有的银行能提供电子版，有的银行却说只能出具纸质版本。黑龙江省九三农垦公安局在调查期间，某银行打印出的交易明细堆得跟墙一样高，银行的打印机都打报废了。所有交易明细都需要一张一张核查，耗时巨大。

有的地市级银行表示，查询打印银行卡交易流水和调取视频监控，只能到网点进行。一个地市银行涉及的营业网点众多，民警只能逐个网点跑，费时费力；视频监控有时因过了保留期限而被删除。有的银行提出，查询银行卡交易，需报请总行审批，等逐层反馈信息回来，银行卡内的钱款早已被转走。

目前，全国只有个别银行能从省内查询开户地在省外的银行卡网银，多数银行要求必须到银行卡开户地方能查询。各银行出具的查询结果格式也千差万别，增加了公安机关的调查难度。

当然，专案民警也并非不知道，他们遇到的某些阻碍事出有因。比如：大量冻结追缴当地涉案银行卡资金，会影响地方经济发展和财政收入；一些地方涉网新兴产业较为发达，若打击用力过猛，会牵一发而动全身。某地领导曾明确向垦区公安专案组表示："你们如果要关停某某公司，必须提前跟我们打招呼，我们要向上级请示。"

对此，公安机关呼吁，银行在打击网络赌博犯罪中的重要性应得到高度重视。银行不仅要担当起开卡严格审批的责任，在配合公安机关调查取证时，也应更加积极主动，尽量不要设置徒劳无益的门槛。

这方面，政府应出台更具操作性的规定。

打击网络赌博犯罪，需要摒弃地方保护主义思维，只有全国"一盘棋"，才能真正保卫国家的经济安全。

有一条叫作"马尼拉"的大河

乌齐与曾祥，曾亲如兄弟。但是，又有多少情谊看似完美，却暗含心机，甚至是杀机？

表面看来，乌齐身陷牢笼，而在外拼力营救他的曾祥自由安全。事实真的是这样吗？曾祥到死都不知道，真正能够救他一命的，是他一心想置于死地的那些中国警察。

赌徒的思维是变幻莫测的，曾祥并不真正了解赌徒的思维，更不了解乌齐背后的英国老板和那些狡诈的政客。

曾祥身在一个赌局之中，但他自己却不知情。所有人都在下注,围绕他下注。下注的人一旦赢了赌局,付出的筹码都会回来;一旦输了,他们不会在意已经付出的筹码。曾祥就是那枚已经付出的筹码。

乌齐和曾祥在霸河边一起长大,曾祥从来就没有乌齐头脑复杂。儿时一次渡河,乌齐与曾祥遇到急流,乌齐一把将曾祥推到漩涡处,他自己获得一个反作用力快速脱离险境,而曾祥几经折腾,才侥幸逃生。这次经历没有给两个人之间留下嫌隙,但是,在后来的人生里,在一条叫作"马尼拉"的大河旁,乌齐再一次把曾祥推进了漩涡。而这一次,曾祥再也没有力量游离。

曾祥拿着一捆捆的钞票为乌齐解套,曾祥在和英国老板的不断互动中表现着自己的能力,曾祥也常常会被许多政客围绕,一起商量怎样助力乌齐,那些手握刀枪的小混混儿们都尊曾祥为"老大"。那段时间,曾祥觉得自己很光鲜,国内警察劝告他归国,他又怎么能听得进去?

乌齐在马尼拉的看守所里指挥着一切,却没有告诉曾祥最后的答案。中国警察将其押上飞机的时候,乌齐就已经预知了曾祥的命运——自己这只狡兔一文不值了,走狗曾祥也很快会被"烹掉"。

乌齐不是没有劝告过曾祥。他用警方的电话联系曾祥,劝他自首。曾祥不听,他甚至认为乌齐的被捕是自己上位的好机会。

曾祥永远想不到,他在马尼拉接触的那些人,个个都是饿狼。他掌握了那么多内幕,留着他只会让那些人不安。戏剧一般,直到曾祥在马尼拉被乱枪打死,乌齐也难以判断是哪股势力所为。

乌齐也后悔,后悔当初根本不应该和国内警方较劲儿。如果他带着曾祥投案自首,曾祥也不会命丧他乡。

走下飞机的时候,记者蜂拥而至,乌齐戴着大号口罩遮住自己的脸。乌齐知道,菲律宾是永远回不去了。也许,等这一切结束,他会回到霸河旁那个小村子。未来的一切对他来说,怎么规划都好。

(原载《啄木鸟》2017 年第 2 期)

舌尖护法[①]

胡 杰

佛经上说，佛陀顾虑末世会有诽谤正法、破坏寺塔者，就派请四大声闻、十六阿罗汉等护持佛法。佛法无边尚需护持，人间正义就更需要有人来伸张了。

近年来，与老百姓健康息息相关的食品、药品，一再被犯罪黑手染指。仅靠食品药品监督等相关部门的行政执法，已经不能斩断肮脏的利益链条。2014年6月，陕西省内第一支食品药品犯罪侦查支队在西安市公安局应运而生。三年来，西安的食品药品犯罪侦查警察是怎样替老百姓的舌尖护法的呢？

[①] 文中部分涉案人员为化名。

推进法治建设进程的奶牛

一

"深喉"是个男人,有名有姓有职业。但他究竟是谁,警方会一直为他保密,因为这涉及他的人身安全,即使在破案之后。

在西安市公安局食品药品犯罪侦查支队,二大队的民警何旭是最早和"深喉"接触的人。时年二十七岁的何旭是西北政法大学毕业的刑法学硕士,挺帅的一个小伙子。来食药侦支队之前,何旭是雁塔分局长延堡派出所的一名社区民警。何旭的父母都在第四军医大学西京医院工作,他父亲还是位名气很大的口腔病专家。本来,何旭似乎应该子承父业才对。可打小泡在医院这样的环境里,反倒让何旭对学医全无兴致。上初中那会儿,何旭对《"12·1"枪杀大案》这类警匪片着迷得不得了,希望自己以后也能风风火火地破大案。不是有人说,一个人想成为什么样的人,最终就会成为什么样的人吗?这不,这话在何旭这儿,就算应验了。

2014年9月下旬,何旭在秦岭脚下的市警察培训学校参加培训时,就接到过这位"深喉"打给他的电话。食品药品犯罪侦查支队成立的时候,西安市公安局在公共场所搞过宣传活动,鼓励市民积极提供相关的犯罪线索。现场解答市民的法律咨询是何旭的强项,所以,领导也让何旭去了。那天,"深喉"来现场,随便咨询了点儿法律问题,然后要了何旭的电话,说回头有线索会跟他联系。果然,他的电话来了。

"深喉"爆料,省内一家大型奶牛养殖场,在未经检验检疫的情况下,偷偷把淘汰的病牛卖给了西安一家屠宰场。问题牛肉应该已经流入了鲜肉市场,上了市民的餐桌。"深喉"说,他会继续关注这件事的进展,并且把最新情况通报给何旭。

10月17日上午,"深喉"再次打来电话。这次,何旭约他到市公安局大院见个面。点燃一根烟,"深喉"告诉何旭,那家提供淘汰病牛的奶牛养殖场是江山牧业有限公司，位于陕西省某县境内，有上万头奶牛存栏；成批购入病牛的屠宰场是"多多牧业"，位于西安市熊家湾。案情重大，何旭马上向领导作了汇报。副支队长王建武、二大队大队长王新宏和何旭一起，把"深喉"领到了支队长袁萍的办公室。

"江山牧业的淘汰病牛染上的应该是布鲁氏病和结核病，这两种病都是人畜共患的。"水杯就在他的面前，"深喉"却在干咳，也没有喝一口润润嗓子。看得出，他很紧张，"按规定，得病的牛不仅要立即隔离、全部宰杀，并且要通过焚烧、深埋等方式进行无害化处理。可是，养殖场、屠宰场为了钱，竟然让这样的牛肉上了老百姓的餐桌……"

"深喉"有些激动地说，作为一个有良心的同业中人，他不能眼睁睁看着那些人挣黑钱。但是，爆出这样的猛料，就是挡了别人的财路，"深喉"也知道他会给自己惹来什么样的麻烦。在民警面前，他的面孔绷得像雕像一样，两手紧紧抓着扶手，仿佛担心沙发不稳。袁萍注意到，他的手指在轻轻颤抖。

"你的情况就我们几个知道，不会再扩散了，放心说吧。"袁萍走过去，把水杯端起来递给他，"先喝点儿水。"

当时，西安市公安局食药侦支队尚处于建章立制的草创阶段，刚刚从市局各单位调来的四十名民警，相互之间也处于磨合状态。且不说有的民警压根儿没搞过案子，就是办过案的，也没办过食品药品案件。病牛的取证应该怎么进行？是宰杀后切上一块肉，还是活着时抽上一管血？谁都说不清。接下这么一单"生意"，大家心里都挺没底。

这天是星期五。"深喉"一走，王新宏马上派何旭和他的搭档罗宵先去趟熊家湾。如果要立案侦查，仅靠"深喉"的一面之词是不行的。

当天下午，按照"深喉"的指点，何旭、罗宵来到了熊家湾。这里有一片合租厂房，主要是家具厂和屠宰场，老远就能闻到牲畜屎尿发酵后的臭气。往里一走，二人却晕了头，因为屠宰场不止一家，又都不挂牌子，不知哪一家是多多牧业。能不能去打听？当然不行。干违法犯罪的事儿，搁谁谁都格外警觉，要是把人家惊动了，岂不坏了菜？反正厂房也大，二人装着走错了路，钻进了一排屠宰场，逢人却问家具厂怎么走。

在甲字一号屠宰场，他们发现牛棚里有还没被宰杀的活牛，黑白相间的颜色，明摆着这是奶牛。"深喉"说过，这里有八家屠宰场，多多牧业是最大的一家，只有多多牧业有活牛养着。在这里，哥儿俩忍着恶臭，小心翼翼地转悠了半个小时，何旭还抓住机会用手机拍了照。

一边调查取证，食药侦支队一边就开始酝酿办案民警们的头脑风暴。市农委首席兽医师、防疫处处长刘崇林，市动检所所长查卓越二位专家被请到市公安局，分别给办案民警解读了《动物防疫法》的相关内容，以及"布鲁氏病"、"结核病"的认定方式等。布鲁氏病又被称为"懒人病"，它的特征就是患者浑身没劲儿，看上去懒洋洋的，可以通过皮肤、黏膜、消化道以及呼吸道感染。得病的奶牛怀孕后会流产，公牛的生殖器官会隐性坏死。结核病的病菌可以随粪便和乳汁排出体外，通过空气、饲料、饮水等途径传播。人得病后会咳嗽，患病的牛也会长期顽固性地干咳，而且容易疲劳、逐渐消瘦，严重的还会引发呼吸困难。当然，如何给病牛取证，专家也讲得很仔细。

办牛的案子，不光要懂牛，还得懂法。下一步要往检察院报捕，支队领导就提前请来了检察官。民警和专家、检察官共同探讨了这类犯罪行为的界定，有时候大家甚至争论得面红耳赤。

二

19日，专案组获悉，第二天多多牧业要到江山牧业拉走一百头牛。据前期侦查掌握的情况推断，这批淘汰牛中应该就有病牛。20日一大早，何旭就和同事前往江山牧业的奶牛养殖场。照"深喉"指示的路线，下高速走了不到十公里，浓重的牛粪味儿就飘进了车窗。公路边，成群的奶牛在悠闲地吃着草，俨然一派田园牧歌景象。

把车停在两公里之外，何旭与同事溜溜达达地来到了江山牧业的大门口。一番观察后，他们找了一个不起眼的角落隐蔽起来。

下午两点，安安静静的江山牧业热闹起来，大卡车一辆又一辆开进了院子。过了一阵儿，又开来一辆黑色奥迪。何旭扒着墙头看到，车上下来三个男人。为首的穿一身黑西装，老板模样；另两人穿得不讲究，和当地农民没啥两样，一看就是干活儿的。仨人往里走了一百来米，停在了一个一米多高的水泥台跟前。那些带护栏的大卡车，屁股抵着水泥台停着。卡车有蓝色的，也有红色的，并不整齐划一。水泥台与卡车的车厢等高，看得出来，淘汰的奶牛将通过这个台子上车。举起长焦照相机，何旭悄悄地把镜头对准这里。一会儿，他看到有人在给牛换耳标，耳标的颜色却看不清楚。黑西装进去之后，工作人员开始将奶牛过磅装车，前后忙了两个多小时。下午五点半，黑奥迪打头，十辆卡车相继驶出养殖场。何旭他们驾驶的地方牌照汽车也远远地跟了上去。

一得到奶牛开始装车的消息，王新宏就派罗宵随二大队副大队长赵建波从西大街市公安局出发，驱车前往熊家湾村。赵建波时年三十岁，长得有点儿着急，头发白了不少，看上去完全是个沉稳的中年人。他原先是灞桥分局灞桥派出所的民警，搞案子是一把好手，尤其擅长讯问。

多多牧业在灞桥区，案子需要灞桥分局的配合。市局食药侦支队刚成立不久，各分县局的食药侦大队都在治安大队里套着呢。走在路上，赵建波就给灞桥分局食药侦大队长打了电话，约了见面的地方。到熊家湾会了面，他们发现，只有躲在多多牧业对面的一个搅拌站里，才能够既看到多多牧业，又不会被发现。接下来，就是漫长的等待。

那边，何旭一路通报着拉牛车队行进的情况。可是，车队会从什么地方下高速，却是个谜。在灞桥区境内，有好几个高速出入口呢。赵建波与灞桥分局的同行分析，豁口离熊家湾最近，只有三公里，车队应该是从豁口三岔口拐回来。果然，天黑之后，十辆大卡车鱼贯开进了这条路，又都开进了多多牧业的大门。

警方的行动定在晚上十一点。这个时候，十辆大卡车已经全部卸完，驶出了多多牧业。按规定，活牛进入屠宰场后，六个小时内不能宰杀。可是，听得出，多多牧业早就开始杀牛了。食药侦支队和灞桥分局十几辆大小警车悄悄地开到熊家湾。怕惊扰了多多牧业的人，警车开近时，连车灯都没敢开。随着袁萍一声令下，便衣民警先上前控制住门卫，一百多名着装整齐的民警一起冲了进去；紧接着，一群身穿橘黄色生化服的卫生检疫人员也跟着进了厂区。原来，食药侦支队还邀请了市农委动检部门的专家们联合行动。

因为是晚上临时通知上任务，二大队内勤女民警李静忘了换下高跟鞋就跟着上了车。到了多多牧业，李静深一脚浅一脚，血水污泥早溅了一裤子。突然冲进来这么多警察，屠宰场里的人又没被孙悟空施定身术，当然能溜就溜、能跑就跑。一个穿着白色长筒胶鞋的大汉正要溜走，被李静一声断喝制止。有男民警上来协助检查随身物品，从他的靴筒里拔出一把一尺多长的杀牛刀，惊得李静眼都直了。

人都扣下了，就得问谁拿事儿。一个身上穿羊毛衫、脚上却穿着拖鞋的男人摇晃着往前走了两步。男人看上去有小五十岁，头上已经谢顶。自报家门，他是屠宰车间主任王鑫。多多牧业就是个屠宰企业，业务上，屠宰车间主任啥都管。除了杀牛，王鑫还负责收牛、报检疫、查检疫证明，并向各地发货。总之，老板懒得管的事儿，王鑫都管。王鑫说，他的老板叫李水平。王新宏让他给李水平打电话："就说公安来检查，让他马上过来一趟，别的话不要说。"

半小时后，那辆在奶牛养殖场出现过的黑色奥迪轿车开了进来，车上下来的人正是那位黑西装。此人手上拎着一个黑色公文包，打眼一看，公文包和西装一样，质地考究。

"我就是李水平，咋啦？"李水平不怯场，看上去还牛哄哄的，"我们买的牛手续都是齐全的，检验证、耳标啥都有，犯什么法啦？"说着，他打开了公文包。

果然，李水平拿出了一沓奶牛的检验检疫合格证。这种合格证只能用动检部门的电脑机打，假的一眼就能看出来。李水平拿出的证儿，都是制式的真证儿。

三

从午夜到次日凌晨，参战民警忙了一个通宵。第二天，别人可以喘口气儿，二大队民警还得连轴转。

21日下午，赵建波、祖国栋等人驱车来到江山牧业销售部，和十几名员工逐一谈话。问到这批淘汰奶牛的销售情况，员工们谁都说不清，能说清的，只有销售部经理程林。

在多多牧业，民警现场查获了一份多多牧业与江山牧业签的合同，双方的签字人就是李水平与程林。眼前的程林是个矮矮胖胖的年轻人，说一口南方普通话。他老家在安徽，大学里学的就是畜牧。对于出场奶牛应该有什么手续，程林当然门儿清。民警们此行的目的，就是要调查这批售给多多牧业的奶牛耳标、检验检疫证的来源。按规定，江山牧业应该向当地的动检所申报。

"我找过县上的动检部门，要求他们给我们江山牧业的牛进行检疫。就算我们出场的牛检出了病牛，那也是行政机关不作为嘛。这跟我们有啥关系呢？"程林边说边推他的眼镜。

那么，他说的究竟是真是假呢？赵建波二人来到县动检所，一位姓王的副所长接待了他们。王副所长说，江山牧业根本就没有按规定对奶牛进行检验检疫。一边说着，王副所长已经打开了电脑，指给西安民警看："看到了吧，江山牧业根本就没有向我们提交过动物检疫申报单。"

江山牧业的动检业务隶属元山镇兽医站管辖。民警也去了元山镇，见了该兽医站的孔站长。一提江山牧业，孔站长就一肚子气。按职责，他本该定期去奶牛场检查，可他却不受人家的欢迎。"江山牧业是县上的利税大户，连头头儿都把他们当神敬着呢。说句丢人的话，后来我去，人家连门都不让我进呢。"

2014年上半年，县动检所对江山牧业奶牛养殖场进行过一次例行检查，结果发现了一头未经检验检疫准备出场的奶牛。在动检所工作人员的现场监督下，养牛场工人当场扑杀了这头牛，并做了无害化处理。这次检查的人员中包括孔站长,这也是他唯一被允许进场的一次。

民警从李水平那儿查获的制式机打检验检疫票证上的落款是"扶风县段庄镇兽医站"。根据这个线索,王新宏和民警高翔二人去了趟扶风。他们先找了兽医站的上级部门扶风县动检所,所长对此非常重视,陪着二人一起来到了段庄镇。

虽是邻县,但段庄镇和元山镇就隔一条渭河,段庄镇在北岸,元山镇居南岸,相距也就十几公里。段庄镇兽医站的卫年贤站长时年五十五岁,是个身高一米八三的大个儿。兽医站就他一名工作人员,他和他老婆就住在兽医站,以站为家。警察追到门上来找他,老卫却挺淡定。看得出,有人已经把风声透给了他。给不在本辖区的奶牛违规出具检验检疫合格症,这事儿老卫认账。

"但我是到养殖场里看过奶牛的呀!"老卫一边给来人敬烟,一边替自己辩解。

"那你说说,江山牧业有没有病牛?得的是啥病?有没有病牛隔离区?"

王新宏问他一些细节,他却说不清。看糊弄不过去,老卫只好一声长叹,承认他并没有去过奶牛场,是一个名叫王战利的牛贩子找他,让他开的票。一头牛他收十元钱,一百头牛一共收了一千元。票据上的姓名,王战利让他写了"李水平"。除了提供一百份制式合格证,老卫还给了王战利一百个配套的牛耳标。合格证与耳标他一起装在了一只塑料袋里,由王战利提走。

对于李水平来说,这些检验检疫合格证和耳标可是非常重要。如果没这些手续,拉奶牛的大卡车既上不了高速,也走不成国道,没法儿运到西安去。10月20日中午,在去江山牧业之前,李水平经过元山镇,从等候在路边的王战利手上接过了那只塑料袋。

本来应该被扑杀的病牛,却也可以卖上钱,对于江山牧业来说,当然是笔无本生意。而且,因为卖得便宜,江山牧业完全不愁销路。即使多多牧业不买,病牛照样有人收。程林跟李水平提的要求就是,他只管卖牛,检验检疫合格证和耳标,李水平得自己想办法。那么，李水平把病牛买回去，又能有多大赚头呢？程林报给李水平的价钱是，350公斤以上的大牛，每公斤20.3元。有病的牛不是瘦吗？低于350公斤的小牛，还有卧地不起的牛，每公斤只要16.3元。这是什么概念呢？也就是说，李水平从江山牧业买的牛，连正常黄牛一半的价钱都不到。到了他的屠宰场，从内脏到牛皮，牛的每一个部位都能换成钱。因为有价格优势，李水平也完全不愁销路。且不说大超市，有些著名的火锅店都是他的老顾客呢。做买卖的，谁不想降低成本呢？

因"生产销售不符合安全标准食品罪"，李水平、程林、卫年贤和王鑫四人被刑事拘留。可作为本案重要证据的奶牛还有八十二头活着，王鑫被取保候审，负责养牛。卫年贤是作为"生产销售不符合安全标准食品罪"的共犯被刑拘的，眼瞅着要退休的人，却为了一点儿蝇头小利丢了工作，老卫在看守所里彻夜难眠，悔得肠子都青了。三个月后，王新宏再见到他时，原先一头黑发的老卫，一下子变成了个满头白发的老头子，背都佝偻了。

四

本案取证的一个重要环节，就是运输。警方查封多多牧业的时候，拉奶牛的大卡车已经开走了。现在，必须挨个儿找到这十位卡车司机，证实他们运送过这批牛。

本来，行动之前，民警们把这十辆卡车的车牌号都记下了。现在，通过公安网，就可以查到车主的电话。一般来说，这种拉货的卡车车主就是司机本人，打电话让他们到市公安局问个笔录，不就完了吗？负责这项工作的民警是罗宵和高翔，等他们一上手，才知道这活儿远不像当初想象的那样简单。

这些大卡车有东风康明斯，也有解放147，分别来自西安、渭南、宝鸡和杨凌。罗宵他们把查出来的十辆车车主的手机挨个儿打了一圈儿，发现除了一位之外，其余的都已经不是车主了。卡车卖掉了，只不过没有过户。这九辆车，张三卖李四，李四又卖王五，有的已经倒了四道手了。好不容易联系上要找的那十位司机，这些人又都正行驶在天南地北的道路上，没法儿问笔录。

车主买卡车，为的就是拉货挣钱。卡车可以由两个司机轮流开，人歇车不闲。拉完这批奶牛之后，有的卡车连夜又接了别的活儿。再有，李水平被抓之后，他的家属找了媒体，对此案进行过大肆渲染。照他家属的说法，多多牧业的牛是掏钱买来的，出了问题也是养殖场的事儿，凭什么找他们的麻烦？卡车司机们虽说到处跑着，却早从手机上知道，他们运过的那批牛出事儿了。警察找他们调查，他们就有顾虑。把他们叫公安局去问笔录，不就得耽误他们的生意吗？所以，等罗宵他们电话打过去，司机的态度都挺冷淡。一问，人都在外地，一时回不来。

"这样，等我过两天到西安给你打电话。"有些人留下句客气话。得，别说过两天，罗宵他们等了一周，也没一位联系他们。

罗宵哥儿俩一商量，先从那个唯一没有卖车的车主找起吧。车主家在礼泉县，二十多岁，是个上门女婿。罗宵他们登门时，他正好在家休息。本来他对警察也挺有戒心，没想到两位民警就是问了他20日运那批奶牛的事，在哪儿装车、在哪儿卸车、时间、路线等问题，不一会儿就问完了，完全没有为难他的意思。

"这就完了？"车主有些意外，放松下来，"不瞒你们说，这十辆车里，除了我自己这一辆，还有三辆都是我帮忙介绍去的。两个是我的朋友，一个是我小舅子。"他当场打电话，俩朋友都在外省拉货，但他小舅子在家。于是，他让小舅子马上来他家，让民警顺利地把笔录也做了。

罗宵原先在市公安局治安处工作。这个胖墩墩的民警要是不穿警服，别人一准儿会以为他是个出租车司机什么的，绝对不会往警察那儿猜。罗宵为人低调，有亲和力，有本事三两句话就和对方找到共同语言。打过一次交道，礼泉车主和他小舅子对罗宵都挺认可，愿意跟他多说几句话。这些货车司机之间，其实相互都是通气儿的。知道警察不会为难自己，罗宵二人再打电话，车主们说话就有了诚意。把他们都叫到公安局问话不现实，罗宵就尽量就着人家的方便。只要他们路过西安，甭管是夜里还是凌晨，罗宵等人都会早早等在约好的高速公路收费口。转眼间到了冬天,有一天清晨六点,雾霾特别大,罗宵借着路灯在警车引擎盖上给一位司机做完笔录,手都冻僵了。笔录入卷后到了检察院,检察官还问送卷的民警:"这份笔录咋写得歪歪扭扭的?你们同事小学毕业没?"

关于从江山牧业运输奶牛到多多牧业的经过,卡车司机的说法都是一致的:10月20日下午三点,他们在江山牧业装车时,牛的耳标都是打好的,检疫证是牧业工作人员给他们的。下午五点半,车队从江山牧业出发,晚上八点到达多多牧业。进大门时,司机们按规定交了检疫证。

虽然牛贩子从段庄镇兽医站站长老卫手上买了一百套检验检疫合格证和耳标,但李水平实际上只买了九十八头牛,其中四头是小牛犊。屠宰场不杀牛犊,一位杨凌来的大卡车司机就以每头五千元的价钱把这四只小牛犊买下了。卡车司机自己也是个牛贩子,一头牛犊如果养大,一年后他能卖到两万元。因为要把刚买的牛犊送回家去饲养,这哥们儿就没去西安。给他做笔录,罗宵是伏在牛棚外一只磨盘上完成的,那字写得也不咋样。

五

案发后一个月的时间里,何旭和同事到江山牧业一共跑了二十多趟。从兽医、饲养员,到采购、销售人员,江山牧业的员工差不多都谈过话。他们想弄明白的是:程林涉嫌犯罪是个人行为,还是企业行为?他有没有同伙呢?

何旭让驻场兽医配合,将养殖场上万头牛的电子档案全部调取过来。结果发现,这些牛从2013年开始,一直到案发前,已经分五批全部打过了疫苗。这就奇怪了。按说,打过疫苗的牛,终生都不会得布鲁氏病和结核病。可是,西安市动物疫病预防控制中心对警方在多多牧业查获的八十二头活牛进行检测,却发现其中三十七头布鲁氏病抗体呈阳性,五头结核病呈阳性,染的牛中还有三头两种病检测都呈阳性。那么,江山牧业的这些牛是怎样染病的?淘汰牛是怎么挑出来的?公司采购的疫苗数量究竟有多少,质量有问题吗？兽医是不是给每一头牛都注射过疫苗？

对于专案组来说，面对这么多问题，要一一弄清楚，需要耗费大量的精力，而且需要相当长的时间。可是，几名犯罪嫌疑人已经被刑拘，需要在规定时限内走完从批捕到起诉的法律程序，容不得民警慢慢推敲。这样，工作进行了一段后，专案组决定，将侦查视线仍放回到案件本身来。至于那些比较专业的工作，还是委托动检部门去甄别吧。

经查，程林是江山牧业投资发展中心区域主管，主要负责场区的证件办理、淘汰牛合同签订和日常销售的监督。程林交代，2013年5月，他接手公司淘汰牛销售业务，主要是通过招投标的方式，将不符合生产要求的牛销售给有屠宰资质的屠宰场。多多牧业中标后，跟他们签订了半年的销售合同。从2014年10月1日起，他们向多多牧业一共销售了约一百五十头牛。

"9月份我就跟李水平说过，我们处理的奶牛在布鲁氏病菌检测中可能会出现阳性。相应的检疫耳标和检验检疫合格证我们不提供，得多多牧业自己去想办法。后来，李水平拿来了耳标。"程林跟民警说。

"你就没问他，耳标哪儿来的？"

"问了。李水平告诉我，耳标是元山镇兽医站开的，我也没再仔细看。"

"按规定，要出场的牛应该由牧场的兽医对牛进行采血、验尿，将符合健康标准的检验报告递交当地动检所，由人家出具正式的检验检疫合格报告，再由他们转交买方。是这样的程序，对吧？但你们江山牧业却只有过磅单，没有检验检疫合格证和耳标。这怎么解释？"

"集团公司统一有规定，检验检疫证和耳标由买方想办法。"程林这样解释。

如果江山集团公司有这样的"统一规定"，那就是个违反国家《动物检疫法》的规定。可程林却拿不出任何证据支持他的说法。这样，专案组只能视作他个人的一面之词了。程林说，公司淘汰牛的筛选由兽医和繁育部门负责。繁育部门向厂长打报告，厂长批准后，要报集团总部，总裁签字同意后方可销售。而他只负责牛的数量和重量的核查，在过磅单上签字。但民警调查发现，卖给多多牧业的牛根本没有经过兽医和繁育部门的把关。对集团总部，程林只报告了淘汰牛的数量，并没有汇报牛有可能已经染病这样一个重大情况。程林这样做的目的，就是提升他的销售业绩。没有证据证明他的行为是企业行为。

多多牧业成立于2012年12月，股东是李水平和他两个朋友，李水平是法定代表人和总经理，平时公司由他全面负责。公司的业务就是宰杀牛并销售。他认为，检验检疫合格证是他委托牛贩子王战利办理的，至于兽医卫年贤是怎样进行检疫的，他是外行，并不清楚。所以，他不存在违法办理检验检疫证的行为。但是，民警从王战利那儿证实，10月20日早晨，李水平给王战利打电话，让他帮忙将买到的牛装车。王战利和岐山县安乐村的高志明一起来到元山镇街道，见到李水平后，李水平问王战利认识不认识开检疫票的人。王战利当场给卫年贤打了电话，谈好开检疫票的价钱，然后和高志明一起去找卫年贤。高志明同样证实了这一情况。何况，李水平作为屠宰行业的资深从业人员，对国家相关法律法规不可能不了解。有这样的证据，李水平的说法就站不住脚了。

王战利的身份就是个农民，不是动物检疫从业人员，并不了解国家有关法律规定，况且他在这件事情上并没有从中牟利，警方没有追究他的法律责任。

卫年贤承认，他没有资格向江山牧业开具出售牛的检疫证明和耳标，是为了挣点儿小钱才这么干的。过去，这个行业中私下里像他这样干的工作人员可不止一个两个，逮住了，大不了就是行业内部通报批评；即便上纲上线，也就是挨个处分罢了。卫年贤也坚持认为，自己的行为属于行政违法，并不构成刑事犯罪。但专案组认为，非法取得检验检疫证明和耳标，是本案能够成立的一个重要环节。卫年贤的行为虽然属于行政违法，但其后果却导致了犯罪的发生。因此，卫年贤是这起案件的共犯。卫年贤身陷囹圄，对全国动检行业从业人员都是一个强烈的震动——违规出具相关检验检疫证明是要冒坐牢风险的。

毕竟,这起案件没有判例可参考,一些法律边界问题也引起了社会争议。为维护企业形象,江山牧业集团为程林聘请了实力雄厚的律师团做无罪辩护,律师们也请来了一些有威望的专家、教授为其站台。但是,警方的办案质量经受住了考验。本案是以生产销售不符合安全标准的食品罪立案,也是以同样罪名对程林、李水平、卫年贤和王鑫刑事拘留的;之后,检察院、法院还是以相同罪名对他们批捕和判刑的。2016年8月,陕西省高级人民法院作出终审判决:程林被判处有期徒刑三年六个月,并处罚金二十五万元;李水平被判处有期徒刑两年,并处罚金十五万元;卫年贤被判处有期徒刑一年两个月,并处罚金十万元;王鑫被判处有期徒刑一年,缓期执行一年,并处罚金八万元。

2017年3月,本案从西安中级人民法院2016年度受理的十五万起案件中脱颖而出,被评为"2016年度推进法治西安建设十大诉讼案件",以二大队民警为班底的专案组也被西安市委政法委、市综治委共同评选为2016年度"优秀专案组"。

这起案件的侦破,强烈地震动了陕西的牲畜屠宰行业以及奶牛养殖行业。从此,行业从业人员都知道,淘汰奶牛如果未经检验检疫流向了百姓的餐桌,会被定罪量刑。时至今日,陕西类似的案件没再发生一例。陕西省畜牧兽医局总兽医师高巨星后来激动地跟袁萍说:"这么多年来,我一直在呼吁行业内要遵纪守法,可有些人就是当耳旁风。你们办一个案子,比我唠叨多少年都管用呀!"

全国集群战役由他们发起

一

对于刚刚挂牌成立不久的西安市公安局食药侦支队来说,2014年的年终岁末注定格外忙碌。二大队民警们还在忙着办奶牛案的时候,又一起案子转到了他们手上。

西安市民邓大爷二十年前发现患了糖尿病,经人介绍,三年前来到莲湖区西北一路116号西安泽安中医诊所。给他看病的,就是著名的张泽安大夫。糖尿病人怕血糖升高,一般都得注意控制饮食,但张泽安却并不劝病人忌口。吃了他开的三种胶囊后,邓大爷血糖正常了,胡吃海喝也没事儿。但是,最近的一次体检,邓大爷却检出了脑萎缩,脑动脉出现了斑块。邓大爷怀疑这是泽安诊所降糖药的副作用,遂向食药监部门举报。

一位来自渭南的方大爷也反映,吃了三个疗程张泽安开的降糖药,耳朵突然聋了。除了突发性耳鸣,方大爷的肠胃也出了问题。他怀疑这药"有麻达"。

接到这些举报之后,2014年4月,西安市食品药品监督管理局稽查分局工作人员对西安泽安中医诊所进行了突击检查,现场查扣了兴胰粉胶囊等七种中药产品。这七种产品中,有六种为食品,而兴胰粉胶囊为保健品。这些产品包装盒上,全部印着"陕西秦晋中医糖尿病研究所生产"的字样。检验证实,这种兴胰粉胶囊含格列本脲、盐酸二甲双胍等国家明令禁止添加的西药。

格列本脲与盐酸二甲双胍都是治疗糖尿病西药的主要成分,而且属于处方药。糖尿病人需要在西医的指导下,按剂量服用。服用中药及保健品的病人,还会服用西药降糖。但如果在中药或保健品里盲目掺入西药,很可能会危害人体健康。因此,法律有明文规定:往保健品中非法添加禁用名单上的西药,不论后果如何,都属于违法;情节严重的,恐怕就要负刑事责任了。

经前期调查,食药侦支队于11月19日决定立案侦查。当时,市食药监局查获的兴胰粉胶囊只有一小瓶,五十粒。那么问题就来了,这种兴胰粉胶囊究竟是偶然有问题,还是普遍存在问题呢?专案组首先要获得足够的样品。

陕西秦晋中医糖尿病研究所出品的胶囊,可不是随便能开出来的。西北一路的泽安中医诊所,只是张泽安的一个巡诊点,一个月里他也就坐诊一两次。只有凭张泽安亲自开的处方,病人才能买到药。那么，是不是谁来看病都给开呢？也不是。泽安诊所旁边住着一老汉，老在诊所门前晃来晃去。看张泽安出诊的时候门口排队的人挺多，也挂了个号让他看。老汉明明也有糖尿病，但张泽安号过脉后却说他没病，就是不给他看。得，人家硬是不挣他的钱！

泽安中医诊所的墙上挂满了"中华名中医"、"全国百姓放心医院"之类的金字牌匾，"妙手回春"之类的锦旗就更多了。看病的人，上岁数的居多，排队时相互一交流，都说这儿的药疗效不错。说起张泽安，更是敬重的口吻。食药侦支队副支队长王建武是个胖胖的中年人，从体态上看，倒像个糖尿病患者。张泽安坐诊这天，王建武也挂号、排队，和别的病人一样，显出一脸的虔诚。好不容易排到了他，眼前的张泽安让他多少有些意外：此人留着花白的长头发、长胡须，看上去有点儿仙风道骨的意思。

"血糖啥时候开始高的？"张泽安一口山西味儿浓重的普通话。问过病情、号过脉，张泽安只是给王建武开了中草药。

王建武希望能开到这儿的降糖胶囊："张大夫，能不能给我也开点儿咱的特效药呀？您看，我是做生意的，应酬多，也管不住嘴。"

张泽安却一口回绝："你先把这药吃上，再观察观察。"

另一位岁数大些的民警也去排队试了，张泽安开的仍然只有中草药，没有胶囊。后来，民警从那些开了胶囊的患者那儿了解到，张泽安根本就不给生人开胶囊。新来的病人至少要找张泽安看过三次、吃够三个月的中草药，在他对患者心里有数之后，才会开胶囊。

要弄到胶囊，还得另想办法。二大队民警雷红浪原先是西安武警学院的教师，转业到了公安局，同事们仍然喊他"雷老师"。他在未央分局干刑警时，袁萍正好在未央分局当分管刑侦的副局长。几个案子下来，袁萍对雷红浪就青睐有加。食药侦支队竖旗时，袁萍特意把他招入麾下。雷老师白白净净，还戴个眼镜，让他去排队挂号开药，更没戏。他去诊所也不找张泽安开药，就在外面待着。瞅准开了药准备离开的外地人，他就尾随过去，跟人家搭腔："我家老爷子也有糖尿病,可人家张大夫不给开那种特效药。反正您还能再去开,要不,您把您开的这药先让给我?我出高价。"

人家排了半天的队开来的药,凭啥给他?谁差他这点儿钱?第一时间,人家自然是拒绝。可这位眼镜男却是块牛皮糖,粘上就没完没了。有人都到了火车站,居然被他说动了,把胶囊转给了他;也有人都回到宾馆了,听门铃响,开门一看,咋还是这个一副可怜相的眼镜男?就算十个人里有八个生性固执,总有那么一两个会心肠一软吧?就这样,雷红浪从别的患者手上又弄到了几瓶胶囊。

张泽安是山西省忻州市定襄县人。民警们还跑到太原、忻州等地他的巡诊点,以同样办法从患者手上买到了一些兴胰粉胶囊。这些收集来的兴胰粉胶囊再次送检,结论和第一次送检时一样:所有的胶囊中,都含有格列本脲、盐酸二甲双胍这两种化学成分。但是,每批次胶囊的含量却大不相同。专家分析,这说明在添加这两种西药中间体时,生产者随意性很大。大量服用格列本脲、盐酸二甲双胍,会对人体的肝、肾功能造成很大危害。检测中发现,有的胶囊中的含量,竟然超过人体可接受标准上百倍。这药吃了,能不出问题吗?西安泽安诊所的法人代表种建华就不光负责诊所的事儿,还负责处置医务纠纷。

二

雷红浪他们去山西查案子,一入忻州境,高速公路边的巨幅广告牌上就是张泽安的大照片;在忻州市中心的繁华地段,电子广告屏幕上滚动播出着"百年老店天富生,国医圣手张泽安"的广告;打开电视机,那个留着长发、长胡须的男人也会在节目间隙冒出来,"醋溜"普通话说得掷地有声:"福泽家乡,保佑安康。愿我医术,回报桑梓。我叫张泽安。"

看上去岁数很大的张泽安,其实生于1959年。他的名字前,最常规的头衔是"博士"和"教授",网上查一下他的背景资料,更会吓人一大跳——

1994年荣获国际科学与和平周贡献奖和医学技术研究奖、中国传统医药华佗金奖；1995年荣获国际医学科学研究会第四届东方健康博览会科技进步金奖，同年荣任世界中医药学研究会专家委员；1997年任世界医药研究中心研究员及特约顾问、编委，中国疑难病治疗研究会专家委员；1998年被新华通讯社陕西分社评为"陕西新闻人物"，同年荣获美国世界传统医学科学院颁发的传统医学博士学位；1999年任香港国际传统医学研究会理事；2002年荣获世界中医药杰出成果一等奖；2003年当选为西安人大代表；2006年荣获中国管理科学研究院颁发的"共和国杰出人物"光荣称号……

张泽安出生于中医世家不假，他的父亲就是一名中医。张泽安也有医师执业资格，而且是个副主任医师。可是，一个户口还在老家定襄农村的乡村郎中，怎么从三十五岁起，一夜之间就成了一个拿奖拿到手软的人物呢？问题就在于，他获的那些奖，对于一般老百姓来说，根本就没听说过，即便是业内人士也是闻所未闻。

2000年，张泽安才把户口转到西安，确实当过莲湖区人大代表。但在自己的履历上，他写的是当选"西安人大代表"，看上去，是不是更像是西安市人大代表呢？一个山西人，怎么可能在1998年就当选新华社陕西分社评出的"陕西新闻人物"呢？事实上，新华社陕西分社也根本不曾有过这样一个评选活动。

泽安诊所悬挂的"全国百姓放心医院"的牌匾上，落款的颁授单位是"中国消费者查询中心"。有较真的人做过调查，国家有关部门确实颁发过"全国百姓放心示范医院"的牌匾，但泽安诊所少了"示范"二字，而所谓的"中国消费者查询中心"，则完全子虚乌有。再者，诊所挂的各种牌匾都是同样的规格大小，要不是自己做的，怎么会这样统一呢？

可是，绝大多数到他那儿看病的患者，对张泽安都是深信不疑。既然在别的地方治不好的糖尿病在他这儿立竿见了影儿，在患者眼里，他何止是名医，简直就是神医呢！

三

在百度上输入"张泽安"，互动百科的解释至今仍然是这样的：

"张泽安先生,祖籍山西,出生于中医世家,副主任中医师,就读于北京中医药大学,曾任陕西秦晋中医糖尿病研究所所长,2006年5月离职,从事糖尿病及疑难病症的研究……"

从1994年开始,张泽安的履历上几乎年年都在获奖,每年都会增加各种花里胡哨的头衔;而2006年之后,却出现一大段空白,直到2013年,才又"荣获中华医学创新发展促进会授予的中国医学专科专病特色专家称号"。那么,2006年5月,张泽安又是为什么离职的呢?答案就在当时《三秦都市报》一篇题为《"黑药厂"藏匿西安多年,挂研究所牌子造"保健品"》的报道里——

2006年5月16日,陕西省卫生监督所、西安市公安局治安局执法人员联合行动,一举端掉了一个长期隐藏在城市里的"黑药厂"。检查结果令人触目惊心,这个"黑药厂"非法生产的"森健降糖胶囊"不仅违规添加西药成分,并且无检验设备。它之所以能够长期存在不被发现,是因为其产品直接销往全国十六个城市的医院,不在药店销售,并且披有"陕西秦晋中医糖尿病研究所"的外衣,有着更大的隐蔽性,更容易使病人上当受骗……

陕西省卫生监督所市场监督科李西军介绍,经现场检查,陕西秦晋中医糖尿病研究所主要存在以下几个方面的问题:一、无证生产保健品;二、生产条件不达标;三、保健品违规添加了西药。

记者现场看到,这个"黑药厂"的药品库中,外包装箱上印的是"森健降糖冲剂",里面所装的保健品盒上的标签却是"森健降糖胶囊"。这里面暗藏什么玄机呢?李西军解释,1997年,国家卫生部批准过保健品"森健降糖冲剂",而未批准这一胶囊。陕西秦晋中医糖尿病研究所生产的这个保健品,盗用的是"森健降糖冲剂"的批准文号。拥有这个批号的生产厂家在山西,是山西得力康实业有限公司,而"森健降糠冲剂"原名兴胰粉……

> 执法人员现场查获的证据显示,这个研究所非法生产的保健品,已流向兰州、宝鸡、汉中、洛阳、开封、菏泽、济南、临沂、烟台、唐山、沈阳、长春、哈尔滨、太原、临汾、晋城等十六个城市……现场从事胶囊生产的四名工作人员,一人来自神木县农村,一人来自山西农村,另两人来自西安。其中,初中学历两人,高中学历一人,中专学历一人,均没有接受过专业培训。这个"黑药厂"的经理是西安某银行的退休人员崔某。崔某一再表示,他不懂药品、保健品生产知识,他只是来此打工而已……
>
> 另据透露,陕西秦晋中医糖尿病研究所的所长名叫张泽安,是西安市莲湖区人大代表。此案目前正在进一步调查中,本报将继续关注。
>
> ……

遗憾的是,时隔八年,张泽安仍在行医,而他的秦晋中医糖尿病研究所也仍在生产兴胰粉胶囊。

四

专案组在调查时发现,张泽安一伙不光被西安打击处理过,近五年来,他的诊所还被兰州、唐山、太原等多个地方的食药监管理部门行政处罚过。其中,长治警方曾介入调查,并对该团伙几名犯罪嫌疑人采取过强制措施。可是,案子都没有走下去,因为确定生产销售有毒有害食品的罪名,必须证明嫌疑人主观上是明知的,而张泽安和他的那些同伙只承认销售,却不承认生产。就这样,每次张泽安都侥幸过了关。

2006年被查之后,张泽安就不再担任陕西秦晋中医糖尿病研究所的所长了。所长的名分由他的一个亲戚接过去,这个亲戚人在山西老家,只在他这儿每月领份工资,啥事儿都不管。张泽安在陕西、甘肃、山西、内蒙古、河北、山东、辽宁、吉林和河南等九省区共有三十多个巡诊点,各地的诊所都由别人出面担任法人代表。

忻州的地福生大药房和地福生诊所，法人代表都是张旭明。这个张旭明也有医师资格证，跟着张泽安干了十几年了。西安泽安中医诊所法人代表种建华，同样有医师资格证。

诊所出了事，不管食药监局还是警察，首先要找的是法人代表。以泽安中医诊所为例，兴胰粉被查出问题后，种建华说，货是一个河南人送来的，厂家可能也在河南，他们只是销售。根据种建华给食药监工作人员提供的厂家地址，民警到河南漯河跑过三趟，做了大量的工作，最终确定这个所谓的厂家根本不存在；陕西秦晋中医糖尿病研究所注册地在西安，民警们在西安也做了细致的工作，同样查找不到生产窝点。

张泽安在山西、陕西两地生活多年，两边都有丰富的人脉。专案组的所有工作都必须在秘密状态下进行，以免惊动了他。不过，因为有过太多金蝉脱壳的经历，张泽安并不把被食药监局登门查上一次当多大事儿。他仍像候鸟一样，在他的巡诊点之间飞来飞去。民警们发现，泽安中医诊所里平时根本就没有张泽安那些"特效胶囊"，只有在他坐诊的时候，药房才会变戏法儿一样出现这些东西。泽安中医诊所的那十几箱胶囊，都是在张泽安坐诊的前一天晚上，通过物流从山西运过来的。西安如此，别的巡诊点也是如此。雷红浪等人到山西去查过物流，结果发现这些胶囊都来自张泽安的老家定襄县。

通过调查陕西秦晋中医糖尿病研究所的账目，专案组发现，研究所刚刚从山东一个厂家购买了一台打粉机，打粉机的收货地点也是定襄。由此，专案组判断张泽安的生产窝点就在定襄。

不巡诊的时候，张泽安一般是在西安、定襄两头住。在定襄，张泽安坐一辆黑色的丰田霸道。张泽安不会开车，是一个三十岁左右的壮小伙子给他开车。那么，张泽安住西安的时候，他的司机和这辆车在干什么呢？2015年3月，民警雷红浪、武亚军就来山西了。这会儿，他们开着从忻州租来的一辆车，一直在悄悄地跟踪这辆霸道。不久，霸道车开进了位于定襄县神山乡的崔家庄工业园。一转眼的工夫，霸道车就不见了，不知开进了哪个厂里。

山西定襄号称"中国锻造之乡",锻造历史相当久远。早在清朝乾隆年间,定襄的铁制品就畅销绥远、包头等地。据当地人说,如今的定襄是全国乃至亚洲最大的法兰制品生产基地,法兰制品的出口占全国的70%。崔家庄工业园有近千家小锻造厂,其中一些厂子已经倒闭。利用废弃的工厂生产问题胶囊,完全有可能。雷红浪二人只好一家一家地查看。武亚军扒着人家的铁门往里瞧时,不止一次被人当成了小偷。崔家庄工业园烟尘弥漫、污水横流,环境问题明显。雷红浪戴个眼镜,像个文化人,也被当成了跑来暗访黑烟囱的记者,让一伙人围住。雷红浪谎称自己是迷路的驴友,这才在人家狐疑的眼光里脱了身。

找了两周,却没有任何发现。情况汇报到西安,大队长王新宏要他们继续想办法。自打2014年11月起,雷红浪、武亚军二人前前后后来了山西七次。武亚军比雷红浪整整小十岁,来自特警支队,是个很能吃苦的年轻人。这次来,他们在定襄已经待了两个多月。且不说饮食生活不习惯,光是跟踪、守候,其中的滋味,也只有他们自己最清楚。可是,案子破不了,所有的付出都不足挂齿。二大队每个民警手上都有一堆活儿,他们也不希望别人来接替他们,然后再从头做起,哥儿俩只好打起精神继续找。

起初,他们以一天一百八十元的价钱租辆旧普桑开着,后来他们租不起了,改租被称为"蹦蹦"的机动三轮车。蹦蹦车一天五十元,人家开,他们坐。有时候,俩人一人租一辆,分开跟踪那辆霸道。就这样,当霸道车再次开进崔家庄工业园的时候,他们终于把这辆车跟到了"家"。

霸道车离开后,他们二人就守候在那家废弃工厂门外。白天,这里静悄悄的,也再没有人来。等天黑下来,他们却发现,厂里的灯一直是亮着的。守到半夜,确定四下无人,雷红浪让武亚军放哨,自己只身进入厂房侦查。他先往厂房里扔了一块砖,没有动静;再用砖砸亮灯房间的门,也没动静。于是,他翻墙进入院子。隔着窗户,雷红浪发现房间里堆放的正是装问题胶囊的那种纸箱。推门进去一看,纸箱都装得满满的,共有几十箱。但是找来找去,却不见生产设备。显然，这里只是一个仓库，并非生产窝点。

五

这个时候，雷红浪他们已经掌握，给张泽安开霸道车的司机名叫余进，是定襄县人。和他交往较多的人里，有个叫张义全的，是张泽安的堂弟，和张泽安在同一个村。从专案组大半年来的调查看，张泽安手下的骨干成员往往都是他的亲戚。这样，余进和张义全就成为两名侦查员调查的重点。黑窝点会不会就藏在这俩人的家里呢？雷红浪二人决定想办法到他们家里去探一探。

趁余进不在家，以找错人为名，二人"冒冒失失"地闯进过余进家院子。如果黑窝点在他家里，那么，总会有些包装纸、包装箱或者生产机器之类的东西露出来。一边和余进老父亲搭着腔，俩人一边四处踅摸。结果很失望，他们没有发现任何蛛丝马迹。有个发广告传单的人在村子里转，雷红浪灵机一动，跟人家要了一大摞，说要替人家发。不花钱来了个帮手，那人也就没客气，给他分了花花绿绿的一大摞。这样，雷红浪就成了个口吐莲花的乡村推销员，大模大样地进了张义全家的院子。可是，在张义全家也同样没有任何发现。

张义全开一辆白色的电动车，两名侦查员坐的蹦蹦车也没少跟过他。蹦蹦车司机都是当地人，人家对他们就不生疑吗？哥儿俩先编了一套词儿：他们来自陕北，想在这儿找个地方也开个法兰厂。一边走，他们一边跟蹦蹦车司机东拉西扯，倒是了解了不少当地的风土人情。

一天傍晚，张义全的小白车开进了麻河沟村外一个小院。不过，他进去时间不长就出来了，锁了门走人。看他走远了，雷红浪扒着门缝往里看，院子里养着二十来只羊，别的，真看不出什么名堂。这家院子的隔壁，是一家生产法兰的小厂。走进厂门，见一个瘦瘦的中年人像是个拿事儿的，雷红浪先给人家敬一根烟："我是陕北来的，想在这儿弄个精加工的厂子，不知你这隔壁的厂子是做啥的？"

"原先也是法兰厂,早都不干啦!"中年人告诉雷红浪。

那家小院不光养着羊,还养着条挺凶的狗呢。不仅这个院子,村里几乎家家户户都养狗。趁四下无人的时候,雷红浪爬上了这个可疑小院的房顶。往里瞅了半天,除了以前法兰厂废弃的锅炉和煤渣,看不出有生产胶囊的任何痕迹。不能再翻墙进院侦查,二人就蹲在附近的玉米地里观察。他们白天晚上都去,换班吃饭休息,连去了三天。第三天晚上十点多,张义全的小白车忽然来了,停在院门外。一伙人进院子后,里面就传来机器运转的声音。到凌晨四点,机器声终于停了。接下来,这伙人开始往小白车上面搬纸箱。

"你看,小白车装不了多少,他们还得跑几趟。你赶快去弄辆车来,一会儿把小白车跟上,我在这儿守着。"雷红浪让武亚军去找车,但天都没亮,到哪儿去找车呢?这会儿再没谁能帮到他们了。穿过玉米地,武亚军飞快地跑到后面的公路上,看到车灯就招手。他运气不错,还真就拦住了一辆出租车。小白车运最后一批货的时候,出租车悄悄地跟了上去。结果,小白车驶向了三十多公里外的崔家庄工业园。小白车最终的目的地,正是雷、武二人之前发现的那个秘密仓库。

后来犯罪嫌疑人交代,这个秘密生产窝点一个月只生产一两次,都是像这样在夜里干,干到凌晨四点左右收摊儿,天明之前把货运到崔家庄的仓库里藏好。张义全负责窝点的生产,至于要不要干活儿,则由余进根据仓库里的存量决定。在张泽安坐诊的前一天晚上,余进会把他需要的胶囊通过快递发到他的巡诊点。

专案组的行动时间定在了6月12日。平时,西安泽安中医诊所只有几名工作人员在,他们只是负责给网购的患者发货。而6月12日这天,张泽安要在西安泽安中医诊所坐诊,他手下的工作人员全都在。

西安抓捕组进展顺利。在抓捕行动前夕,山西这边却出了状况。西安市药监局年轻干部张军在定襄参加专案组行动,凌晨一点,在专案组即将开始收网行动的关口,张军因连续作战太劳累,突然心脏病发作,生命垂危。专案组赶紧呼叫急救车,拉着张军从定襄赶往太原。途中，张军心脏骤停两次。食药侦支队一边立即上报市局领导，一边派支队政委李军生紧急赶赴太原，协调抢救事宜。最后，在北京开会的西安市食药监局主要领导紧急协调医院救治，在太原为张军进行了心脏搭桥手术。手术成功，张军终于转危为安。

在山西警方的配合下，专案民警在忻州、定襄同时动手。打开麻河沟村生产窝点的铁门，那群山羊发出"咩咩"的叫声，一股羊粪味儿扑面而来。走进后面的一排房子，左边房子里有台绿色的机器，这就是秦晋中医糖尿病研究所从山东购来的那台打粉机。中间的一间房子里，有一台闪着金属光泽的机器，看起来很贵重。专案组里的西安市食药监局工作人员告诉民警，这台机器是胶囊填充机。最边上的房间里堆放着各种原料，有玉米粉、兴胰粉、盐、黄芪粉以及麦芽糊精，生产现场脏得让人几乎无法落脚。

民警们还查获了两大桶白色晶体状粉末，经化验，这些晶体就是盐酸二胛双胍和格列本脲。这两种医药中间体是他们分别从江苏常州和湖北武汉买来的。后来张义全交代，生产胶囊时，他们是用手工往原料中随意添加这两种化学品。难怪西安市食品药品监督局检验的每一批次的降糖胶囊中，格列本脲和盐酸二胛双胍的含量都不相同。

这次统一行动，警方在麻河沟村的生产窝点、崔家庄工业园里的仓库以及西安的诊所，现场查扣了35000余瓶胶囊。经陕西铭建会计司法事务所鉴定，张泽安一伙共生产价值约4623万余元、销售4514万余元假药，本案涉案总价值超过5000万元。

过去，类似的案件大部分犯罪嫌疑人适用的都是缓刑，并处罚金也不过几百万元。可这回，因为证据确凿，西安警方动静就大了。这次行动，一共抓获了包括张泽安本人在内的二十六名犯罪嫌疑人，其中十四人被刑事拘留，移送起诉十一人。因张泽安一伙是把食品、保健品当作药品来销售的，2017年3月，张泽安以生产、销售假药罪被判处无期徒刑，并处罚金四千五百万元。

2015年7月，本案被陕西省公安厅列为省级督办案件；一个月后，本案再被公安部列为督办案件，并在全国发起集群战役。凡是有张泽安巡诊点的省份，所在地公安机关与食药监部门携手，共同展开执法行动，不仅问题胶囊全部下架、销毁，相关责任人也受到了追究。

2015年9月，本案被最高人民检察院列为督办案件；2015年12月，本案被国家食品药品监督局评为2015年全国优秀案例；2016年4月，本案被公安部列为2015年度第二批十大经典案例。西安市公安局为专案组报请了集体二等功，也为专案组民警雷红浪申报了个人二等功。

贺信来自公安部

一

"我跟你们说过了，是卓胜利给我们供的货。你们不去找卓胜利，老来骚扰我们，让我们怎么做生意？"面对二大队民警杨斌、祖国栋，刘夏荷脸色阴沉，话已经说得很不客气了。

2015年9月16日，陕西省食药监局稽查局在长安区进行例行检查时，发现位于韦曲的陕西省百家药厨有限公司下属一个药店里有一种中药饮片包装粗糙，像是假的。包装袋上写的是"荣利牌"，药店营业员也拿出了购入的发票。发票上显示，这种中药饮片的生产厂家是位于陕西汉中的荣利制药厂。稽查人员带着百家药厨的"荣利牌"饮片去了趟汉中，结果厂家说，这药根本就不是他们生产的，他们也没有这种包装。回到西安，稽查人员就把百家药厨的经理刘夏荷叫到省食药监局去调查。

刘夏荷说，百家药厨的药品全都是从城西采供站进的货。城西采供站是陕西遥远药材集团下属的批发企业，成立于1997年。城西采供站有大型药品储备库三家、零售药店八家，是陕西业内的知名国企，其经营范围包括中成药、化学药制剂、抗生素、生化药品、中药饮片、保健品及医疗器械等。与其长期合作的药企有两百多家,囊括了全国几乎所有的知名药企。刘夏荷说,给百家药厨供中药的业务员名叫卓胜利,是城西采供站的职工。给百家药厨供西药的城西采供站员工宋龙龙证实了刘夏荷的说法。食药监稽查人员对卓胜利的法人委托书和随货同行单进行验证,发现其法人委托书是空白的、随货同行单是假的。

稽查人员从百家药厨查获的五公斤"荣利牌"中药饮片被认定为假药。11月20日,省食药监局通过省公安厅将案子移交给市公安局食药侦支队。经过前期调查,12月2日,食药侦支队正式立案,由二大队负责侦办。

侦查初期,杨斌、祖国栋在询问药店员工时,员工们的说法完全一致:不知道出事儿的中药饮片是从哪儿来的,因为每次都是一个不认识的人送到店里来,放下东西就走。虽然对送货人的描述不一致,但所有人都说,是一个叫卓胜利的人供的货。百家药厨墙上贴的一张纸上,确实写着他的手机号。销售负责人刘晴和店长都说,8月份还打这个电话跟他要过货。可民警调查后发现,这部手机2014年就已经停机了。店里员工说,卓胜利来店里,有时开辆面包车,有时骑个电动自行车。可说到他的模样、年纪,每个人的描述又不相同。

在城西采供站,民警了解到,这个卓胜利确实在这儿干过,但早就辞职了。莫非,他冒充城西采供站的工作人员在外面招摇撞骗?

购买药品,都要有一张随货同行单。民警在审查现有的文书证据时,发现一张随货同行单上有个签名是"张秀秀"。张秀秀是百家药厨的一个柜员,既然是她签的字,那么,她应该和卓胜利打过交道吧?找到张秀秀,她却支支吾吾。见警察实在不好糊弄,她才说,药是百家药厨的司机胡波送来的,她并没有直接和卓胜利打交道。

那就再找胡波。胡波说,他就是个跑腿儿的,老板让到哪儿去取药,他就上哪儿去取药。那究竟去哪儿取的药呢?又是找谁取的?胡波说,每次取药的地方,都在康复路锦绣鞋城下面的人行道上。人家事先等在那儿,他车一到,拿了就走。至于对方的联系方式,他不掌握,都是刘夏荷联系好之后吩咐他去取的。

可是,在对胡波的调查中,民警却意外获得了一个信息:9月16日省食药监稽查人员在百家药厨发现假药之后,胡波受刘夏荷指派继续取药,直到12月中旬。民警调取的监控证实,胡波所说的那个取药地点是假的。

二

仅仅五公斤中药饮片是假药,还是他们长期经营的这个牌子都是假药?再查百家药厨,民警又发现,药店里的一种甘肃省渭源县杏林馆出的中药饮片看上去也比较可疑。把这种饮片的样品交到省食药监局,稽查人员拿到厂家鉴定,厂家说从未出过这个批次的中药饮片,也从未跟西安的城西采供站有过业务关系。

民警将刘夏荷带回审查。刘夏荷说,杏林馆的药不是从卓胜利那儿进的,而是城西采供站一个叫"王玉军"(音)的人给店里送来的。民警找到城西采供站一查,只有一个叫"王宇军"的职工,以前是看大门的,2007年就退休了。这以后,单位就没人知道他在哪儿。杨斌、祖国栋费了挺大劲才找到王宇军。王宇军头发、胡子都白了,在家带孙子呢,哪儿像在外面颠儿颠儿跑业务的人呀。民警拿了一些照片让他辨认,他并没有认出刘夏荷;把王宇军的照片混在一堆照片里让刘夏荷辨认,她也没认出王宇军。显然,他们俩根本就不认识。

又一次说了假话的刘夏荷被刑事拘留。2016年春节前,她被市检察院批准逮捕。春节后上班第一天,刘夏荷的律师就来单位找杨斌、祖国栋:"刘夏荷把名字记错了。那人不叫王宇军,叫王玉军。"说着,律师从公文包里掏出一张死亡证明,把上面的"王玉军"指给杨斌看。

王玉军是2015年11月15日去世的。律师说,王玉军也是城西采供站的职工。死亡证明上面有死者原来的户籍信息,照这个地址,杨斌跟同事找到东关索罗巷城西采供站的家属院,但王玉军并没有在这儿住。十多年前,城西采供站被遥远药材集团收购。现在,城西采供站职工的档案资料都在遥远药材集团。找到遥远药材集团,终于查到王玉军的资料,结果发现王玉军2001年就停薪留职,离开城西采供站了。找到王玉军妻子的信息,杨斌他们追到长安区。王妻告诉民警,王玉军得的是肺癌,2015年8月发现的。此间,他先后在西医一附院、传染病医院和省医院住过院。

像这样一个肺癌晚期的危重病人,还有可能到百家药厨去跑业务吗?调出王玉军的就医记录,杨斌专门找到他当时的主治医师询问。大夫告诉杨斌,王玉军入院治疗时就已经是肺癌晚期了,医院对这类危重病人的看护是十分严格的,根本不会允许他往外跑。这和王妻的说法完全一致,住院期间,王玉军天天在病房里打吊针,除了转院,哪儿都没去过。因此,他和刘夏荷不可能有任何交集。

在调查王玉军情况的时候,王新宏另派一路民警去了山东。从城西采供站的员工资料中,民警找到了卓胜利的一份身份证复印件。卓胜利是山东菏泽成武县人,大学毕业后,曾于2011年在城西采供站干过半年。这年下半年,他的妻子怀孕,卓胜利离职回了山东。民警找到他的时候,他和他媳妇都在济南打工。卓胜利供职于一家电子公司,在这儿已经干了两三年了。公司每天都得打卡,2015年全年卓胜利都没有缺勤。卓胜利不但不认识刘夏荷,而且声称,自2011年从城西采供站离职后,他就再也没有去过西安。

民警重点查了他2015年的活动轨迹,确实没有往返西安的任何迹象。也就是说,卓胜利根本不曾给百家药厨供过中药。那么,百家药厨的假药是哪儿来的呢?

三

刘夏荷被抓的第二天,市检察院就收到一封举报信,说这起案子纯粹属于同行之间恶性竞争使的阴招儿,还说公安局没立案就把人关了。问题是,举报人凭什么说公安机关没有立案呢?

自打刘夏荷被刑拘之后,百家药厨的营销主管刘晴、司机胡波就失踪了。起初,他们的手机还只是关机,后来再打就都成了空号。作为百家药厨的经理、法人代表,刘夏荷对药店的管理都是通过营销主管刘晴来进行的,她和下面的员工一般是不直接打交道的,而受她的指派去取那些问题中药饮片的,只有司机胡波。这俩人找不见,案子就陷入了僵局。

信息时代,找人也得通过信息手段。祖国栋是西安电子科技大学毕业的硕士,食药侦支队的电脑高手。为了寻找胡波、刘晴二人的踪迹,祖国栋经常是每天连续工作十几个小时。一天凌晨两点,仍坐在电脑跟前加班的祖国栋突然觉得心慌气短,脸色煞白,头上冒出豆大的汗珠。一起加班的王新宏赶快把他送进了就近的武警医院,一查,心律不齐。打过吊针缓过神儿来,祖国栋又回到工作岗位上,手上的活儿不等人啊。

一个多月之后,警方终于发现了胡波的行踪。胡波老家在陕西泾阳县,过了年,感觉风声过去了,胡波回了趟老家。赵建波带人马上赶去,趁天不亮把他堵在了被窝里。带他回西安的路上,胡波神情极为沮丧。他交代,过年期间,他躲到四川去了。问他为什么要躲起来,他说是老板让他躲的。赵建波诧异了,老板?百家药厨的法人代表刘夏荷不是早就关到看守所了吗?再问,胡波就低下了头,显得心事重重。

娃多大了?在哪儿上学?学习咋样?路上和胡波交流时,赵建波就故意跟他东拉西扯拉家常,给他减压。在胡波紧绷的神经放松下来时,赵建波才跟他说:"你就是个打工的,老板挣钱也不给你分,你给人家扛这么大的事,再把你连累进去,你看值得不?"这样劝了一路,胡波的精神防线松动了。

民警找见了卓胜利,也就戳穿了业务员宋龙龙之前的谎言。宋龙龙供给百家药厨的西药并没有发现问题,他的身份也没有问题,那么,他为什么要向警方作伪证,说本来与他根本不认识的卓胜利是他的同事,而且一直在给百家药厨供中药呢?传唤宋龙龙,年轻人这回不得不交代,城西采供站给百家药厨供中药的人是李冬梅。

再说胡波。面对现实,他不得不艰难地吐露了一些零碎信息。结合先前侦查的情况,专案组初步分析,胡波开车去取货,都是城西采供站的李冬梅带他去的。继续审查发现，让胡波关掉手机出去躲起来的人和让宋龙龙作伪证的，就是城西采供站的法人代表、总经理江小燕。

江小燕时年四十五岁，圆脸，胖胖的，一身考究的职业装。民警每次在城西采供站见到她的时候，都能感觉到这个女人气场很足。在对刘夏荷提供的三个假上线的调查中，专案组多次到城西采供站进行取证。按说，作为一家国有企业的领导，得知下属有涉嫌生产、销售假药的行为，江小燕应当主动配合公安机关，哪怕从洗刷自己的嫌疑这个角度，也应该这样做。可是，她的态度却很反常，不仅不主动与警方沟通，专案组找她，她也总是以各种各样的理由回避。一个以女强人形象示人的职业女性，却像个江湖骗子一样，嘴里没个实话。

这次杨斌、祖国栋到城西采供站来，是要找李冬梅。从程序上讲，他们得跟总经理江小燕打个招呼，请她予以配合。江小燕的态度一如既往地冷淡："李冬梅不在这儿上班，她在长安区的百家药厨上班呢。"

"能不能给她打个电话？"其实，来之前，杨斌他们已经做过功课，确定李冬梅此时就在城西采供站。有同事守在门口，她也不可能闻风溜走。

避开民警，江小燕打了个电话。回来，她跟民警说："她人在咸阳呢，过来会比较慢。"

两个小时后，李冬梅"气喘吁吁"地来到了江小燕办公室。杨斌他们不客气地把她传唤到了已经搬到南二环办公的食药侦支队。以李冬梅说过的假话为突破口，民警步步紧逼，很快突破了她的心理防线。李冬梅的交代让民警们脑洞大开，原来，百家药厨其实就是城西采供站的一个零售部。也就是说，包括刘夏荷在内，百家药厨的员工也都是城西采供站的员工。李冬梅是一名计划员，有医院需要药品，量大的，她就报给刘夏荷；量小的，她就通过QQ直接报给一个名叫江春妮的业务员。那么，江春妮又是谁呢？那就再问胡波。

"我去取货时,在库房见到过江总她哥江小军。我估计,假药就是江小军造的。那个江春妮是江总老家的一个远房妹子,跟着江小军打杂呢。"放下了思想包袱的胡波其实是个健谈的人,"江总让我出门躲起来,是希望这起案子你们办不下去。要是再查下去,她哥不就有麻烦了嘛!"

这边,李冬梅也想通了。她说,2014年7月,江小燕成立了一个中药饮片部,自己生产中药饮片。管事儿的就是她的哥哥江小军和嫂子张冰。警方调查的那些问题中药饮片,全都来自这个中药饮片部。虽然城西采供站一些职工也知道有这么个中药饮片部存在,但事实上,这个部门却是在城西采供站体外运行的。中药饮片部由哪些人员构成、在哪儿办公,没几个人知道。作为一个只有销售药品资质的企业,城西采供站是不能生产药品的,中药饮片部加工、生产中药饮片,本身就是违法的。

胡波把民警领到了中药饮片部位于东站路的库房。可到了地方,却发现库房早就搬空了。

四

江春妮三十出头,户口在外县,人在西安打工。她不高也不矮,不漂亮也不难看,穿着不土也不前卫,是个掉到人堆儿里就不好找的人。每天,她按点儿坐地铁、倒公交上下班。走路的时候,她会留意一下别人的发型、包包或者鞋子,偶尔也会多看某个人两眼。坐车的时候,不管是站着还是坐着,她大多数时间都在专注地玩手机。有时候一抬头,突然发现身边有摇摇晃晃抓着扶手的老年人,她也会赶快把自己的座位让出来。

江春妮无论如何也想不到,最近很长一段时间里,无论她走路、坐地铁、乘公交还是搭摩的,无论她是上班路上还是下班回家,至少会有一双眼睛在紧紧盯着她。

据李冬梅、胡波的交代,专案组把侦查的重点放在了江小军、张冰夫妇以及江春妮、赵中原这四个人身上。从省食药监局调查百家药厨后仍然顶风作案、又从东站路果断转移的行事作风看,江小军是个具有很强反侦查意识的人。加上他与江小燕的血缘关系，专案组意识到，在没有掌握充分证据之前，要想从江小军、张冰夫妇这儿形成突破，是十分困难的。那个赵中原是江小军手下的司机，交接货时，胡波见过。他开一辆银灰色的五菱面包车，车号民警已经知道。专案组试图通过寻找这辆车找到生产假药的窝点或者存储假药的仓库。

在长时间找不到新线索的情况下，涉世不深的江春妮就成为民警调查的重点。在将近两个月的时间里，包括内勤民警李静在内，二大队几乎所有民警都参与过对她的跟踪。江春妮家在三桥立交桥附近，每天早上，她会从家步行到地铁一号线三桥站，坐十二站到通化门站下车，然后再倒公交车或者搭摩的，到新城景园小区江小军家里。也就是说，她上班的地方，就在江小军、张冰家里。每天，江春妮浑然不觉地上班、下班；她的身后，便衣民警分为几个班，一直在交替跟踪。

专案组也曾考虑过，假药窝点会不会就在江小军、张冰的家里呢？这样的小作坊，不需要占用多大地方，在家里生产完全能做到。但是，中药切片会有噪音，中药也会散发出浓重的味道。经过这长时间的观察，江小军的左邻右舍既没听到过机器切割中药时发出的刺耳声音，也不曾闻到过刺鼻的中药味儿。江春妮每天在江小军家干什么，目前还是个谜。

寻找赵中原和他开的那辆车的工作也在同步进行。从江春妮每天到江小军家上班来看，江小军是在家里办公。赵中原是给他拉货的司机，要听他吩咐，就不应该离他太远。于是，民警就开着地方牌的车，在新城景园小区附近转悠。除了在路上找，他们也去一些诸如修理厂之类的地方，采取的都是地毯式搜索。

6月28日上午，在幸福北路一家废弃的汽车修理厂，民警终于发现了那辆车，并且看到了站在车旁的赵中原本人。这辆五菱面包车停放在一个地库里，地库也没灯。从外面看，就露了个车头。民警悄悄靠近观察，意外发现他们找了两个月的假药窝点，就在这个地库里。

是时候收网了。6月29日，食药侦支队在省市食药监局稽查分局执法人员的配合下，联合新城分局和碑林分局的支援警力，兵分两路，在西安市幸福北路一废弃的厂房内，现场抓获正在加工包装中药饮片的赵中原等五名嫌疑人，查获了大量已经包装好正准备送货的"荣利牌"中药饮片，以及大量中药饮片包装袋、标签、封口机和电子秤等作案工具，其中，加工好待包装的中药饮片约十五吨、生产设备十二台，价值一百余万元。

这个弃用的修理厂窗户是烂的，上面结着蜘蛛网。大量的药材随意扔在地上，而地上尽是尘土、污水和老鼠屎。看了这场景，在场不少人忍不住破口大骂。是啊，要是自家亲人甚至生病的老人、孩子服用过这里出品的"中药"，能有个什么心情呢？王新宏曾经把收缴的中药饮片请西安中药饮片厂的老师傅过目。老师傅说，这种中药饮片质量之差，连劣药都算不上。可是，百家药厨已经给多少医院、药店供过药？在暴利的驱动下，这帮人在警方立案侦查后竟然还不收手。

在江小军家中，民警当场搜出了九枚假公章以及打印随货同行单的电脑、打印机。在对电脑进行取证时，祖国栋发现，这台电脑和城西采供站的销售系统是联网的。原来，每天来这里上班，江春妮是在用这台电脑跟城西采供站联络。

五

躲猫猫的游戏总会有结束的时候，百家药厨的销售主管刘晴还是被警察找到了。和胡波一样，她也是奉江小燕之命躲起来的。民警找到她的时候，她已经是个挺个大肚子的孕妇。其实，在百家药厨，刘晴也只是个刘夏荷与店长之间上传下达的角色。对于问题中药饮片的来源，她压根儿不知道。和江小燕之间她更是隔着层级，无从知道百家药厨与中药饮片部的猫儿腻。

再说刘夏荷。自打被警察带走，刘夏荷怎么都不肯交代。她知道，老板江小燕是个很有能量的人，怎么可能撒手不管她呢？在被刑事拘留之后，刘夏荷就能见到律师了。她的律师像花蕊间飞舞的蜜蜂，为她传递来外面宝贵的信息。这让刘夏荷有了底气。

中药饮片部说起来是城西采供站的一个下属部门，实际上就是江小燕的家族作坊，员工全是跟她沾亲带故的人。刘夏荷能认定的死理，江小军、张冰夫妇当然更加坚信不疑：有江小燕在外头活动，这案子还有可能大事化小、小事化了；如果把她咬出来，那倾巢之下岂有完卵？面对警察的讯问，江小军、张冰夫妇只说自己的事儿，丁点儿不牵扯江小燕。他们手下的人都不会跟江小燕直接打交道，就是想说，也说不出个所以然来。

一场电影演到剧终，演员表总得出来吧。中药饮片部的人员分工是这样的：江小军本来就是医药行当里的从业人员，除了负责整个中药饮片部的生产和销售，原料购买也是他亲手抓；张冰负责收集购药信息，他们内部称为制订"计划"；江小燕的姨夫章安仁是个七十多岁的老汉，他负责炮制中药材；负责送货兼任库管的，就是赵中原；江春妮协助张冰收集计划，并负责打出相应的随货同行单以备检查；老家在新疆的宋进来是江小燕的堂弟，他负责每一批药品的成品质量检验报告。在库房里负责包装的两个女子也有分工：三十来岁的程智慧负责打印标签，二十多岁的凌燕负责给随货同行单上盖章、贴标签。

查抄制假药窝点后的第二天，民警就拿着搜查证到城西采供站去搜查。江小军和江小燕一直保持着密切联系，江小军这边一出事儿，江小燕就知道了。她已经把电脑服务器上的一些证据销毁了，但祖国栋还是提取到了一些。城西采供站管人事的是质管部，从质管部的电脑上，祖国栋查获了一张中药饮片部的工资表。这份工资表上，排在第一位的就是江小燕。江小军以下，包括那两名包药的女工，名字都赫然在列。

结合江小燕让胡波、李冬梅作伪证的犯罪事实，专案组初步确定江小燕涉嫌生产、销售假药罪，将其刑事拘留。

六

在担任城西采供站总经理期间，江小燕动了利用公家资源给自己捞钱的私心。她在城西采供站先搞了个对外称"陕西百家药厨有限公司"的零售部,为她卖假药做准备。城西采供站是个有信誉的国企,和许多大药厂都有合作。起初,百家药厨卖给医院的中药,都来自正规厂家。

江小燕的哥哥江小军比她大一岁,跟她一样,也是医药圈子里的人。等和医院建立起稳定的供药关系之后,江小燕就弄起了个中药饮片部,让江小军接手,开始把自己生产的假药冒充真药继续卖给医院诊所药店。不同于西药,中药用药周期长、见效慢,而且,一服中药常常是由十几种药材共同组成,其中一种饮片失效,很难看得出来。江小燕一伙人钻的就是这样的空子。刘夏荷被抓,本来已经是警钟长鸣。不收手,换个地方接着干,一方面是因为造假药的营生利润大,足以让他们的贪婪战胜恐惧;另一方面,他们也真是小看了食药侦民警的决心和能力。

被刑拘后,江小燕以不知情为由,把自己的责任推得光光的。没有江小军夫妇的供词,她对中药饮片部造假药的事儿就一无所知;没有刘夏荷的交代,她对百家药厨卖假药的事儿也并不清楚。再加上凭着自己掌握的资源,江小燕这些年也建立了一个强大的关系网。即使她被警方刑拘,外面肯为她摇旗呐喊、疏通关节的照样不乏其人。这些人当中,有的还不是一般的老百姓。

检察机关在收到公安机关的提请逮捕申请书之后,七日内必须作出批准逮捕或不予逮捕的决定。检察院不批捕的嫌疑人,公安机关必须立即释放。8月3日,也就是二大队民警将提请逮捕江小燕的申请书提交市检察院的第六天,市检察院有关部门认为逮捕江小燕证据不足,要求市公安局食药侦支队办案民警前去就证据和事实情况作进一步说明。

下午一上班,副支队长王建武、法制科长杨静和办案民警杨斌准时赶到检察院开会。大家反复探讨争论,最终意见仍未达成一致,焦点就是:以现有的证据是否足以证明江小燕知情。如果第二天上午八点半以前不能提供新的证据证明江小燕主观明知下属造假售假,那么江小燕就不构成犯罪,检察院有可能对江小燕作出不予批捕的决定。

整个案件急需的，是足以证明江小燕知情的证据，比如中药饮片部采购原材料的单据上有她的签字等。当天晚上，专案组紧急传来城西采供站的财务人员，想在有关增值税票据或者审批报告上找到江小燕的签字。反复核实后，并没有这样的票据存在。不过，一名工作人员在接受询问时无意中透露了一个重要信息：因为自己生产的中药饮片质量太差，有一次江小燕生了气，给中药饮片部全体人员开过一次会。这名工作人员并没有参会，只是听说而已。

有个以前在销售部干过的小纪，家住神禾塬某村，因为妻子生孩子，小纪在家休假伺候。赵建波、杨斌、祖国栋三人找到小伙子家时，已是午夜。提前通过电话，小纪衣着齐整地在等候他们。小纪证实了那位工作人员的说法，江小燕开会时，他就在场。江小燕当时说话的腔调，小纪学得像模仿秀一般："你们以后装药时，要把灰弄干净，现在这样子也太不像话了！"

结束对小纪的询问，已是8月4日凌晨三点。整个神禾塬安静得像个熟睡的婴儿，开车下塬，一路上他们没遇到一辆车、一个人。车里，三个民警却处于高度兴奋状态。赶在上午检察院上班之前，他们终于取得了宝贵的证据！可是，仅靠小纪的孤证，还不能形成证据链。8月4日上午，二大队民警全体出动，在市看守所同时提审了赵中原、章安仁、江春妮等六人。这六人都承认，江小燕确实给他们开过一次这样的会。

那是江小燕给中药饮片部开的唯一一次会，也是她和江小军以下的人唯一的一次公开业务交流。当天中午，民警将补充侦查的全部证据材料交到检察院。当天下午，西安市人民检察院对江小燕作出了批准逮捕的决定。

事实证明，城西采供站是一个内部生产假药、再通过合法外衣销售假药的制假售假企业。这个以江小燕为首的犯罪团伙管理严密、分工明确、层级分明。三年间，他们产销假药价值近千万元，销往全省五个市、二十个区县的上百家包括三甲医院在内的医院和药店。其制假售假行为持续时间之长、销售下线之多、社会危害之大,即使在全国范围内都属罕见。当然,由于犯罪嫌疑人订立攻守同盟统一口径,疯狂毁灭证据,对抗调查,本案的侦破难度也是少有的。2017年4月,公安部专门给西安市公安局发来贺电,对专案组予以表扬。

(原载《啄木鸟》2017年第10期)

危机干预[1]

欧阳伟

> 他们是我的战友,我是他们的见证,化"危"为"机",化险为夷。
>
> ——题记

一

A

"今天我值班,明天早上就回来了。"刘立忠对妻子说着话,像往常一样,推着那辆旧单车出

---

[1] 文中部分当事人使用了代称或化名。

门了。天边露出鱼肚白,像是要变天的样子。一路上,他脑子里老想着手头还有几件事要做,不由得使劲地踩,车轮转得飞快,离8点上班时间还早着呢,刘立忠就已经走进了长城派出所。

砂子岭是湘潭的西大门。长城派出所就坐落在这城郊接合部的大路边上。派出所里值班事多,接警出警,忙得团团转,刘立忠早已习惯了。

2015年10月26日上午8时02分,刘立忠刚把昨天的资料整理好,桌上的电话响了。湘潭市公安局指挥中心接到报案,雨湖区长城乡政府旁汽修厂内发生纠纷,指令雨湖公安分局长城派出所出警处理。刘立忠放下电话,招呼一声:"王威,走。"协警王威就跟着走出了派出所。走到半路,遇一妇女拦住他们,急促地说:"警察同志,我就是报警的,我姓杨,我儿子刘某今年38岁,刚刚与邻居发生了纠纷,现在又去附近一商场找麻烦。刘某前几天在这个商场买了一台电视机,没有开具发票……"刘立忠、王威与报警人杨某随即往商场赶去。他们行至商场一楼,就听到二楼传来一男子歇斯底里的声音:"我要杀人,我要杀人!"杨某证实:"那就是我儿子刘某。"刘立忠、王威迅速从楼梯跑上去,刚到楼梯口,就看见刘某正挥动一把尖刀向周围群众乱舞。情形危急,来不及多想,两人迅速上前制止。刘某见到民警,非但不害怕,反倒疯狂地朝民警扑过来,挥着刀子一顿乱刺乱砍,刘立忠猝不及防,胸部、腋窝、腹股沟等处被刀刺伤,倒在血泊之中,王威右手小臂受伤,刘某趁机逃脱。

上午8点26分,雨湖公安分局昭潭派出所所长古勇正在会议室召集民警开早会。前一天,所里两名民警处置纠纷时,被当事人所伤,其中一个肋骨骨折还躺在医院里,他一再叮嘱:"弟兄们,事要做,案子要办,但千万要记住,一定要注意自身安全。"话音还没落,值班民警就冲了进来:"古所,商场里有人持刀砍人。"

持刀砍人?古勇第一反应是要带上家伙。他一边指挥协警小张和小罗带上两把防暴钢叉,一边带上自己的配枪,三人飞快跳上了警车,民警小廖已在警车驾驶位上待命。

警车刚停到商场门口,保安从门里踉踉跄跄地跑出来,上气不接下气地说:"有人被砍……砍……砍了了。"

古所长问:"受伤的人怎么样了?"

保安说:"受伤的已经……送往医院"。

一看保安被吓得腿都软了,古所长差不多是把他提到警车上的,让他带路,沿砂子岭方向追寻嫌犯。

他们追到长城乡政府附近一旧式楼房前发现了嫌犯。嫌犯持刀站在四级台阶上,正和楼道口的两名交警和一名协警对峙。

古勇发现,嫌犯情绪激动,一直挥舞着刀,刀柄上隐约能看到血迹。他示意小张和小罗拿长钢叉上前控制嫌犯。

古勇明白,离自己三米距离的人,是个高度危险分子,随时可能伤及他和同事,甚至周边的围观居民。他迅速从腰间拔出配枪,朝天鸣枪示警。嫌犯身体微微一抖,愣了一下。

可接下来的反应,让现场气氛变得更紧张。嫌犯仅仅受到短暂惊吓,凶残的目光盯上了交警郑江。古勇再次鸣枪示警,协警小张和小罗默契地趁着嫌犯发愣的空当,用钢叉更紧密地控制了嫌犯。哪知道,嫌犯比之前更暴戾,身子一闪,用手一扒,从钢叉侧边挣脱出来,跳下台阶狂奔,举起刀子捅向离他最近的郑江。

眼看郑江生命受到威胁,古勇果敢地朝嫌犯右腿开了一枪。

现场的五名警务人员一拥而上,上前夺刀。刘某的母亲杨某几次冲到古勇面前扭打:"我崽没犯法,你们不能抓他呀。"她试图阻止民警抓捕刘某。

刘某拼命挣扎,手中的刀闪着寒光。两三分钟后,刘某手中的刀才被民警夺下。危机解除,围观群众终于松了一口气。

古勇事后说:"我是上了车以后才听说,有民警和协警受伤,见到协警后才知道民警刘立忠快不行了。"

嫌犯刘某杀害民警刘立忠逃走后,又逃回那栋旧式楼房,潜入与他发生纠纷的邻居黄某家,将60多岁的黄某杀死了。

当天11时55分,民警刘立忠经湘潭市中心医院全力抢救无效,英勇牺牲,年仅47岁。

B

当天上午,民警出警受重伤的事件迅速在全局传播,刘立忠的生命安危牵动着每一位战友的心。中午,我们在食堂就餐,谈及此事,市局民警心理服务中心(以下简称"市中心")主任孟兰叶对心理专干柳柳说:"现在具体情况还不清楚,听说在处置过程中民警使用了枪支,按规定我们要启动心理危机干预程序。"话音刚落,手机响了,"啊——牺牲了?"孟主任张开的嘴巴好一阵没有合拢,"是,我马上组织力量到中心医院,同时启动危机干预程序!"

顷刻,我们的心沉了下去。

"刘立忠同志牺牲了。"孟主任沉重地说,"市局政治部主任席晓刚打来电话,要求市中心立即组织心理危机干预团队介入,确保不发生次生事故。"

"真牺牲了?!"曾和他共过事的黄洋仍不敢相信自己的耳朵,"我们前几天还在一起聊天儿,没想到竟成了最后一面。"五十多岁的汉子禁不住泪水夺眶而出。

震惊和悲伤弥漫开来,湘潭公安都沉浸在伤痛之中!

孟主任随即调整了状态:"柳柳,我们马上出发到中心医院,路上再联系魏玲。"

"主任,我也去。"我自告奋勇,我想去看看战友,我想去尽力做点儿什么。

"行!"孟主任果断地点头应允。

路上,孟主任与在市局政治部工作的市中心副主任魏玲联系,请她迅速赶到中心医院。随后,孟主任又向省中心成主任简单作了汇报。"成主任指示立即启动危机干预,评估情况,重点关注一级人员。"

"啥叫一级人员?"我问。

柳柳答道:"目前评估,牺牲同志的直系亲属和与他一起出警处警的战友应当是一级人员。"

十几分钟后,我们到达中心医院,魏玲已在门口等候。"刘立忠爱人挡在抢救室门口不肯走,不相信他已经走了,情绪十分激动。"魏玲说道。

我们往抢救室方向走去,远远就听到一女子的哭声,撕心裂肺的哭声:"立忠他没有死,你们救救他!立忠他没有死,你们救救他啊——"

两个女警和一个穿便装的女子搀扶着她,她的半截身子仍瘫倒在地上。

分局戚副局长迎上前来,孟主任说:"席主任指示我们来陪伴家属,做心理服务工作。"

"那最好了。现在她爱人死活不肯将刘立忠的遗体搬走,反复说他还没有死,还要抢救他!我们想劝她走,又怕她太伤心,万一她再出事,怎么办?"

"她一下子肯定接受不了,让她哭吧!"孟主任抹了一把眼泪,长吁了一口气说,"可这是医院,又在抢救室门口,医院也很为难哪!"

柳柳和魏玲走过去陪护刘立忠的爱人赵群。

孟主任和戚副局长商量着下一步善后的安排。

一个多小时后,赵群情绪稍稍平静了一些,魏玲和柳柳挽着她,乘车转移到离医院不远的湘江宾馆。

没多久,刘立忠的亲友陆续赶到宾馆,人越聚越多。

孟主任向戚副局长提出建议:从心理服务的角度来说,一是向刘立忠年迈的父母和年幼的女儿告之亲人牺牲的消息,要认真商量方案;二是家属赵群由其姐姐和一名心理服务专干为主陪护,不要过多打扰。

下午3点多,我随柳柳去交警雨湖大队接危机干预兼干李桐,一同前往中心医院住院部11楼34床看望光荣负伤的协警王威。

路上,柳柳告诉我,像这种重大事件,心理干预必须在48小时之内进行,主要是了解情况,观察他的状态,再确定下一步治疗方案,更主要是给予陪伴。

房间里有好几个人都是来探望的。王威躺在病床上,右手小臂绷着白色的纱布,正在接受氦氖激光治疗仪照射。红色的激光映照着他的脸,如同血色的光晕,让人心生敬畏。

李桐和柳柳说明来意:"我们和欧老师是受市局委派前来进行心理服务的。"

王威尽量抬了抬头,迟缓地说:"我们是8点多一点儿出的警,事件发生仅仅半个小时,太突然了,立忠哥人就没了。我心里实在受不了。"

站在一旁的王妈妈说:"他睡不着觉吃不下东西,总感到对不住死去的刘干部。"

柳柳说:"这个时候,你睡不着觉吃不下饭是正常反应,不要想太多。你为了人民生命财产安全英勇负伤,组织是肯定的,也十分关心你,你安心养伤。"

王威说:"当时现场有好多群众,没有一个人上前帮忙,我手臂受伤后,赶紧去一旁喊那里的一个保安,那个保安一动不动,哪怕他喊一声也许能起点儿作用啊。没有,一个都没有出面制止。那种冷漠真叫人心寒哪。"王威说到这儿,额头上冒出一层虚汗,而且他的身子明显在微微颤抖。看得出他的表情痛苦又愤怒。

柳柳回应他:"处在那样的情境中,你肯定非常愤怒,却又十分无助!"

王威点了点头。

柳柳给他做了几个深呼吸的示范,王威的情绪渐渐平静下来。

王妈妈告诉我们,王威1983年出生,2000年应征入伍,在武警部队服役了两年,2014年4月招录进公安,一直在长城派出所当协警。

"他爸走得早,那时我儿子才14岁,是我一个人把他拉扯大的。"王妈妈说,"他要是不用手挡那一刀,也很可能就刺中胸口了。他只受了点儿伤,算是不幸中的万幸了。只可惜刘干部,造孽啊。"

长城派出所周所长又来了,他说:"我也是吃不下睡不着。我更愧疚啊。"

王妈妈说:"周所长你也不要这样,换作是我也会这样做的。"

这两天,气温骤降。从市中心医院出来,凉风嗖嗖。

王威的一句话仍在耳边回响:"我老是看见刘民警在看案卷。"

我们又来到市法检医院三楼,看望受伤的郑江。他左脚趾骨骨裂,绷着纱布,正在打着点滴,身上还有多处擦伤。他的爱人在陪着他。郑江是个胖子,他的情况要好很多,他原本在湘潭县派出所当过所长、刑侦大队长,现在是交警雨湖大队砂子岭警务站指导员。

"想想牺牲的刘立忠,心里就不是滋味。"这是郑江见到我们说的第一句话。

郑江向我们讲述了他的经过:

"早上8点半以前是交通高峰,我正在砂子岭转盘那里,大约是8点40分左右,接到110派警,说金海那里有民警处警受伤了,要我们去支援。正好有一个人过来喊,前面有人杀人了。我们正要过去,就看见一个人手里抓着一把刀子,满身都是血。我急忙指挥一个民警和一个协警跟上去,我自己连忙去开警车追上去,车上有我们的出警装备。那个拿刀子的人跑进了长城乡旁边建材市场附近的一栋老房子,我们跟过去,一边喊着要那人放下刀子,一边赶紧疏散群众。那人上了三楼。叫他下来他不下来,还破口大骂:'我要杀人。'大约僵持了几分钟,旁边围观的人越来越多,有七八十人。我们只有三个人,只有两根短警棍、一根长警棍,只要能把他堵在楼道里就行,我担心控制不了局面,不急于让那人下来,以免他再伤及无辜。这时昭潭派出所接到增援指令,古勇所长带着两个民警来了,还带着钢叉。我们力量增加到了六个人。凶手突然喊叫着挥舞着刀子向楼下冲来。一个民警用钢叉叉他,一把钢叉叉不住,他挣脱出来,我挥起短警棍对着他的手猛地扑打了一下,想把他手中的刀子打掉,那家伙发狂似的向我扑来。我侧身躲过刀子,不料,地方太窄,脚下一滑,摔倒在地,造成左脚趾骨骨裂。古所长见状,连忙朝天开了两枪。凶手不但没有被镇住,反而更暴躁了,手里的刀子是那种带刺带花的,足有15公分长,抢是很难抢下来的。那家伙真的是疯了，他再次向我扑来，古所对着他右大腿开了一枪。民警上去夺了刀，解下他的皮带把他捆了。不料，凶手的娘又扑上来，抓住古所大喊，他是神经病，你还朝他开枪，我不让你走。我一看，势头不对，围观的群众太多，担心那些不明真相的人起哄，局面一旦失控，后果不堪设想。我忍着伤痛，叫古所赶快离开再说。事后才发现，就在凶手上到三楼，短短几分钟里，他将楼上邻居家一个老头儿杀死了。还有目击者说，凶手在二楼看见一个两岁大的男孩儿，踢了一脚，差点儿把孩子踢下楼去，是孩子的父亲拿着铁棍才护住了。

"像这种武癫子，比正常人力气大得多，我一直在派出所干刑侦，抓武癫子的事件经常发生，我们警务站出这样的警，一年下来有好多起。这个时候就怕老百姓看热闹，帮倒忙，弄得我们不好处置，稍有不慎，就会伤及群众。"

郑江的妻子说："我家里人都说他是个敏捷的胖子。我还是好担心的。"

这时进来一个护士，嘟哝一句："找对象千万莫找干公安的。"她或许意识到什么，吐了吐舌头，连忙转身出去了。

我们面面相觑，又能说些什么呢？

晚上回到宾馆，孟主任刚参加完市局就该事件调度会回来，她立即组织市中心和分局心理服务站人员开会，传达局长指示：要将心理服务做细做到位。她还认真听取了大家下午分头工作的情况，对下一步工作作出了安排。

一下午，她们摸清了情况，作出了评估，制订了方案，明确了分工，也强调了纪律。

"我们只做专业的事，决不参与其他事务的决策处理。"

看到她们忙碌奔波，全心投入，我倒像是一个跑龙套的，既是参与者，又像个旁观者。

其实，危机干预也是一场艰苦的战斗啊！

这支特殊的警队，大多是女警。有人称她们为警花，警花不是羞答答地开，而是像铿锵玫瑰，尽情绽放。我突然发现，在这特殊的时刻，她们更像一群冲锋陷阵的勇士、特别能战斗的尖兵，个个头脑清醒、果敢干练，又让人倍感亲切。她们纤细柔美的外表下，有着强大的内心，散发着母性的光辉。就像星星，不管人们在不在意、关不关注，它们都在，在你的头顶，在广袤的天空闪闪发光。

她们生命里潜存的人性魅力，那种摄人心魄的震撼力，是我们男同胞们所无法比拟，也无法替代的。

望着她们，我心头一热，觉得这世界是多么美好，多么温暖。

C

刘立忠是家中的顶梁柱。父亲已 84 岁高龄，患有高血压，身体一直不太好，母亲也有 80 多岁。妻子赵群多年前就下了岗，经常在外打工。女儿今年才 14 岁，正在读初三。湘潭清风义工协会名誉主席胡劲松说："刘立忠的妻子和女儿，2011 年就加入了湘潭清风义工协会，经常参加协会活动，有时候刘立忠也会和妻子女儿一起参加公益活动。他们一家人都是有爱心的人。"

刘立忠的女儿因为面临升学无法去湘西助学，她就买些文具、玩具托其他义工送给湘西的孩子。

"我记得他女儿 10 岁的时候，曾每天早上 5 点多和我们一起去卖报纸帮助康康（化名），坚持了一个星期。他们一家也曾参加过我们的公益骑行等活动。"

"刘警官每天都是骑着自行车上班，他非常敬业，为村民办事很热心，他是我非常敬重的一个人。"长城乡立云村大学生村官武明听闻此事后，深感惋惜。2013 年至 2014 年间，刘立忠曾担任长城乡立云村、高坪村、和平村的社区民警。

武明说："村里有事，只要打个电话过去，刘立忠马上就会过来。他是一个'死脑筋'，别人给他送礼，哪怕是一包烟，他都从来不收。谁想找他开个后门办事，他一定会按规章来。"

刘立忠的同事们回忆，在平时的工作中，他处事冷静，遇到一时无法解决的事情一般会先打电话报告所领导请求援助。"今天的事情实在太突然，商场里那么多老爷爷、老奶奶，他或许来不及考虑那么多……"

那天，湖南省公安厅党委副书记、副厅长袁友方同志在省厅教育训练处处长丁自平、副处长周燕飞等人的陪同下，前往湘潭慰问烈士家属，特别交代市局民警心理服务中心要全力做好此次事件的心理危机干预工作。省厅民警心理服务中心常艳娥、焦杨两位心理专家正在外地出差，得知情况后第一时间通过信息手段及时跟进，督导相关工作。从案发当日中午起，市中心组织的心理危机干预团队就全程参与，每日将近14个小时的工作陪伴，统筹调度。

孟主任告诉我，遇到这种重大事件，对每一个心理咨询师来说，本身就是一种历练、一种考验、一种成长。

人在遇到重大应激事件之后，首要任务是陪伴、是安心，再在陪伴的过程中，给予正向的引导，帮助其寻找各方资源，增强对未来生活的动力。

危机干预团队从心理学的角度提出了建议，针对女儿和父母制订了不同的告知方案。考虑到刘立忠的女儿在校读书，担心现代网络媒体信息传播速度过快，在警方还未掌控的情况下先知道消息，易发生意外，所以决定在第一时间告知其班主任，让班主任先密切关注她的动态，一有特殊情况及时和家属联系。同时，选择安排一位平时和她关系较亲近的家属和两名民警做好放学后接孩子回来的准备，在安全的环境下，由家属慢慢地将情况告知，确保将事件冲击力降到最低。刘立忠父母都已七八十岁，母亲在心理和身体上相对父亲来说，要好一些，就先告诉了母亲，并通过母亲对父亲情况的了解，决定先由分局领导和烈士的妹妹先告诉父亲儿子在出警过程中负伤，正在抢救。半个小时后，由家属告知，抢救情况不好，做好最坏的心理准备。再过一段时间，由分局领导告知抢救无效而壮烈牺牲的消息。就这样一步一步地循序渐进，确保八十多岁又患有各种疾病的老父亲能基本接受现实，情绪控制在可控范围内。

在事发当天，危机干预团队就和市局特聘的社会心理专家取得联系。考虑此次事件重大，也是较高级别的危机事件，专家建议团队作战，调度各方资源，找准角色定位。积极依靠专业医生的支持，请市中心医院的专业医生和救护车全程陪同和跟随。对家属的陪护中，每天确保有一位社区医务人员在现场24小时待命，在烈士妻子赵群情绪十分激动的时候，在精神专科医生的指导下，配合相关药物的辅助干预。

根据与危机事件关系的紧密程度，心理危机干预团队将烈士的妻子、14岁的女儿、年迈的父母，事件中受伤的协警、交警，还有开枪的民警列为一级重点关注对象，市中心迅速抽出九名心理咨询师，组成一级人员干预团队。一方面配合雨湖分局相关民警，采取"一对一"、"二包一"的工作模式，对妻子、女儿、父母进行心理安抚和安全陪护；另一方面分成两个二人工作小组，在48小时内对受伤协警、交警和开枪民警进行了紧急晤谈，及时处理创伤体验和应激反应，最大限度地减少危机事件对今后心理健康的危害，使其尽快地恢复心理功能，回归正常工作和生活。

刘立忠烈士生前所在派出所的全体民警、协警，全程直接参与处理此次事件及后续工作的相关人员被列为二级关注对象。

市中心根据不同人员情况，分层、分批、分期制订了团体辅导工作方案。

11月9日起，市中心特邀省厅心理服务中心的心理专家常艳娥教授和焦杨老师、市局特聘的社会心理专家陈霞仙教授，对市局心理服务小组成员、巡特警支队、市局政治部、雨湖分局、长城派出所和昭潭派出所等重点单位及相关人员进行了七场团体心理辅导。大家一起交流自己在思想、情绪、行为、认知、生理等方面的反应和感受，有效地宣泄了情绪，合理地处理了哀伤，并在团体中获取经验和力量，对今后生活有了更积极的动力和希望。对这次事件的后续干预工作及重点对象关注，市局心理服务小组还指导对应的民警心理服务站点继续跟进。对于烈士家属，他们也没有立即放弃，依然安排了一至两名咨询师继续对其进行关注。事件过去不久，心理服务小组成员还和刘立忠的家属一起，为他女儿过了一个充满温情的生日。

斯人已逝，生活还得继续。

大家都在祈祷,希望刘立忠的女儿永远记住这个生日,开启新的生活。

D

"今天我值班,明天早上就回来了。"刘立忠的妻子赵群怎么也没想到刘立忠这句话成了与她的永诀。

刘立忠牺牲后,公安部政治部发来唁电,公安部党委委员、副部长李伟,湖南省委常委、省委政法委书记李微微,湖南省副省长、公安厅厅长黄关春及湖南省公安厅、湘潭市委市政府等领导同志先后作出批示,向刘立忠同志表达崇高敬意和沉痛哀悼。

10月28日,中共湘潭市委追认刘立忠为"湘潭市优秀共产党员"。

10月30日,湖南省人民政府批准刘立忠为烈士。

11月2日上午,刘立忠烈士遗体送别仪式在湘潭大学体育馆隆重举行。湖南省副省长、省公安厅厅长黄关春与湘潭市领导等参加送别仪式。湘潭近万名群众挥泪送别这位警界英雄。"在25年的从警生涯中,无论战斗在哪个岗位,他始终如一,兢兢业业,忠于党,忠于人民,肩负起守护平安、维护正义的神圣职责。"湘潭市副市长、市公安局局长戴德清介绍刘立忠烈士生平事迹。随后,省政府办公厅副主任罗建军宣读省人民政府评定刘立忠同志为烈士的批复。这不仅是一个光荣的称号,更是对英雄的礼赞。

此次事件的最大危机期虽已结束,但对于事件相关的一、二级人员的心理关注并不能马上结束。后期还要不定期采取多种形式进行回访,及时了解和掌握相关人员的心理动态,发现问题及时干预,并逐渐淡化干预对象对咨询师的心理依赖,以陪伴的角色引导大家靠自己的力量开始新的生活。烈士的家属、参与处理此次事件的相关领导和机关民警,由市中心负责后续的心理服务工作;分局及派出所的其他相关人员,由分局心理服务站点跟踪关注,提供后续服务,必要时可寻求市中心的支持。

经历了重大事件,更重要的是从中得到成长。民警的心理健康和整个公安队伍的稳定健康发展，除做好心理辅导外，也离不开一些现实问题的解决和改善。痛定思痛，孟主任坦言："心理服务工作不是万能的，我们能做的也是有限的，甚至很多现实问题也不是我们能解决的。我们只是整个事件处理中的一部分，并不能夸大我们的地位和作用。在整个事件处理中，我们反复强调，我们只是做家属的心理安抚工作，决不参与其他问题的决策，也不干预家属和单位之间的具体事宜，不评价、不讨论、不深挖。做到既到位又不越位，只处理情绪，不处理事件。我们的工作得到了家属和各级领导的认可和好评。"

此次"10·26"事件的心理危机干预工作，是湘潭市公安局民警心理服务团队参与时间最长、参与人数最多、处理事件级别最高的一次团队实战。基层民警工作的辛苦和危险无处不在，只有加强民警自我保护意识和技能的训练，完善和充实公安民警的武器装备，从制度和法律上为公安工作营造一个良好的执法氛围，公安民警才会有归属感、安全感和荣誉感。

其实，心理危机干预如同每一次变革一样，并不是那么一帆风顺，也历经许多考验和阵痛，有过一些意想不到的故事。

二

A

当年的龙乡宾馆爆炸案，震惊全国。

2000年12月4日，汪潮在出警处置龙乡宾馆爆炸案时，因掩护群众被炸伤，六级伤残，至今仍留下后遗症——耳鸣、心悸、失眠，特别是受不得惊吓。如今，1977年出生的汪潮是龙乡市公安局水府庙派出所的一位普通民警。

南方8月的太阳近乎毒辣。我在龙乡采访，午休后从屋里走出，滚烫的风迎面扑来，水泥地上像是闪着火苗，人就像一根火柴棍，脑袋便是那火柴头，炙热的阳光一点就会着了似的。跑了几个派出所,连续三天下来,累得我快趴下了。

我找到了汪潮。

尽管我们是老熟人了,汪潮还是显得有些局促。他双手挠了挠头发,其实他的头发很短,近乎是光头。我知道,要他回忆当年的案情是件很痛苦的事情,的确有点儿残忍。

没办法,有些事情就是这样,越是痛苦越是得面对。

汪潮看出了我的心事,忙说:"没关系,我已经习惯了。只是每回忆一次,我就会难受一次。我嘛,看起来跟没事儿人一样,可我心里的痛苦别人是无法理解的。真的,只有我自己清楚。"

"我还得声明一点,我现在记忆力差多了,好多事情记不住。有的地方不一定完全对哦。"汪潮说着陷入回忆之中。

"2000年12月4日,是个晴天。我那天在上班,我从公安专科学校刚毕业,分配在龙乡市公安局巡警大队,穿的警服还是那种老式的黄色的中山装式的制服,我还处在实习期。接到龙乡市公安局110转警:群众报警称有人挟持一辆的士,司机把车子开到了龙乡宾馆大门口,嫌疑人身上有炸药。"

我把他的名字写成"涛"字,他说不是这个"涛",是潮涨潮落的"潮"。

"这个事,我到死都记得,说起那个事情我就痛苦一次,心里好难受。我当时开的是警车,就是吉普车,我应该是两分钟不到就到了出事地点。我赶到时,看到一辆红色出租车,司机是个女的,30多岁,车子正停在宾馆入口处,后座上有个人用毛衣罩住脑袋,与香港警匪片里的一模一样,手里拿着鸟铳,玻璃摇下来了,能看到那人身上有炸药之类的东西。

"我当时才23岁,血气方刚,马上下了车,喊话:'我是110的,有什么跟我讲。'那个时候我们的装备配备也不像现在,什么都没有,只有一根警棍。

"嫌疑人拿着鸟铳指着我说:'你110有什么用,把市长书记叫过来,你110,我不跟你讲。'

"我只想稳住他,因为龙乡宾馆是龙乡市中心最繁华地段、人口最密集的地方。当时围观的人已经有很多,起码有上百人。我拿出对讲机,做出呼叫的样子,是想当作缓兵之计。这个时候,嫌疑人跟门口的保安争执了起来。他要女司机对着宾馆玻璃大门冲过去。我赶紧上去做工作,一边赶紧疏散人群,急得不知怎么办才好,对着群众喊:'这里有炸药,大家赶紧撤退啊!'群众还以为我是在开玩笑,不理不睬。另一个和我出警的也在做疏散工作。

"就在嫌疑人与保安争执的过程中,嫌疑人一下子引爆了炸药,轰的一声炸开了。

"后来我才知道,那是电子装置的电雷管,不像导火索要点火的雷管好掌握些。电雷管只要两边用手一碰,一下就炸了。

"我当时第一反应就是向前下扑,把前面一个女的扑倒在地,就什么事都不知道了。

"龙乡宾馆离市公安局不远,弟兄们来得快,等他们把我弄醒才看到,到处都是血、玻璃碎片,还有炸残的腿。当时我脸上黑糊糊,头发也烧焦了。左耳朵也伤了,我一醒来什么也搞不清,大喊大叫,市局政工室主任刘红卫说,这个汪潮疯了,大喊大叫。我头上、脸上都是血,头上一摸好多碎肉、脑浆类的东西,一下子又吓蒙了。

"同事再一摸,说:'你头上没有伤口,脑浆是别人的。是嫌疑人和别人的。'

"到这时我才晓得,嫌疑人和那女司机都被当场炸死了,还有一个搞卫生的60多岁的也死了,保安负了重伤。我的制服上有好几个洞。后来医生讲,你离爆炸现场只有三米远,你往前一扑,不但救了一个40多岁女的命,也救了自己。我才发现在公专学的倒功起了作用。

"那个女的在人民医院住了一个多月就出院了,还到医院来看我,叩着头感谢我。

"那个时候也没有什么心理危机干预,他们都以为我疯了。我住院住了一个多月时间,觉得没什么大碍,也出院了。现在的龙乡市公安局局长助理易卫江当时只是民警,他做的笔录。"

说到这里，他又一次摸着前额下巴和右手给我看，的确，在灯光下伤疤明晃晃的，让人仍能感受到当年爆炸现场的惨烈。

B

汪潮站起来比画了几下，又说："我那身制服至今还留着，衣服上有好几个炸开的洞。我在公专的倒功真起了作用，不然命都没有了。"

在我印象中，这句话他反复讲了好几遍。

我说："要是你不讲，初一看，是看不出你脸上的伤疤的。"

"是啊，这么多年过去了。如今，其他伤疤看上去没什么事了，但耳朵炸伤了，这辈子都没得完。天气变化就有反应，我就头痛得厉害，我妻子说我比天气预报还灵。再就是，一到夜深人静，不能有一点儿响动，一听到响声就吓得心理发慌，老做噩梦。特别是听不得响声，比如放鞭炮、打雷什么的，甚至走在路上，汽车喇叭忽然一响，我就受不了。

"案发后，湖南省公安厅阳卫民副厅长带队到了龙乡，湘潭市公安局领导都来了，慰问我。当时龙乡市公安局局长是张龙沛。

"爆炸以后，一个副大队长、中队长过来了，场面跟美国恐怖片一样，到处是血、尸体。副大队长一摸我的头上，怎么是脑浆，吓了一大跳，最后才发现不是我的。那个保安被评为全国见义勇为先进个人，还到北京领了奖，什么荣誉都得到了。我评伤残还多亏阳卫民厅长帮助，不是他帮我说话，帮我打招呼，还真办不成。

"所以你看我的伤残症跟别人不一样，我是'因战致残，六级'。是省民政厅指定的荣军医院做的伤残鉴定。

"龙乡市人民医院2000年12月4日的诊断结论是：因爆炸头部、耳部震伤，头晕，耳鸣，听力下降，一个小时呕吐多次，体下阴肿痛，左耳道有新鲜血液，鼓膜充血，中央性穿孔。"

时间还是回到2000年12月4日，在龙乡市中医院，民警肖金强、易小江正在对的士司机家属做询问笔录。在场的还有其姐夫。

被询问人叫潘友根，32岁，初中文化，住龙乡市旺春办事处星三村四组，夫妻俩经营一辆红色奥托的出租车，被炸死的的士司机伍丽华正是他妻子。他的妻子和他同年，有一双女儿，大的叫潘红，10岁，小的叫潘丹，才8岁，都在读小学。

潘友根说："今天上午10点多，我回到家，我堂客已去开的士了。听我父亲讲，我堂客伍丽华打电话回来，但我父亲因高血压中风，讲话讲不完整，只是很急的样子。我就赶紧回了一个电话过去，我堂客在电话里告诉我，她被人劫持了，已到龙乡宾馆。劫持者讲，要她开到市政府去。我问她报警没有，她讲宾馆门口有两个保安在。

"我放下话筒，马上往龙乡宾馆赶。看见已经有110的两个民警到了，我的出租车已开到龙乡宾馆大厅前的台阶上，大厅门一边是敞开的，一个公安正在车子旁劝那劫车的人。我凑上去，看见劫持车的人坐在后排右边，左边放了一把自制枪，枪管约50厘米长，是双管的，副驾驶位置上放了一床捆好的被子。我堂客坐在驾驶室，车门被铁链子锁锁住了，玻璃摇了下来。后排座位上还有类似工具样的东西。我就跟那劫持车的人讲，这是我们家的车，你不要乱来。那人就用枪对着我，很凶的样子。旁边的警察就叫我走开，以免受伤。我讲，这是我堂客，我不能走。但还是退到旁边几米远的地方。听到那人讲，叫市政府的人来，还讲了些我听不清楚的话。那警察也正在那里打电话联系。这时有好多看热闹的人围了过来。劫持车的人命令我堂客发动车子，先是叫她开到市政府去，但人太多，车子开不动。他又命令我堂客往宾馆大门里开。但宾馆大厅门下开了半边，我堂客把车子开到门口，其实只是移动了几公分，进也不是，退也不是。这时，突然就'轰'的一声，眼前一团火，我知道爆炸了，我晃了几下没有倒地，急得要死，只想马上把我堂客拖出来。刚想冲过去，只隔几秒钟，又是'轰'的一声，我被掀退了几米，倒在地上。不晓得过了多久，我自己爬起来，眼睛雾茫茫的，120车来了，我自己走到120车上，被拉到医院里。

"那劫车的用面罩罩住了整个头部，好像连眼睛都没留，讲的是龙乡口音。"

C

汪潮告诉我,他好长时间都不敢到龙乡宾馆那边去。只要一靠近那个地方,他心里就堵得慌。他常常会屏住呼吸。可这一反应,让他会联想起一个故事,不寒而栗。

一群年轻的朋友周末驾车去郊外露营游玩,当他们经过一片墓地时,必须屏住呼吸。因为这里流传着一种说法,如果你经过墓地而没有屏住呼吸,恶魔就会通过人的呼吸进入到身体里,恶魔附身后就会开始血腥的屠戮。他们中有人没有屏住呼吸,恶魔开始一个个附身其中,开始杀戮周围的同伴。

近几年,公安机关开始有了心理咨询师,在湘潭市公安局警官培训中心设立了心理咨询服务中心,每年都要开设心理咨询师培训班。特别是对民警处理危机中遇到的心理危机及时介入,展开心理危机干预,他们的许多做法和经验已经得到基层民警的认可。

汪潮说:"我那个时候公安没有民警心理危机干预,大家也没有这个意识。倒是这几年政工室主任刘红卫找我做过几回疏导安抚工作,有一件事就是她帮我的,应该就是心理服务吧。

"她听我说不敢到龙乡宾馆那边去,她就说,龙乡宾馆是事发现场,给你心灵造成了严重阴影,也可以说是一个心结。要从根本上解决,必须打开这个心结,让你自己从阴影中走出来。

"我觉得她说的有道理,就问她,怎么打开这个心结呢?

"她一时语塞,沉默了一会儿才试探着说,我一时也没想好,你应该勇敢面对,越是不敢去的地方就越是要去,你就去龙乡宾馆走走看看。

"可我还是不敢。

"刘红卫后来做了局工会主席,她每次见我还是说这事,硬要我去龙乡宾馆走走看看。有一天,我突然记起刘主席的话,总好像有股什么力量在推动着我。我鼓起勇气朝龙乡宾馆走去。越是靠近龙乡宾馆,我的心就越是跳得厉害,心口堵得慌,好像马上就要发生什么不测。有几次我差一点儿就打回转了。我硬着头皮往前走,一步一步，终于走到了龙乡宾馆大门口，那一刻，我真的有点儿天旋地转，当年爆炸现场那一幕又呈现在眼前。我在那里站了好一会儿，长长地吁了口气，感觉比以前好多了，不那么害怕了。

"我抖起精神，又试着往里走，我走进了宾馆大堂。

"后来，我又去过几次，我发觉，一次比一次感觉好。

"再后来，孟主任她们还带着社会心理专家专门找到我，做了心理服务。尽管过去那么多年了，对有些事情我都淡忘了，但心理的压力和痛苦只有我自己清楚。孟主任和心理咨询师跟我说的话，实实在在，还真说到我心里去了，起码对我有所触动。

"只可惜，我出事的时候还没有危机干预这一说。我想到，刘红卫主席要我去龙乡宾馆走走看看，其实就是心理危机干预，也是一种心理暗示。龙乡宾馆在我心里留下了阴影，我有了心理障碍，只有勇敢面对，克服心理障碍，才能走出阴影。"

他笑了笑说："我眼下就是耳鸣问题解决不了，一听到大一点儿的响声，就吓得要死，心里慌，这一晚又睡不好觉，这几天都不好过，真的难受。"

我说："你也可以效仿去龙乡宾馆的办法，越是怕响声就越是有意去听。比如，办红白喜事放鞭炮的地方，汽车卸货的地方，你偏往那里去，看着人家放，站在那里听。可能一回两回好不了，多去几回，说不定会有效果呢。这也叫以毒攻毒嘛。"

他还是说："我不敢，以后再说吧。"

三

A

龙乡市有个月山镇，月山境内有个褒忠山。褒忠山连绵数十里，最高海拔800多米，有"湘中第一山"的美誉。相传，南宋末年，山民刘荣叔曾在此据险固守，领兵抗元。后因寡不敌众，便率家人及家丁跳崖殉难。为敬仰英烈，褒奖忠义，后人遂将此山改名为褒忠山。

每次来到褒忠山,我都有不一样的感受。

在一个夏日的晚上,我约见了李乾坤。他现在担任龙乡市公安局月山派出所副所长。

这个1980年出生的后生子,给人的印象是很阳光。2004年,湖南省公安专科学校治安管理专业毕业,同时获得湖南省师范大学法学专业本科学历、法学学士学位。同年进入公安,一直在农村派出所工作。2013年,被选调到公安部法制局帮助工作一年。

龙乡市公安局月山派出所管辖的月山镇是龙乡最大的一个乡镇,距龙乡城西35公里,有46个村、1个居委会,近7万人口。

在褒忠山一带走访,我听到许多李乾坤的故事。

为村民丢失的牛,李乾坤沿着牛脚印,在荆棘密布的丛林中循迹而行,花了四五个小时,翻越人迹罕至的大山,终于找到了线索,为村民找回了牛,挽回了损失。

为了一位七旬的老娭毑①被骗走的2400元钱,李乾坤辗转长沙、株洲等地,穷追不舍,终于将一个诈骗团伙一网打尽。

为了帮走失的4岁小孩儿回家,李乾坤连续六七个小时抱着孩子沿途询问,走过了四个村,终于将小孩儿送回家中。

西林村的刘娭毑长期居住在城里昆仑办事处女儿家,没有办理第二代居民身份证。因高血压中风,连床也起不来,她的医保等手续都得凭身份证办理。情急之下,她的女儿试探着拨打了月山派出所的电话,问能不能特事特办。李乾坤知道后,利用周末休息时间,驾着私家车,来到四五十公里外的昆仑办事处,上门为刘娭毑照相、填表。把她身份证办好后又再次专程送到刘娭毑手中。

他为一对感情出现危机的夫妇做工作,时间长达半年之久,千方百计,苦口婆心,终于使这对夫妻重归于好。

他为两户生死相拼的邻里做调解,前后去了30多次,两家人

---

① 尊称年老的妇女。

都被他感化了，握手言和。

他为一个孤寡老人从房梁上瓦片下找回被老鼠叼走的 3800 元现金，花了整整好几个小时。

有个老大爷对我说，李乾坤这孩子好哇，在他心里，老百姓的事就是天大的事。

2015 年 1 月 25 日下午，龙乡市月山镇群乐村乐山组发生一起凶案，疑似精神病人的嫌犯砍伤两名农妇后，劫持一名 10 岁男孩儿。李乾坤迅速出警，与村支书古强一道给嫌犯做工作，设法解救人质。嫌犯突然引爆屋内液化气，爆炸了。李乾坤被这突如其来的爆炸震晕了，房子倒塌了，他被什么东西压在地上，等他醒来，眼前一片废墟，他爬起来尽力搜寻同伴和村支书，积极处置现场。受伤住院后，想到的仍是工作，想得最多的是这次事故处置得是否得当，会不会给领导添麻烦。事后，他受伤的耳朵仍时有耳鸣。

心理危机干预小组的及时介入，对他的心理起到了很好的修复作用。

李乾坤回忆说："2015 年 1 月 25 日，是个星期天，本来是别人的班，同事有事，我就代他值班。下午 3 点多，我正在办公室，110 转警过来，说是月山群乐村有人用刀子行凶，有两个人被砍巴了，就是被砍伤了的意思。

"中午吃饭时，我还在讲，怎么今天没有一个报警的，心里就想着会有事。当时有同事还说，没事还不好吗？我不是这个意思，总担心要出事，没想到下午就出大事了。值班的电话又响了，我一听里面有哭的声音，女的表达不清，只知道是刀子砍伤人了。

"我感觉情况不妙，在第一时间驾车，带上执法记录仪和枪支等，比平时出警的动作快得多。还有协警杨洋、职工徐明和我一起出警。车子开得飞快，路不好走，我感觉到这事不一般。到事发地点有十公里，开车过程中，我要协警再次与报警人联系，还是只听到哭声，表述不清。后来才晓得，行凶者有精神病史，报警人正是他母亲。我想最大限度地了解现场情况、伤者的情况、凶手状况，特别是人质状况。这是我们前去处理危机时必须要掌握的基本情况。

"接近村口时,村支书古强刚好赶到。与他联系上,这才讲清具体位置,只知道地上已被砍伤了两个人,而凶手已躲进屋里去了。

"我刚到现场,古书记招着手迎了上来,我们离凶手所在的屋子只有二三十米,看到地上躺着两个女人,现场有好几个女人在哭,好像天塌了下来似的。我一下车就指挥做好紧急救治的准备。脑子里来不及多想,唯一想的就是凶手在什么位置,会不会对群众造成再次伤害。我一边安排杨洋、徐明处置伤亡情况,一边打120电话请救护车过来。

"我听说凶手是前面那间屋里的左又左,边哭边喊的女人正是左又左的母亲,那栋屋是他的家。27岁的左又左有过精神病史,这天下午突然发病,手持两把菜刀将自己73岁的叔奶李某一顿乱砍。平时待他不薄的李某头部、脸部和背部连中数刀,血肉模糊。李的儿媳马某闻讯赶来制止,也被砍倒在地。他还抢了一个10岁的男孩儿进去了,男孩儿是他的堂弟。受伤的是一家人,一个是小孩儿的奶奶,另一个是小孩儿的母亲。还听说凶手手里抓了两把菜刀,事件升级了,情况万分危急。

"我被这突如其来的事件升级震惊了。这个时候,已经容不得我有片刻犹豫。我迅速做出处置决定:第一,积极救治伤者。第二,请求市局110支援。这是我从警十年来第一次请求支援。我意识到,单凭我们几个人是难以控制局面的。第三,怎样才能解决人质问题,确保小孩儿安全,控制凶手?这才是关键。第四,赶紧对现场群众进行疏导。我指令杨洋以救助伤者为主,我和古书记靠近房子,控制凶手,设法解救人质。那是一栋上世纪90年代的农家房子,两层楼房。我和古书记往里面喊话,劝他不要乱来,想听到他的回应,以此来判断他所在的位置。古书记喊道:'又左,你莫乱来。'我听到堂屋左边房子有点儿响动,可门是关着的。

"我贴近门边想进一步确认凶手和人质的位置,忽然闻到一股液化气的味道。我回头喊一声:'先出去!'我和古书记、徐明退到了屋外。我又从墙边贴近窗户想看个究竟,可玻璃是磨砂的,看不清里面的情况。我再一次闻到液化气的味道。

"古书记还在一个劲儿地喊：'又左，又左，你出来呀。'

"我一眼看见古书记手里抓着根烟，吓得我急叫一声：'别点烟。'我还打了一个手势，叫他们赶快走，表情特别急的样子，可一切都来不及了。话音未落，'轰'的一声巨响，爆炸了。徐明已经侧过身去，古书记正面对着房子，我刚好转过身来，房子就炸塌了。仅仅五秒钟。我们全被冲击力推倒在地，砖头瓦片在我的背上落下来。那种响声很沉闷。那一瞬间，我心想出大事了。我尽管被倒塌房子的砖压着，但人还算清醒，只见满天烟尘。我喊道：'徐明——'徐明应了一声：'我在这。'知道他没事儿，我又喊：'古书记，古书记。'一连几声没人应，我心想坏了。我从砖堆里爬出来，带着哭腔边喊古书记，边扑向他倒下去的位置，用手去扒，忽然看见他露在外边的两只脚。我冲上去，发疯似的用双手扒开压在古书记身上的砖瓦碎片及杂物。我的指甲都被磨掉了，鲜血直流，我全然不顾，心中只有一个念头：快快救出古书记，古书记不能死啊。扒了好一阵儿，古书记脸朝天，一个大字一样，眼睛冒血，我以为他死了。"

B

"灰尘散去，一片废墟。另半边屋子还在晃动。我们几个赶紧把古书记移开，怕再次倒屋伤到他。我四下张望，找寻凶手和人质，看见倒塌的地方有个小孩儿探出个头来，突然小孩儿的身后又伸出一只手来，想拉住他。我意识到那个人肯定是凶手，一个箭步冲上去，挡住那只手，他还推了我一把，还想去抓人质。我对着那只手扫了两腿，将其扑倒在地，从左又左身上还搜出一把尖利的剪刀。这时，杨洋、徐明赶了过来，我们一起把小孩儿抱了出来，把凶手控制。因为我的装备都不见了，有群众丢了一根绳子过来，我们三五下把凶手给绑了。

"回头看看，凶手和小孩儿刚好倒在一块预制板和断墙形成的夹角里逃过一劫。正是这个不到一平方米的狭小空间，救了他俩的命。真悬啊!

"现场仍十分混乱,好多人在哭。我当时只想安全问题,没有死人最好,真是没有任何思考的时间。一看到没有死人,我又有些亢奋。无论如何不能等120。我得指挥救治伤者,拦了一辆当地民用车,他只答应可以送古书记去。我请他帮忙把被砍伤的奶奶也一起送去。他见奶奶伤情很重,血肉模糊,找借口不想送。我只好叫起来:'你见死不救,你还是人吗?路上有什么事我负责。'就这样,才把古书记和那个奶奶扶进车子送去医院。

"车子开走了,我再回过头来,站在屋子前面,刚刚正是这足有九米高的房子倒下来的,压倒了自己,我真是命大啊!

"我那时特别庆幸,庆幸自己命大,还活着。庆幸我们几个人都还活着。庆幸古书记没有死。尽管后来他伤势最重,左眼被摘除,胃穿孔出血,还是被抢救过来了。

"消防队来了,龙乡市公安局局长助理易卫江带着增援人马也赶到了。他们发现我一直光着脚,才帮我在废墟里找到了鞋子。当时我忙着介绍情况,全然不晓得自己负伤了。队友把我送进医院,我是第一次住医院,第一次打点滴。医院鉴定:爆炸伤,右脚踝骨损伤等。在医院我又待不住,加上精神状态很不好,心里老是回想当时的情形,耳朵嗡嗡作响,像时刻有飞机飞过一样。

"战友来看我,都说我整个人都像泄了气一样,头发也烧了。这还是第二天别人讲我才发现的。现在看来,外伤没什么大的问题,心理上的问题才是最大的担心。

"好多天后,在事发现场看到这栋两层的红砖楼房已经成为一片废墟。虽然爆炸现场已经清理,但在十几米远的地方仍然可见炸飞的门窗木料和碎玻璃。事后,据有关部门勘查认定,犯罪嫌疑人左又左在屋内打开液化气罐阀门,致使液化气泄漏,后来他又在屋内点火吸烟,导致爆炸。爆炸威力相当大,左又左所在的厢房被炸塌,另外几间都被炸裂后严重倾斜,随时都有倒塌的危险。"

C

"面对这么大的危机,我心理上的压力的确是蛮大的。我老在想,这次事件现场处置是否得当?古书记的命是保住了,以后会不会有什么严重的后遗症?

"有时还在想,如果当天乡政府或者市局增援再快一点儿,现场处置可能会好一些。可这些我只是埋在心里,不能说,也不敢说,怕影响政府形象。从那以后,我老做噩梦,老是梦到那天的场景,心里就好紧张,好后怕。连放炮仗都有影响。其实我也担心,会不会有问题一时没有检查出来?会不会留下后遗症?

"事发后,我没敢告诉我爱人,后来是我爱人找到单位才知道的。"

李乾坤的爱人董爱辉也是一名警察。两人结婚时,李乾坤本来说好陪妻子到外面旅游玩玩。没想到单位有急事,新婚第二天他就赶回所里执行任务去了。作为警察的妻子,自己又是警察,董爱辉能理解。可是越是理解,越是担心。她比别人的妻子更清楚他的肩上担子有多重,他的心理压力有多大。

"我们又不敢告诉父母。直到凌晨两点多,姐姐来了,才告诉了父母。我母亲赶到医院,把我从头到脚摸了一遍又一遍,看是不是少了什么,伤了哪里。母亲的泪水一串串滚落在我的脸上。

"是的,最担心我的还是家人啊。

"湘潭市公安局领导来看我,慰问我,鼓励我。

"龙乡市局领导来看我,慰问我,鼓励我,我内心是感激的。同时,还有一个新的发现,心理危机干预真的管用。

"市中心的孟主任和心理咨询师柳柳老师,还有湘潭市五医院陈主任等人来看我,和我谈话,和领导们谈的完全不一样,给我的感觉也完全不一样。孟主任他们更注重心理上的困扰和压力,比如我最担心的是什么,是什么触动了我内心最脆弱的部分。我自己都不觉知的部分却被他们深深理解,那是心与心的联结,就像是按下了我满血复活的启动键。

"面对他们，我愿意说，说着说着，就哭了。在那样的情境下，他们为我找到了减轻心理负担和压力的出口，让我真正从心理上舒服了很多。

"如果说领导们是从政治上关心，是从上级对下级的肯定这个层面，那么心理危机干预则是从内心，心与心的沟通，是亲人般的精神层面。

"过去我也和其他人一样，认为心理危机干预没多大用，不过是做做样子，走走形式。经过这次事件，亲身感受到心理危机干预的作用是重大的，不是亲身经历的人是很难体会到的。

"心理危机的救治不是一朝一夕可以奏效的，需要一个漫长的过程。患有心理危机的民警平时看上去和正常人没有两样儿，可一旦遇上偶发或突发状况，就会给他们的心理带来巨大创伤，而且这种痛苦是不可预知的，是长期的折磨，是常人无法体会到的。

"坦白地讲，出事后的这些天，我老是做噩梦，老是担心这个担心那个，醒来再也睡不好觉。经过老师们的心理干预，我心情平缓多了，基本上不做噩梦了，那个场景也很少出现了。原先老是天旋地转的那种感觉慢慢消除了。

"真好！我明显感受到心理危机干预的作用。可以这么说，我是心理危机干预最大的受益者。"

D

白龙村有个爱钻空子的人叫王某。无论什么政策法规或者干部的讲话，他都要从反面去理解，是个鸡蛋里挑骨头的角色。年过五旬仍然孤身一人的他从来没有服过谁。

李乾坤在当地调处一起纠纷时，他又来捣乱。没想到，李乾坤耐着性子，与他面对面辩驳，从眼前小事到国家大事，从个人性格到团队力量，前后几个小时，驳得他理屈词穷，心服口服。

从此，只要有李乾坤在场，王某再不敢添乱。

2012年6月22日，龙乡"金叶珠宝"店被盗，损失价值八万余元。案发现场没有留下任何线索。

案发十天后，领导将案子交给李乾坤。李乾坤在笔记本上写下"找得准，抓得回，突得开，办得铁"十二个字。

在全面分析研判了前期办案所获得的资料后，他茅塞顿开，提出一个大胆的想法，并起了一个新奇的名字：空中碰撞法。意思是从无形的痕迹入手侦查有形的窃贼。他认定此案系多人流窜作案，与同日发生在韶山的一起类似盗窃案系同一伙人所为。这伙人是如何联系的呢？他利用情报大平台，调取了上百万条相关数据，带领刑侦民警经过一个星期的艰难比对查找，最后确定了五个可疑电话号码。以刘某为首的六人犯罪团伙终于浮出水面。这个盗窃团伙由六人组成，流窜多个省市疯狂作案，最终被一网打尽。

近年来，以李乾坤为主侦破了陈某等四人团伙系列盗窃案、彭某等三人团伙系列盗窃案、胡某等四人团伙系列盗窃案、李某系列入室盗窃案、杨某等人贩卖毒品案等许多案件，而且这些案件大多没有直接线索，是李乾坤和战友们通过现代技术手段对有限的信息抽丝剥茧，进行精确研判，甚至是步步推理而侦破的。

生活中有些事，发生在别人身上，常人是难以理解的。说别人容易，真要是落到自己身上又是另一回事了。俗话说：站着说话不腰疼。

别人只看到警察执法办案、站岗执勤，好像很是威风的一面，却看不到他们辛劳的汗水和付出，特别是那些不为人知的心理负担和压力，甚至是心理危机。

这样说来，心理危机干预最大的受益者不是李乾坤，而是更多的老百姓。

四

可以这么说，警察是当今社会的高危职业，公安民警时刻处在各种变革的风口浪尖。心理危机干预不仅仅是一种手段，也是一门学问，更是一种艺术，而且是一门无可替代的重大课题。

公安民警每天面临的案子千奇百怪，错综复杂，尽管他们能临危不惧,但是案情瞬息万变,真可谓是危机四伏,步步惊心。不错,他们是侦查破案的专家、打击犯罪的高手,他们是时代的英雄,他们在处置警情的过程中及事后所面临的危机依然存在,甚至是与他们本人和家人都如影随形,挥之不去。要化解这些危机,让他们从各种危机中解脱出来,不是一两次危机干预就能解决问题的,这将是一项长期而又艰巨的工作,需要全社会的关注与支持。

我总以为,从某种意义上说,危机干预就是母性的魅力在发酵。

罗曼·罗兰说过,母爱是一种巨大的火焰。

那就让这种母爱的火焰烧得更旺一些,更猛烈一些吧。

(原载《时代报告·中国报告文学》2017年第10期)

北极，北极

杨　玺

滚滚龙江第一湾，巍巍兴安岭，见证国运与兴衰。

你踏过原始密林中的红色小道吗？

你观过北极最"野"的蓝莓吗？

你探寻过密林中的"黄金之路"吗？

你见过最美的"北极光"吗？

……

2016年盛夏，著名记者梁衡造访这最后的一片原始林时，开篇写道：

早晨8时，从黑龙江绥棱县出发，车行两个多小时来到一个叫"五一森林经营所"的地方。你一听这个名字，就知道是红色年代大开发的痕迹。在名为"鸡爪沟"的这一带沟壑中,分布着大大小小的伐木场,大都名为"五一""七一""十一"等。这块林子竟能在锯齿斧刃间留存了下来,真是万幸。

百度搜索,大兴安岭中的"兴安"是满语,意为"极寒的地方",因为气候寒冷,故有此名;大兴安岭的"岭"即满语"阿林",其意为山。

查阅档案,大兴安岭古称大鲜卑山,是中华古文明发祥地之一。早在旧石器时代,就已经有人类在这里繁衍生息。东汉后期至两晋时期为鲜卑拓跋部辖区。1695 年,康熙皇帝降旨开辟嫩江到漠河的驿道,沿途设驿站 33 处。最亮眼的是清朝后期,大兴安岭采金业崛起,一度"铁锹一响,黄金万两",曾年产黄金最高达 10 万两,古驿路由此命名为"黄金之路"。

盛夏终于迎来期待已久的"北极"之行,凌晨三点起床,一路飞奔昆明长水机场,经五台山转机,到哈尔滨再到漠河,转乘中巴车在大兴安岭原始森林中穿梭"磨合"近两个小时才到达目的地。当一脚踏进位于最北端的莽莽原始森林,邂逅"北极",探究北极边防派出所的"红色基因"之路,震撼之余,心醉了。

当地导游边走边介绍,漠河四季如画,反差鲜明。春天花团锦簇,沁人心脾;夏至时节,晚霞与黎明同在,午夜如同白昼;秋天层林尽染,野果山珍遍地,美不胜收,食不胜食;冬天漫长,更富有诗意,林海、雪原、木屋、冰河、银装素裹,无限神奇。

基　因

"所有的辛苦与努力都值得,这个荣誉太珍贵了。""至高荣誉"到来之际,"北极"终于迎来了 70 年来最"暖"的日子,整个"北极"警民心潮澎湃,悲喜交集,悠悠的白桦林脸上似乎也"贴金"了,风一吹,"哗哗"得意起来。

5月19日早上，北极边防派出所官兵穿戴整齐，早早来到会议室，和驻地群众一道通过电视电话会议系统，见证了教导员牛书磊作为代表，去北京人民大会堂参加授予荣誉称号这一神圣时刻。

北极村的冬天漫长而寒冷，齐腰深的雪令人望而生畏。屋顶上、路上、树上堆满厚厚的冰雪，接处警异常困难，手脚冻伤是常事。每次出警都必须"全副武装"，不然外出不到十分钟，就会被冻伤，呼出的气会结成霜，挂在眉毛、睫毛、帽子和围巾上，整个人就成了"雪人"。

然而，他们在这样的环境下，坚守了许多年，实现了突围和飞跃。

5月19日，北极边防派出所被中央军委、国务院授予"戍边为民模范边防派出所"荣誉称号。从1947年起，一拨又一拨平均年龄只有28.5岁的青年集体，在我国地理位置最北的哨所，在历史最低气温-52.3℃环境下坚守了70年，一代代边防官兵耐得住高寒，耐得住寂寞，耐得住清贫，坚持戍边为民，先后获得70项重大荣誉。

"北极村是2007年7月16日才结束70年没有电的历史。"第十任所长高军峰说，2007年毕业后来到北极村，刚来感觉这个地方天寒地冻，太闭塞，但是村民的热心举动坚定了他留下来的决心。

他说："那个时候，我到北红村去驻勤，当时没有家庭宾馆。我们住在老百姓家的炕上，那也是我第一次住炕。老百姓对咱们感情特别深，晚上怕你冷，多烧一会儿炕。夜里睡到晚上12点，感觉怎么这么热呢，发现炕都烧得冒烟了。"

"滚烫的炕，暖了我的心。"70年来，边防官兵并没有因为地处偏远地区而放松工作要求，官兵始终把老百姓小事当自己大事，真正做到"最北最冷最放心，最偏最远最忠诚"。

从2004年至今，北极边防派出所有5人受到党和国家领导人接见，30余名官兵立功，先后70余次受到各级表彰奖励，被公安部、黑龙江省授予荣誉称号。每项荣誉背后，都有一个红色基因传承的故事。

北极边防派出所边境线总长173公里，在黑龙江全省边防派出所中位居第一，界江封冻后，游客误越边境线成为最大的隐患，北极边防派出所将警力陈兵一线，管边民警随渔民一起驻滩。重要治安卡点由派出所和机动队联合驻点执勤检查，流动警务车担负部分巡逻功能，"边防派出所—基层警务室—固定执勤卡点—流动警务车"成为最基本作战单元，多年来，没有一起恶性越界事件发生。

北极村地处祖国最北端，"最北一家""最北邮局"，这些在北极村随处可见的"北"字景观，把北极村的地缘优势推向极致，"找北游"也因此迅速升温。每年150万人次的客流量，给村民带来丰厚收入的同时，也给派出所官兵带来极大的治安压力。

"很多游客在找北的过程中渐渐找不到北了。"刚受到习近平主席接见、从北京人民大会堂载誉归来的北极边防派出所教导员牛书磊介绍道。为此，边防派出所紧贴时代需要，及时开通了微信公众号和微信报警业务，群众报警只需"扫一扫"。他们还将辖区旅馆业、餐饮业以及各村分别设立微信群，一有游客走失，立即在微信群发布消息，2000多名散居在边境一线的群众立马成为"红色警卫队"，找人效率大增，科技让警民关系更融洽。

在北极边防派出所的荣誉室，一个硕大的根雕特别引人注目，根雕上悬挂的木牌上写着每一个在北极边防派出所工作过的人的姓名。这个寓意为"把根留住 不忘初心 奋然前行"的根雕，正在成为一茬茬北极人"红色基因"精神传承的载体之一。

"从入所起，我们就喊出了'驻守北极高寒区，为民服务无盲区；环境艰苦气温低，工作标准不降低'的口号，这也是我的承诺。"北极边防派出所第二任所长郭福波说。

"要不是有你们的营救，我和我老公的命就没了……"今年4月6日，北极边防派出所所长高军峰带队到辖区洛古河村查边时，给这里的驻村民警贾晨翔带去了一个从北京寄来的包裹，寄件人叫王红梅。贾晨翔看着邮包里袋装的正宗老北京烤鸭和盒装的北京糕点、果脯，摸不着头脑，与妻子王晓莲面面相觑，不禁产生疑问：

"王红梅是谁?"夫妻二人一时想不起来。

"难道是寄错地方了?也许是需要咱们转交给谁的吧?"民警按照邮包上寄件人的电话打了过去。

"包裹没有寄错,就是给你们的,我还以为邮不到呢。"王红梅说。

说起北极边防派出所,王红梅难忘的就是救命之恩。今年1月2日那天,她和丈夫自驾游到北极村跨年,在前往洛古河村旅游观光时,车辆不慎侧滑,被困深山。

"当时前不着村,后不着店,茫茫的林海雪原看不到一点儿灯光,车外气温零下30多摄氏度,如果得不到及时救援,很快就会冻死在车里。"王红梅回忆说,当时手机没有信号,深夜里白雪茫茫,根本没有明显的标志物,大概步行了半小时才拨通报警电话,所幸派出所及时救援,最后还吃上了热腾腾的饺子。

"北极昼夜温差大,白天是泪花,晚上是冰花。既然我们相爱,作为一名边防军人他只得到最艰苦的地方去,当然我就追他追到天边,陪他驻边守边。"多年前,一个女大学生不远千里追随相恋多年的恋人——一个入伍到北极边防派出所的警官来到了北极村,夫妻俩一直相濡以沫,不离不弃。

春去春来,花谢花开。这样艰苦的地方,夫妇俩如北极蓝莓一样,不为极寒所困,不为冰霜所惧,感动了驻地干部群众,成为北极红色基因传承的"活化石"。

十年前,北极边防派出所树立了"耐得住高寒,亲民爱民尽心尽力;耐得住寂寞,为民护民尽职尽责"的"北极精神",北极边防官兵始终牢记宗旨,书写了一段段传奇。

"北极边防派出所之所以多年保持先进,缘于官兵对党的忠诚,服从命令听从指挥。"省边防总队政治部主任孙加林说。

5月19日,在人民大会堂金色大厅,黑龙江省漠河县委书记白永清,有幸作为地方特邀代表,参加全国公安系统英雄模范立功集体表彰大会,并受到习近平总书记的亲切接见,倍感荣幸和自豪。他说:"北极边防派出所被授予'戍边为民模范边防派出所'荣誉称号。这不仅是对北极边防派出所全体官兵在高寒冻土坚守付出的最大褒奖和肯定,也是对北极边防70年来传承红色基因的褒奖。我们为有这样一支坚守祖国'北极',为漠河转型发展保驾护航的英雄队伍倍感骄傲。"

荣誉的传承,是一种信念的传递,也是一种精神的坚守。在北极边防派出所的栅栏上,"最北最冷最放心,最偏最远最忠诚",14个大字异常醒目,这亦是70年来全所官兵的红色基因传承。

堡 垒

一个民警一面旗,一个哨所一个堡垒。这个所辖区人口虽然只有3000多人,但是却分布在2380平方公里的广袤土地上。由于地广人稀,天寒地冻,交通不便,民警见群众不容易,群众找派出所办事更不容易。"我们实施了警务前移战略,将警务室建到界河界村最前沿,将一个个'红色堡垒'建到群众心坎上,打通了最后一公里。"所长高军峰介绍道。

这个所在最偏远的洛古河村和北红村分别建了两个"红色前哨堡垒"警务室,在旅游景区集散地建立了联勤式警务室,实现了多警务零距离,驻村既是"红色文化"传承,又创新便民,深受群众欢迎。

洛古河夫妻警务室坐落在中俄边境有着"龙江源头第一村"之称的洛古河村,这里以冷闻名,全年无霜期仅80余天,我国气温最低的极值 -52.3℃就测自这个村的气象观测点。2010年5月1日,北极边防派出所民警贾晨翔携妻进驻刚刚成立的洛古河夫妻警务室,这一驻就是七年。

从警务室创建第一天,贾晨翔和妻子王晓莲就扎根在这里,默默耕耘着这一方土地。原来,贾晨翔的大学女友王晓莲在参加工作后,也毅然辞去哈尔滨一家律师事务所的工作,千里迢迢来到这个隐藏在深山的小山村,陪他一起品尝生活的酸甜苦辣。

贾晨翔夫妻深爱这片土地,给孩子起名"北北"。他说长大后要让他知道在祖国最北的地方北极镇有个"洛古河夫妻警务室",那里不仅有孕育他的父母,还有孕育他的那片黑土地。

"回忆当年在洛古河村夫妻警务室,冷是令人心灵最受震撼的记忆,在装修完的警务室,地上堆放着刮下来的墙皮,这些发泡隆起的墙皮一看就是经历过热胀冷缩的洗礼。"

贾晨翔说,警务室外墙虽然是50厘米厚的砖墙,但是仍然抵挡不了洛古河凛冽的寒气。2010年安装的土锅炉功率小,只能保证一个房间稍微有些暖意。2012年,后勤部门专门为警务室增设火墙和火炕,采取两种方式取暖,烧锅炉的同时,还要烧火墙火炕,但在零下40多摄氏度的气温下,加柴稍微晚一点儿,屋子地面和墙壁就开始冒凉风。虽然警务室每年夏天都粉刷一遍,但冬天一冻,墙皮还是哗哗往下掉。

刚到洛古河时,为了熟悉群众,贾晨翔每天都要早出晚归地走访,很少能照顾上"小家",晓莲就逐渐学会了劈柈子、砸煤块、架炉火、修火墙,在老百姓的帮助下还掌握了凿冰取水、腌咸菜酸菜、采集山货等生活技能……每天晚饭过后,洛古河村老袁家的小卖店总是聚集很多村里的老太太、新媳妇,说的无外乎是些生活琐事,晓莲很快就融入了这个集体,她经常给大家讲山外的生活,不时也说一些致富信息。晚上,通过和晓莲聊天,贾晨翔也能更多地了解村里的情况,有多少年轻人在外打工,谁家的媳妇和老公又在闹别扭,谁家的婆婆和媳妇吵架,江边又来了多少外地人旅游、打鱼……

"我就这样算一笔账,原来我们办事都要自己去所里,得先去县里,然后从县里到所里,到了所里之后当天就返不回来了,这一去一回加上住宿、吃饭,就要花差不多400块钱,自从建立警务室之后,我们有好多事情,直接由警务室捎办,这一年下来,能省不少人力财力。"洛古河村村委会主任刘洪波提起警务室就赞不绝口。

金子的心换来金子的情。2013年6月,贾晨翔因工作成绩突出,被任命为北极边防派出所副教导员。上级考虑到贾晨翔在洛古河村驻守了将近四年的时间,决定调他回所里履行职责。谁知所长去接他时，村民都把他堵在警务室，不让他走。

几年来，夫妻俩默默担负起辖区71户居民、29公里边境线的户籍、治安管理和边境巡逻管控任务，做了大量便民、利民、助民的好事，赢得了百姓的真心爱戴，被称为"第72户"村民。

村民袁庆发第一个拍案而起。他说，那天，洛古河村遭遇20年来历史同期最大暴雪，20小时内降雪量达20毫米。傍晚，贾晨翔接警：袁庆发下午寻羊未归。贾晨翔夫妇立即领着村民分头寻找。夫妇手拉着手，蹒跚在林海雪原，顶着狂风呼喊着袁庆发的名字，经过一个多小时的搜寻，终于在村后山坳里，找到了被困的袁庆发。贾晨翔迅速脱下棉衣，包裹在老袁身上，王晓莲摘下围巾包住老袁的脑袋，一面拼命揉搓着他的双手，一面高呼在周围搜救的乡亲。袁庆发缓过来了，王晓莲却因此病了半个多月。

村民李秀忠也不同意贾晨翔走。他说一次龙江（黑龙江）刚刚开江，他家的牛在江边饮水时，被江面移动的冰排卡住。临近五月，冰面刚刚化开，冰水寒冷刺骨，冰块不时浮过，江面的情况非常复杂。闻讯赶来的贾晨翔夫妇跳入水中，吃力地将绳索套在直喘粗气的牛脖子上。两人拼命地拽着绳子，终于将牛拉上岸。63岁的李秀忠紧紧握着贾晨翔冻得发紫的双手，眼泪从脸上的道道皱纹中滑落。

时任村支书刘维方说，贾晨翔夫妻为大家做的好事数不清，办文化补习班，资助困难儿童，调解邻里纠纷，保护一方平安，这样的民警可不能走！

面对乡亲们的极力挽留，贾晨翔第四次放弃了调动的机会。

对于"信念"与"执着"，贾晨翔在接受人民网采访时说：

"洛古河村在很久以前曾被人们称为孤村，出行'三不通'、村民'三不懂'是当时那里的真实写照，改变村子的现状是几代北极边防官兵的梦想。2010年，我们支队在那里成立了第一个'最北'夫妻警务室，也就是从那时起，我和晓莲便与这片土地结了缘，洛古河就是我们的第二故乡，警务室就是我们的家，把这里建设好就是我们的'信念'。1095天的寒来暑往，我们在这个几乎与世隔绝的地方默默地开展着边防工作,彻骨的寒风从未冷却我对群众火热的情感,零下50多摄氏度的极北酷寒从未停止我守护30公里冰雪界江的热情,这就是我的'执着'。

"在别人眼中,我是一个叛逆的儿子,放弃了大城市的优越生活,毅然选择穿上戎装,抹去了从前身上的那份华光。在妻子眼中,我是一个木讷的丈夫,三年多'携妻从戎'的日子,我从没有给过妻子鲜花和浪漫,留给妻子的是和我一样的艰苦和寂寞。在儿子的眼中,我是一个失职的父亲,他在成长时,我却在为留守儿童补习功课,对于儿子来说我是一个'陌生的爸爸',但我从未后悔过,因为我对'边防梦'有着不懈的追求!"

另外一个警务室坐落在漠河县北极镇的北红村,系中国最北点。这里与俄罗斯隔江相望,300多人的村子,有116人拥有俄罗斯血统,是俄罗斯族民族村,北极边防派出所从2009年在此设立警务室以来,这个村治安稳定、游客增多、村民收入倍增,成为最令人艳羡的"世外桃源"。

放眼望去,北红村不大,从东到西一条街,153户,全村354人,是"找北游"的终点。温暖的阳光照耀着北红村,许多村民正忙碌着修整旅店,村民老赵说,下个月就是夏至节,大量游客就要来了。

村党支部书记赵民兴说:"村里2011年才通电,这两年才有水泥路。以前,守着这么个聚宝盆,路不通,游客进不来。"多亏了警务室多次向上级协调,终于"打通了最后一公里",村里旅游才慢慢火起来。

现年62岁的李春花是北红村的名人,2014年在中央电视台"寻找最美乡村医生"大型公益活动中,赢得驻村民警和村民及游客的广泛支持,被评为"最美乡村医生"。感动之余,她热心边境法规政策宣讲活动,成了义务"护边宣传员"。

最初的北红警务室面积比较小,生火烧水做饭都困难,条件异常艰苦。民警王强因为长期坚守高寒地区,患病去世,年仅27岁。

第二任民警杨振驻勤三年，因长期饮水不健康，不幸患上过敏性紫癜肾炎，远赴省城才治好。

这些都没有吓到北极边防人，从设立警务室至今，杜延东、赵鲁杰、吴忠奇、张展先后六任民警在此驻勤，没有一个人退缩，用青春和热血打造出享有盛誉的"红色堡垒"。

现任驻村警务室警官张展说，2015年第一次进村，返回时车用空调坏了，在-40℃的艰苦条件下坐车三个小时，车上应急用的大衣都披上了，回来后躺了两天。

六任官兵"前赴后继"驻村，换来的是边境小村的平安祥和。"警务室有时做不了饭，一到饭点，村民都争着请民警到家里吃饭。"老支书张福顺说。"我们村连续17年没发案，没涉外纠纷，年年受表彰。"北红村村委会主任任金来特别自豪地说，"这就是我们村的旅游品牌。"

多年来，先后多位警嫂被官兵的忠诚和担当感动，有的新婚燕尔，有的大学刚毕业，便放弃都市繁华，一一来到偏远极寒的北极，与戍边丈夫一起守卫北极，守卫位于祖国最北最纯洁的"红色堡垒"。

2010年冬至前一天，黑龙江漠河的气温降至-42℃。这令人叫苦不迭的极端寒冷天气，却成为北极边防派出所民警赵鲁杰和妻子郭素丽永恒的记忆。就在这一天，他们与来自全国各地的九对新人一起参加了"相约浪漫北极"集体婚礼，让神州北极见证了他们冰雪般纯真的爱情。

赵鲁杰与郭素丽的婚礼虽然没有婚纱，没有彩礼，没有嫁妆，但在那一刻，他们感受到了什么才是真正的幸福。然而，正如夫妻俩戏谑的一样——"理想很丰满，现实太骨感"。漠河稀少的人烟、不便的交通、匮乏的物质生活，让早已习惯大城市匆忙繁华生活的郭素丽产生了巨大的心理落差。

赵鲁杰与郭素丽是高中同学，老家都在山东郓城县。高考结束后，赵鲁杰被黑龙江警官学院录取，而郭素丽则远赴内蒙古科技大学就读。远隔千里的两颗心更加热切地想靠紧在一起。虽有诉不完的相思情、道不完的相思苦，但赵鲁杰夫妻俩每每回忆起这段异地恋情，都会有丝丝幸福洋溢在心间。2006年冬季，天很冷，马上就要大学毕业的郭素丽特别伤感，就在此时，赵鲁杰出现在她的面前，让她孤寂的心感到了从未有过的温暖。

结婚后，原所长姚进帮助夫妻俩在北极村外租了一间小屋，里面有炕，外面是炉灶，同事借给他们一台电视机，就构成了一个简陋的家。每天早上，房门上都会结一层厚厚的冰花。为了暖和，郭素丽每天晚上都把炕烧得很热，热得都躺不下，但是早上起来炕面又冰冷起来。

婚后虽然日子苦，但有了同事的关心，夫妻俩觉得心里美滋滋的。

2002年8月，他们在家乡的火车站里告别。赵鲁杰去黑龙江上警校，郭素丽则去内蒙古上大学，命运安排一个向东北，一个向西北。从此，一对恋人拉开了长达3000公里的距离。2006年，郭素丽本科毕业，又考取了兰州大学的研究生，这使两人的距离又增加了1000多公里。

2010年10月1日，官兵正在通过电话连线中央电视台演播室，为伟大祖国母亲的生日献上祝福语时，值班室战友打来电话，叫赵鲁杰到景区大门接人，家里来人啦。"在往大门跑的时候，我一直在纳闷，家里谁来了？山东与黑龙江相隔数千公里，来也不吭一声？"

等跑到大门口一看，赵鲁杰简直不敢相信自己的眼睛，原来不是山东来人，而是兰州来人了，相恋多年的郭素丽正背着旅行包站在值班室冲着他微笑。赵鲁杰问："第一次来这么远的北极村为什么不说一声？"郭素丽说："给你一个惊喜呗，再说，你们正在忙着国庆安保，怕你分心。"

到派出所后，赵鲁杰问郭素丽这次来有什么打算。郭素丽爽快地说："和你结婚。"

"很多人对这里满怀憧憬，是因为夏至时分那道划破长空的魔幻光束,这里是我国唯一可以观测到北极光的地方,我来就想陪你平平淡淡地过一生。"原来,郭素丽在读研究生时,一位同级男生也异常爱慕郭素丽,不假思索地展开攻势,追她追得很热烈。而郭素丽对谁都"不感冒",心里只有赵鲁杰,也没和家里商量,就一个人任性地跑到北极来和赵鲁杰结婚。郭素丽说:"自打你成为一名边防民警后,我就想当一名警嫂守候你,守住这个小家,你和战友守住北极国门这个大家。"

苦心人天不负,有情人终成眷属。2010年10月10日,赵鲁杰和郭素丽结婚了,婚礼就在小小而温馨的派出所。婚礼简朴而热烈,战友过节一样,欢天喜地。妻子很兴奋,越发显得美丽动人,赵鲁杰对妻子说:"你是世界上最美的新娘。"妻子说:"如果有下辈子,我还嫁给你,还到北极来结婚。"

婚后,由于赵鲁杰工作忙,家务大都由郭素丽一个人承担,没少吃苦头。从小没有见过火炉子的郭素丽,起初不知道怎么烧火、怎么添柴,手上经常被火烫出泡。冬天,由于没有自来水,郭素丽每天都要去房东家拎水,几趟下来,裤子和鞋子上结满了冰。一次,柴用完了,郭素丽只好拿起小斧头劈,手上被扎了许多刺。晚上赵鲁杰回家后,用针一点一点给她挑刺,每挑一根,都心疼不已。但郭素丽却说,日子虽苦,但只要能在一起就是幸福。

"妻子在家耕耘,丈夫安心守边。"赵鲁杰所在的派出所承担着173公里的中俄边境线、2380平方公里的管理区、三个自然村、一个林场1443户3457人的治安管理,已创下连续11年无涉外事件、15年未发生重大刑事案件的纪录。可想而知仅有的10余名警官都相当繁忙,大都无暇顾及小家的冷暖。

漠河县委书记白永清说,漠河是中国最北的边境县,肩负着保障国家国防安全、生态安全、能源安全的重大责任,战略地位十分重要。为祖国守住北大门,打造和谐稳定的社会环境,是漠河一切工作的根本前提。因此,我们将以北极边防派出所受到国家表彰为动力,深入学习贯彻习近平总书记重要讲话精神和"四个坚持"的要求,继续以"爱民固边"为载体,积极与边防部队合作共建,实现边境线的安全稳固、边境居民的长治久安。

在北极,每到旅游旺季,大量中外游客争相来"找北"。而70年来,北极边防派出所始终有句口号叫"一路向北,青春无悔",14个平均年龄才28岁的"80后""90后"们,在这里建功立业。正因为有了这样一对对夫妻对情与爱的忠诚守候,正因为有了这样一代代官兵对家国情怀红色堡垒的苦苦坚守,北极边防派出所才被授予"戍边为民模范边防派出所"最高荣誉。

气 质

去年,一部名为《红色气质》的微电影横空出世,引发影视界和舆论的关注和好评。无疑该剧最大的创新是将家国情怀串联到整个影片中!

在蓝天白云中,一股清风袭来,静若处子而小鸟依人的北极村恬静地躺进夏天的怀里,童话般生长在大兴安岭怀抱,依山傍水,民风淳朴。在街上顺眼望去,一栋栋木楼干净典雅而错落有致,供销社、邮局、学校、哨所、蓝莓酒庄等都具有浓厚的北方乡土气息,修葺一新的北极广场外则是烟波浩渺的龙江从村边缓缓流过,似乎在诉说着千百年来的蓝莓和彼岸的乌苏里传说。此刻,素有"不夜城"美誉的北极,与一江之隔的俄罗斯依格那思依诺村随着夜幕在白桦林中缓缓降临,在大红灯笼的朦胧和乐曲中呢喃,伴着细雨渐入佳境。

"真正的教育是不用说话的,只要触及了你的灵魂,就会让心灵受到教育的震撼。"在蓝天白云掩映下,伴着喜悦的心情,我们走进北极所陈列室,一帧帧散发着历史气息的照片,在天寒地冻的气息中,变得活灵活现,仿佛历史复活了,通过一个个沁人心脾、感人至深的凡人小事,把国家的命运与一代代官兵的命运连接在了一起。

通过观看陈列馆一件件实物及一张张老照片,我逐渐明白,生命最需要的并不是渴望与期待,倒是平心与静气。一个真正内心宁静的人,不是要看他能征服什么,而是看他到底能承载什么。无所畏惧,沉稳自信,去做别人恐惧或害怕的事,直到在殊死的边缘站立起来,获得重生。

一部走心的《边防和鄂温克族手艺的最北守护》红色微电影被多家网站播出后,受到了社会广泛关注,官兵与桦树皮画的动人红色故事,再一次进入公众视野。

59岁的鄂温克族老人刘书洋的家在漠河北极村七星山脚下,一个依山傍水而建的"木刻楞"房子里,房子的边上有着最具鄂伦春族特色的建筑——"撮罗子"。

因为从小就喜欢画画,高中毕业后刘书洋来到鄂温克族居住的村庄插队,从那时起,开始接触桦树皮画,到如今,40多年过去了,桦树皮画已经成为他生活中不可缺少的一部分。2010年5月,他把家安在北极村,成为北极村的一名村民。

2010年6月,刘书洋刚来北极村搞艺术创作的时候,自己去北极村周围的林场选取桦树皮材料时被巡边民警发现,还进行了深刻的教育。

一边是传承文化,一边是生态保护,如何处理好这其中的关系,成了民警思考的难题。为了帮助刘书洋老人传承优秀文化,北极边防派出所向当地政府做了汇报,并联系林业部门,对一些特殊的白桦树选取材料。

"当时教导员温勇常走访,对我嘘寒问暖,有时还会留意一些被雷击倒的白桦树,并帮忙运送过来。"提起派出所的帮助,刘书洋老人十分感激。因为随着桦树资源的锐减,艺人也在逐年减少,桦树文化在逐渐萧条,桦树工艺的传承和保护迫在眉睫。

"谢谢派出所的帮助,今天我的书法工作室建成了,从没有想过在国门边上还能开一个书法工作室,为中外游客传播我们的优秀文化!"现在,在派出所的牵头下,"农民书法家"李兆业的"爱民固边民间书法工作室"举行了揭牌仪式,这也是这个所帮助百姓致富的又一件实事。

一次,北极边防派出所民警接到村民苏某报警:头晚和妻子刘某发生口角，之后妻子离家出走，一直没回家。

接到电话后，派出所迅速出警处理，此时北极村已达 –20℃，派出所副所长牛书磊担心刘某患病会发生意外，随即组织官兵和村民寻找。8时24分，牛书磊又接到信息称：发现黑龙江边有一位40岁左右的女子，该女子边走边脱衣服。8时27分，官兵第一时间赶到现场，此时该女子距江边一步之遥，生命危在旦夕，还好官兵及时赶到……

苏某紧紧握着官兵的手，流着泪水说："谢谢你们救了我妻子的命，不然她真的会跳下去的。"

时代在变，官兵面孔在变，可是这个所时刻听党指挥服务人民的红色气质没变。

随着时代发展，为服务漠河县北极镇争创国家5A级景区，派出所联合机动中队、镇扑火队、镇卫生院组建了一支以抢险、救援、服务为一体的"北极抢险救援服务队"，这也是全省首支边境乡镇应急救援队伍。

一次，一位北京籍游客在北极村野外露营，深夜两点多由于恐惧报警求助，官兵们第一时间出警搜救，历时两个小时成功实施救助，这也是救援服务队成立以来实施救助的又一起成功案例，类似这样的求助仅去年冬天就有30多起。

这个所还建立了困难儿童、孤寡老人等弱势群体长期帮扶机制，特别是从2004年开始对辖区困难儿童张敬阳、张敬月姐妹进行帮扶，创造了从家境贫寒、成绩平平到以全校最高分被省重点中学录取的"奇迹"。

"说实话，这个大红花应该是给派出所官兵佩戴，他们为我们做的才多。"在为"爱民固边模范户"佩戴大红花时，村民吕凤文对这个所爱民工作感谢不已。

为了更好地服务辖区群众，这个所不断创新工作方法，相继推出了评选"爱民固边模范户"、打造"义工之家"等五项爱民护民新举措和双人协作快速验放等"八项为民服务工作法"，受到了辖区群众和广大游客的普遍欢迎。特别警务"二维码"、警务"GPS"

和微信公众平台，使动态化、信息化、快速化移动警务成为现实。

纵观北极所70年的发展之路，它独有的红色气质、深厚的家国情怀，既是时代发展的时代骄傲，也是新中国自强不息、不断繁荣的历史承载；既承载每个小家庭的悲欢离合，也是官兵心系国运所载。

让我们在这红色的气质里熏陶，在这红色的气质里勃发！

情 怀

历史给我们机会，历史记载让我们聆听当年北极官兵的故事，太多的震撼，太多的触动。

"七十载，一个边陲哨所在极寒天气如何突围？"当我站在了一个个庄严肃穆的陈列馆面前，切身感受这一段段荡气回肠的故事，我的心也一次又一次地被猛然撞击、战栗、折服。作为一名党员，一名边防军人，我怀揣红色情怀带着向往和崇敬，开始了我的红色之旅，同时也是寻根之旅……

想当年，蜿蜒在树木茂盛的崇山峻岭中的红军小道，是井冈山军民为运送粮食和枪支弹药，披荆斩棘，踏出的一条羊肠小道。仔细看发现有的地方在悬崖峭壁上，只有一尺宽，稍不慎就会坠入万丈深谷，有的地方须弯腰驼背行走，因为头一抬，就可能碰到山崖。我想在晴天丽日里徒手走，都可能疲惫不堪，井冈山军民却更多地要在雨雪天气或天黑时，挑着上百斤的粮食或弹药上山，该是何等艰难！

当下，我们这一代代后来者，如何感知体味先辈筚路蓝缕走过的路，如何去真切体会"崎岖""跋涉"的艰辛以及"艰苦卓绝"的可贵和信念坚定的强大力量？

在北极，所到之处都流传着关于蓝莓的美丽传说：很久以前，由于大兴安岭气候寒冷，水果和蔬菜皆不能生长，疾病和瘟疫经常发生。一天，天宫的蓝娥和红娥两位仙女随王母娘娘周游下凡。当她们来到神州北国的时候，王母口渴，便唤蓝娥和红娥去买水果，可两位仙子找遍了镇上所有店铺都未找到,后来才知道此处天寒地冻,无法生长水果。蓝娥和红娥不忍心看到北国黎民受罪受难,便偷偷离开了王母。蓝娥化作一种蓝色的果实,就是蓝莓,红娥化作一种红色的果实,就是雅格达(红豆),从此滋养着神州北国的黎民百姓。真所谓"婷婷碧丽落人间,清谷风姿也嫣然"。

"吃水用麻袋,开门用脚踹;四季厚穿戴,五六月吃干菜",这是多年来北极官兵生活的真实写照。经过几天采访和思考,我在想,这难道不就是蓝莓精神吗?七十载,一茬茬边防官兵,他们身着橄榄绿,如一茬茬扎根北极的蓝莓树,同样扎根于零下50多摄氏度的冻土,头顶蓝天,脚踏大地,耗尽青春和孤独,有的还险些送了性命,却从来没有一人要求离开,因为对这片土地深沉的爱,有的退伍后也不舍离开,在此扎根,滋养着这里的黎民百姓和中外游客。

北极光是绚丽迷人的,是光彩夺目的。每逢夏至,许多中外游客都会来北极村一睹北极光风采,但再美也是稍瞬即逝。而驻守在这里的官兵却一茬又一茬,如北极蓝莓一样滋润着这里的山川草木,令人顿生敬意。

70年来,北极边防派出所在极寒中,发扬"耐得住极寒,耐得住寂寞,耐得住清贫"的"北极精神",守护辖区面积达2380平方公里土地的安宁,辖区连年"零发案",连续十几年无涉外事件,受到了驻地干部群众的好评,先后被公安部和黑龙江省授予"北极模范边防派出所"和"爱民固边模范边防派出所"荣誉称号,被公安部评为"全国爱民模范先进集体"。

一天深夜,派出所值班室电话骤然响起,值班民警王频频一拿起电话就听到对方的求救声:"派出所吗?你们快来啊,可能是出事了。我家邻居刚才还人闹狗叫,现在一点儿声也没了。"

撂下电话,王频频和张义斌二话没说,连忙穿好衣服往外赶。一出房门,就觉得浑身"唰"地一下从头凉到脚,三九寒天,北极村最低气温达-42℃!他俩一边捂着脸,一边向事发地点跑去。

赶到院子后,他们急着向屋内呼喊,可是一点儿反应也没有。一定是出事了!情急中,王频频在院内找来一把大斧子撬门,刚撬开门缝就闻到一股刺鼻的味道,打开门用手电一照,眼前的景象让他们大吃一惊:在小屋的土炕上,直挺挺地躺着一个中年妇女,被子放在一边,身旁趴着她女儿,炕上、地上凌乱不堪,室内气味令人不堪忍受。

煤气中毒,刻不容缓!他们上前迅速将娘俩用棉被裹上,抬到室外通气,同时王频频向派出所打电话要车。警车随后赶到,将娘俩送到乡卫生所急救,终将小女孩儿和她母亲从鬼门关抢了回来。

一次,刚刚从山东探亲回来的于大娘来到派出所,一进屋,大娘就直奔民警赵鲁杰办公室,将兜里大枣、海鲜干货、煎饼等东西一股脑儿倒在桌上。说起这起因,还要从几年前的一个长途寻亲电话开始。

一天,值班民警赵鲁杰接到一个电话,来电话的人是山东的陈炳金,他想通过派出所帮忙寻找失散59年的堂姐,但是他只知道姐姐当年被伯父送到漠河县大河西村的一个远房亲戚家抚养,耳朵上长着一个"拴马桩",所以那时候有个小名叫"拴柱",其他再无线索,甚至连大名都不知道。

"大河西村在兴安啊!"赵鲁杰心里犯起了嘀咕。然而,当赵鲁杰打电话给兴安边防派出所时,让对方帮助寻找大河村的陈老太,两个小时后得到回音:此人已于多年前随"姥姥、姥爷"搬走,当年走时好像听说是去北红,具体的不太清楚。

随即,根据兴安战友提供的线索,赵鲁杰驱车100多里,来到北极镇北红村寻找线索。

走访交谈中,北红村村长王琦文回忆说,从外村搬来的老人中,没有姓陈的。当晚,赵鲁杰不甘心就这样无功而返,他意识到会不会老人已经不姓陈了呢,所以,当晚他决定住在北红村村长家,准备天亮挨家挨户走访,希望寻到蛛丝马迹。晚上,赵鲁杰与王琦文的母亲拉家常时,问起村里老人情况。看民警为了个老人寻亲如此上心,老人也绞尽脑汁搜索着记忆。聊着聊着,老人突然对赵鲁杰说："你说的事儿,和于老太太很像。""就是在景区打扫卫生的于大娘啊!"熟知户籍信息的赵鲁杰迅速在大脑中搜索着。几年前,于大娘改嫁了,现在就住在北极村老街基。

第二天,赵鲁杰就马不停蹄地回到派出所,很快找到了于淑仁老人。听了民警的叙述,于淑仁泪流满面,连连点头:"我就是你要找的陈拴柱呀。"

原来,1948 年,"拴柱"母亲去世后,父亲便带着大女儿回到山东乐棱市农村老家,把小女儿"拴柱"留在当地,"拴柱"后来随姥姥、姥爷改姓于,叫于淑仁。1958 年,父亲曾从山东来信,信中说,父女二人回到山东后,生活安定,还落了户口。为让一家人早日团圆,父亲督促于淑仁尽快起程回山东老家。

看了来信,于淑仁归心似箭,恨不能马上回到亲人身边。但当时,于淑仁的姥姥、姥爷已经去世,她被寄养在二姨家里。为了早一点儿见到亲人,于淑仁央求二姨送她回山东,二姨说:"现在生产队不能给假,要回关里老家,得等到秋后队里没活儿了。"从此,于淑仁天天盼着秋天快些来临,到那时,二姨就能带自己坐火车回山东了。

于淑仁做梦也没想到,一场大雨改变了她的人生轨迹,从此一家人天各一方,无法联系。当时,二姨的家住在一条大河旁边,当年夏季,大雨过后河水泛滥,冲垮了二姨家的房子,父亲的来信也随着大水被冲得无影无踪。由于信封丢失,亲人从此失去联系。

在河边已无法居住,二姨一家只好从兴安镇搬到北极乡北红村,投奔姨父的亲属。与乡亲分别时,二姨千叮咛万嘱咐,告诉乡亲们如果于淑仁的父亲从山东来信,一定帮忙转交给二姨。从此,不知是父亲没有来信,还是来信被乡亲们弄丢了,于淑仁始终没有接到父亲来信。试图通过回山东老家的老乡多方打听,也没有联络到父亲。后来,二姨让于淑仁嫁了人。

近些年,随着年龄增大,于淑仁越发思念亲人,无奈寻亲无门。如今喜从天降,老人欢喜万分,终于获得了亲人的消息。在派出所安排下陈先生通过网络视频和于淑仁老人见了面。两个月后,发现家庭贫困的于淑仁缺少路费,北极派出所民警捐款 2000 多元,老人终于登上了回山东的火车,圆了 60 年的梦。

在北极,这样爱民的故事如北极星一样多,一样美。多年来,北极边防派出所创新推出"群众外出我巡防、群众休息我走访"的弹性工作机制、3D 民情地图标注、录音录像走访等群众工作法,让民警在最短时间内沉到辖区、融入群众,双熟悉率全部达到百分之百。

家　园

七十载培育出的红色家园是红色资源的灵魂、红色基因的密码,凝结着七十载边防官兵的价值理念和精神追求,呈现着一代代边防人的鲜亮底色。

七十载,北极边防保卫历史是北极人最好的营养剂,一代代边防官兵从身边小事做起传承红色基因,营造出一代代边防官兵舍生取义公而忘私的红色家园。

"我们村民见到派出所就像见到北极光一样高兴,但北极光一年里仅会出现几天,而民警会在他们遇到困难时随时出现。可以这样说,民警就是这里老百姓心中的北极光,他们为北极百姓营造了温暖的红色家园。"北极镇副镇长徐叶云这样形容边防民警。

"危急时刻,他们就像北极光一样闪耀在冰天雪地里,照亮着我们回家的路,温暖着我们被冻僵的心……"

这是北极中心小学学生在主题班会上朗诵的赞美派出所官兵的诗。是什么事情让学生们如此感动?

原来在"五一"前夕,北极中心小学 20 多个学生放假回家。当大客车行驶到距北红村六公里的时候,由于路面出现大冰包,客车瞬间侧翻到了悬崖的边上,稍微一动就会翻进旁边十几米深的悬崖下,全车人谁都不敢动弹,几个女生吓得都哭了。

驻村民警王频频和王强接到报警后,借了村里的一台拖拉机快速赶往出事地点。赶到现场后,他们首先用钢丝绳把客车固定住,在固定过程中，钢丝绳砰的一声断开，把王频频的脸部崩伤，鲜血直流。他忍着疼痛，和王强一起费了好大力气总算把车固定。接着，两人拿来撬棍把车窗玻璃打碎，然后小心翼翼冒着生命危险爬进去，先把吓得瘫困在车厢里的学生一个一个营救出来，之后又返回村子找来吊车，一直折腾到次日凌晨两点多才把客车拉出。

事后，被营救的学生王广春感激地说："如果派出所的叔叔不及时赶到，我们就没命了。"

暴风雪中，官兵每次出警都可能"全军覆没"；冰雪中，官兵战天斗地，无不让百姓生命财产"绝处逢生"。

在北极镇，流传着一个寻牛故事：2006年冬天的一个傍晚，漠河县政府送给北红村的40头扶贫黄牛，在距离北红村五公里处走失了12头，由于担心黄牛会越境至江对岸的俄罗斯，情急之下北红村村民报警求援。北红村驻村边防警官王强和王频频立即冒着-50℃的严寒登上江面寻找。

"那天晚上的风像刀子一样，官兵硬是将牛一头一头地找到并交到我们手中。当在后半夜找到最后一头带崽母牛时，牛已经冻得趴在雪地里无法动弹。就是那天夜里，王强瘫倒在雪地里，双脚疼得浑身哆嗦。村里年轻人将他抬回村委会，他的鞋袜粘在脚上脱不下来了，凭经验，我们觉得他的脚是保不住了。可民警还惦记着走失的牛，根本不想自己冻伤的双脚。"回忆起当时的情景，北红村王春老人仍不胜感慨。

仅近年来，北极边防派出所官兵平均每年参加大小规模的雪灾车祸等抢险救援50余起，共挽回经济损失3000多万元。

不久前播出的《爸爸去哪儿》一度火了，而现实版的"爸爸去哪儿"，却天天在北极所上演，也是官兵共同营造红色家园的最好诠释。

北极边防派出所探索建立适应"林海无边、地广人稀"特点的治安联防机制，在辖区组建4个治安联防组织、18个联防小组和87个"十户联保"小组，形成了"人人是治安员、村村是堡垒"

的治安防控网络。

他们与北极边防机动中队联合推出"每日三巡、特殊时期全巡"巡防机制,常态化开展"警灯闪烁"工程。十年来,该所承担了包括十届夏至旅游节、九届"冰雪汽车拉力赛"在内的上百次大型安保任务,全部实现"无盗抢、无越界、无拥挤踩踏"的目标。

"爸爸,你在哪儿?什么时候回来?"一次,正在值班走访的仇乔石接到了女儿仇晓的电话。仇乔石一脸的愧疚,他说,女儿已经六岁了,这六年他有五年没有陪女儿过春节。

仇乔石时任教导员,辖区的每名群众都熟悉他那张"普通"的脸,有很多外来游客也对这个和蔼的教导员印象深刻。他说:"北极村是景区,每年都有超过百万游客到这里游玩,还有很多游客在这里过春节。距离派出所仅400米的界江一直是我最担心的,很怕游客踩着冰封的界江跑到俄罗斯那边。工作忙,顾不上家,对家里我很愧疚,特别是我六岁大的女儿。"

北极村是祖国最北的村镇,是国家"AAAA"级旅游风景区,很多游客到这里找冷、找刺激,当然免不了到冰封的中俄大界江——黑龙江上游玩一番,看冰眼、踩界江。"这一段时间,我们每天都要在界江上看着,不敢离开,每天都要提醒上百名在界江上游玩的游客。这是我们的工作,为了边界的安全必须坚持。"谈起界江上的工作仇乔石显得格外精神。"去年女儿就说我这个老爸不称职,答应陪她过年,最后也没陪上,看来今年又不能陪着了!"他苦笑着说。

"爸爸你在哪儿?还在巡逻吗?要不今年我和妈妈去陪您过年吧?"在冰封的界江上,正在巡逻的北极边防派出所副所长牛书磊接到了儿子牛牛的短信。18日开始,牛书磊从早上8时就开始在界江上巡逻,就连午饭也是在寒风凛冽的界江上就着满是冰碴子的"凉白开"吃下的。

"您好!您不能再往前走了,您马上就要越界了!"一个上午的时间,牛书磊就善意提醒了几十名在界江上游玩的游客。"冬天界江就变成了冰道，随处都可以走到俄罗斯去，不敢放松啊！"话没说完牛书磊赶紧又带领同行的民警赶紧去提醒一位即将到边境线的游客。

江上风大气温低，雪也厚，在江上待了一会儿，牛书磊就开始使劲地跺脚，他说，这样可以让脚暖和一点儿。当时派出所仅有官兵15人，他们却负责长达173公里的界江边境线，是全省负责边境线最长的一个边防派出所，任务非常繁重。"边防警察很辛苦，是警察，也是军人，对妻子、儿子我亏欠很多，值得庆幸的是他们都理解我。"因人手不够，他没有休假，春节还要继续在界江巡逻，牛书磊说，"这个江，得守。"

"爸爸去哪儿了？"仅有两岁的女儿赵翘楚问，"爸爸在派出所值班，我们带上年夜饭一起去找他，好吗？"妻子郭素丽和小翘楚带着三个保温瓶出了门。春节期间，母女俩就来到了北极边防派出所。实际派出所距离她们家不到300米的距离，可是即使这么短的距离在这个特殊的节日，民警赵鲁杰也不能回家陪她们母女过年。

到了派出所，妻子郭素丽和小翘楚就隔着值班室的窗户与赵鲁杰见了面。"刚刚煮好的饺子，赶紧趁热吃吧！"妻子郭素丽温柔地说。赵鲁杰摸了摸头，接过了妻子递过来的饺子。"爸爸，抱抱！我要爸爸！"女儿小翘楚的一句话，让赵鲁杰眼眶不禁有些发酸。"宝宝乖！等过几天忙完，爸爸好好抱抱你好吗？"赵鲁杰只能细心地哄着女儿，最后和女儿拉了一个钩女儿才满意。

"他们这个工作都是这样，大年三十总要有人站岗，不然怎么办，我离他近还能看看他，所内的好多官兵的家人都不在这里，过年也见不上一面，我算是好的了。"妻子郭素丽非常善解人意。这时，小翘楚也牙牙地说："爸爸，棒！"爸爸到底去哪儿了？去守边，边境稳定了，才有我们的幸福。

最后借用梁衡笔下的精彩段落来结束本文：

  当年我们屈从了这片原始林，现在它给我们友好的回报，留下了一面大镜子，照出了人类文明的进程。以铜为镜，可正衣冠；以史为镜，可知朝代之兴替；以这片原始林为镜，可知生命、人类和地球的兴替。

是啊，像一场战争突然宣告结束，北极之行采访突然结束，伴着金色的落日余晖，随着百鸟千虫争鸣远去，喧闹的北极顿时人困马稀。

人心齐，泰山移。中兴业，须人杰。而再回首"战场"时，我意外地发现了这片角落，因为那群人，那些年，那些守候，竟为我们留下了一片可贵的原始林，也给我们在人迹罕至的极寒之地矗立起一片难得的红色精神基因，令人顿生敬意。

(原载《中国作家·纪实》2017年第12期)

那些人，那些事

——"长征路上的坚守"采风笔记

韩 媛

在石楼

周一，她凌晨四点起床，40分钟后出门，做好的早餐温在蒸锅里，丈夫只要打开火就可以热一热来吃。她走的时候他还在熟睡，便留了一张字条在茶几上，内容无外乎是按时吃饭、休息，不要过分劳累云云。孩子在外地上大学，前日夜里已通过电话，说是学习和生活一切都好，不必挂念。这样的通话让她觉得十分安心。尽管如此，临出门的时候，她环顾家里静默的一切，还是觉得有什么事情没顾全到。是啊，对于一个平常总不在家的女人来说，想把一段日子里积攒下来的所有家务都处理好，双休日的两天时间，毕竟太短暂了。

五点钟，她已驾车到达去往吕梁方向的高速公路入口，这一趟行程的总长是240多公里，但并不全是高速公路，还有很长一段是路况条件不太好的省道。常年行驶在这条路上，她有经验也有把握，在八点钟之前，一准能到达那个叫石楼的地方，那儿有她的工作，她要在那里连续待五个工作日后，才能再一次返回自己的家。

一开始，她是笑着讲这些的，我和她同坐在会议桌的一侧，隔着三五个人，我看不到她的表情，但听她讲到出门那一段时，明显感觉到她脸上的笑容隐去了。

是的，她哽咽起来了。

我有几分恍惚，脑海里浮现出她说的那座城市，那也正是我所生活和工作的城市，那里道路宽阔，楼宇林立……这一刻，大街上正车流奔涌，人群云集，与眼前这座空间逼仄、建筑寒酸土气的山区小县城的外观和气质完全不同。然而，多年的居住经历使我对它的感觉已经钝化，每一次离开，并没有像她这般不舍和难过。

她的讲述，并不细致，有如蜻蜓点水一般，有些场景是要靠听众自己脑补的，但她终究还是打动了我，同为妻子、母亲这样的角色，我完全理解她的心情，于是，不由自主地，我的眼角也沁出了一颗泪。

几秒钟之后，她又恢复了开始时的语气和语速，呵呵一笑，她说："可别写我啊！还是写我们的青年民警吧，他们，真的不容易！"

她姓张，是吕梁市石楼县公安局副局长，同时还兼着政工科科长和会计。领导们介绍她的时候，用的是自豪加赞赏的语气。来自单位领导与同事的普遍认可和好评可以充分说明，这是一位值得尊敬的、爱岗敬业的好领导、好民警。

会议室里，除了我们采风团成员和包括她在内的三位局领导外，还有几位是被推荐来参加座谈的先进青年民警代表，他们的事迹材料已经分发到了我们手中，材料都是他们自己写的，风格不一。刑警大队的材料中，有的段落对侦破案件的过程和细节描写得极其生动，读起来像是侦探小说。我这么说，丝毫没有贬低写作者水平的意思,尽管公文材料是要遵循一定规范的,但这样的事迹材料在我看来,更加引人入胜。

有同行的公安作家在采访民警们,听到自己感兴趣的情节时,我也赶紧记下来。一边听,一边记,一边浏览事迹材料,第一个感觉是这几位民警的确都很年轻,他们都是从本省其他地方考入石楼县公务员行列的"85后",参加工作的时间都是2008年。在短短八年的时间里,他们把工作做到如此有声有色,而且全都可以独当一面(都已担任了某一部门的负责人),除了与个人的素质有关,更多的应当缘于当地公安部门对人才资源的重视和重用。

石楼县是国家级贫困县。在我们刚刚落座时,张副局长就向我们如是介绍说。随即,她苦笑着说,因为资金短缺,县公安局一幢办公楼用了好几年的时间都还没盖好。接着,她又十分自豪地介绍道,石楼可是个历史悠久的县呢,这里曾有很多殷商时期的文物出土,在吕梁市博物馆里面,有60%的文物都出自咱石楼。

石楼地势东高西低,群山连绵,地表覆盖着深厚的黄土,因受流水侵蚀、冲刷,沟壑纵横,地形破碎。这儿既没有高速公路也没通铁路,交通相对闭塞,又由于矿产资源匮乏,经济发展也处于滞后状态。"穷"是石楼给人最直观的印象,但"穷"并不能消磨人的意志,这里民风淳朴,民警们普遍具有"吃苦"精神。就拿这几个青年民警来说吧,他们当中,大部分人的家都不在本地,却无一不是将石楼当作自己的家乡,在这里一心一意、踏踏实实地工作着奉献着。

应采访者的要求,刑警小张讲起了他的故事。他的家在距石楼百公里以外的地方,妻子的工作单位在当地,女儿刚上幼儿园,他离得这么远,又加上刑警工作的特殊性,回家的时间根本就没有规律,平时家里面的事情全靠双方老人和自己的姐姐帮衬。女儿一年难得见他几面,与他一直很疏远。有一次,他们队为破一个案子,十几天都没休息,案子有了结果后,领导特批他回家待几天,他也挺兴奋。回到家正好赶上幼儿园放学,他就给妻子打去电话,说自己去接孩子。没想到到了幼儿园,老师因为没见过他,硬是不让他把女儿接走。女儿呢,躲在老师身后,也不表态,就那么一言不发默默地看着他。讲到这里,小张竟有点儿说不下去了,眼眶里全是泪。男儿有泪不轻弹,我坐在他的对面,瞬间,我就明白了他为什么这么伤心,不是因为老师不认识他,而是因为女儿对他的态度,那跟对待陌生人有什么两样儿!

民爆大队的小谷,是这几个民警中唯一的女性,她在红军东征纪念馆带领我们重温入党誓词的时候,我一直以为她是政工科刚来的实习生——那张脸实在太显稚气了,看了她自己撰写的条理清晰、内容全面的材料,才知道她如今已是副大队长了。30岁还没成家的她,难免被问及个人问题,她也坦然,说由于家在外地,找个合适的对象有点儿难。我暗自思忖,这个"难"里面其实包含着很多层意思,除了个人条件、家庭因素等,最现实也最纠结的问题应该是,假如也找个工作单位在外地的小伙子,到底该把家安在哪儿?

从县公安局到前山派出所大约45公里的路程,坐车用了一个多小时。"前山"这个地方,想当然的是在山上的,而且,就在山梁的前面。一路上,我们看到了沟梁之间散落着的几个村庄,一色儿的窑洞和土墙院子,沉默、朴素,却安然自在。

站在派出所的硷畔上,能够一览无余地看到山脚下峡谷里的黄河,因眼下还未到汛期,水势不大,色泽并不是印象中的那么黄,甚至还偏一点点米白色,迟缓有如缎带,泛着幽幽的光,在谷底静静流淌。我们采风活动的第一站之所以是石楼,就是因为这里是当年红军东征渡过黄河时来到山西落脚的第一个地方,而那个为东征立过赫赫战功的名叫辛关的渡口,就位于前山派出所脚下。石楼位于吕梁山西麓,而前山乡位于石楼的最西边,所以这儿同时也是山西的西部,隔着黄河望过去,就是陕西的地界了。

我们来的时候是正午时分,热浪袭人,干燥的空气里,传来激越的蝉鸣,让午间时光尤显漫长。

派出所的院子与前山乡政府大院是连在一起的,地势较乡政府低一些,从乡政府一侧院墙后面的菜地边绕过来,派出所才能呈现在眼前,小院自成一统,显得愈发僻静。

不到工作时间，也没有群众来办事。问起辖区的情况，王所长告诉我们，所辖 14 个行政村、73 个自然村，全部都在山区，治安状况比较稳定。总的来说，这些年，派出所对群众的服务多于管理。比如，因为前山去往石楼县城一天只有一趟公交车，所里民警的两辆私家车就成了群众的义务接送车，电话也成了预约和帮助热线，只要民警下乡或去县城，就一定有搭顺风车的，一路上，民警还得帮着群众代买东西、代办事情等。除此之外，进村入户、关心帮助困难群众也是他们工作的常态，他们曾为辖区的两个村子争取到资金百万余元，也曾帮助群众修整田间道路，前后加起来有 40 公里长，如此全心全意的付出，群众自然是看在眼里、记在心上的，这也就理所当然地换来了警民关系的和谐、融洽。至于警情呢，多数是些邻里纠纷和土地纠纷，这类纠纷调解起来极其费时费力，因为"既要治标，也要治本"，要做到"既把案子结了，也把事儿了了"，千万不能再给村民之间留下容易引发治安或刑事案件的隐患，而一旦调解成功，也都能达到让双方当事人满意的效果。到了蔬果成熟的季节，群众到派出所办事，总是会顺便带些"礼物"来，尤其是中秋节前后，群众送来的自家种的苹果和红枣，能摆满半个接待大厅，山里的老百姓习惯用这种朴实的方式表达他们对派出所和民警的敬意和爱戴。

前山派出所只有两名民警，一位是王所长，另一位是民警老马。事迹材料是老马写的，文中写道："这里留下了毛泽东等革命先辈的痕迹，同时也留下了红军东征的精神，这种精神世代相传，并落地生根、发扬光大。前山派出所以'弘扬传承、服务人民'为工作目标，在这片充满红色气息的土地上，创造了一个又一个佳绩。"长征故事、长征精神是这里的人们所津津乐道并且代代传承的，从这里，我们完全可以读出来，也感受得到民警们满满的自豪感、荣誉感和使命感。

当然，日子也不全是那么可心的，同所有的基层派出所一样，前山派出所，也有发愁的事情。警力少就不说了，主要是啥事都得管，推都不能推。老百姓生了病也要打报警电话，一接警，无论白天黑夜，下雨还是下雪，不管是哪个山庄窝铺，民警都二话不说地赶过去，忙不迭地送病人上县城医院，山路既曲折又崎岖，这些年下来，光汽油钱、修车钱也不知贴出去了多少；山下是晋陕的交通要道，大车多，经常发生事故和拥堵现象，群众一打电话报警，他们也得赶紧下山去协调并疏导交通；至于突发的事件，比如公路上正在行驶的大车突然起火了，接警后，也得迅速赶到现场组织人手进行施救，大多时候，等到消防车赶来，火早已经被民警带领群众给扑灭了。这样的事件，每年都得经历三到五起，几年下来，粗略一算，至少也为国家和个人挽救了上百万的经济损失，功劳自然不小，但这些抢险救灾的事情，大多并非在公安派出所的职责范围内，应对和处置起来，常使民警感觉力不从心且疲惫不堪。

老马说，自打自己穿上警服起，就在前山派出所工作，到现在已经十几年了，若说甘于奉献，那是真的，可要说是纯粹无怨无悔，就有点儿说假话了。他给我们讲了一件事，一件两年前发生的事，直到现在还在困扰着他。

那年夏天，有一天下着雨，他们在办理一起治安案件时查获了一些疑似毒品的东西，因为所里不具备鉴定能力，所以要拿到县公安局禁毒大队去鉴定。已经是傍晚时分了，他开着自家的车往山下走，路上到处都是黄土山体上被冲刷下来的泥土，湿滑得厉害。雨不紧不慢地下着，他紧盯前方，紧控制着车速，没料到在一个急拐弯处出了状况。他说他怎么也没想到，这种天气山路上还有行人在赶路，等他反应过来猛踩下刹车的时候，老大娘已经跌坐在了车前方。"碰瓷？！"我们几个人惊呼了一声。老马苦笑了一声说："不是，老人真的是被我的车撞了。"就这么一档子突如其来的交通事故，治疗费、营养费等零七碎八的，老马为老人前前后后已经花了6万元。老马说，妻子没工作，这几年工资待遇提高了些，家里的状况刚刚好转，这事一出，又重新欠上外债了……

老马缄默了。王所长不无歉意地接过了话头。他说："这事都怨我，要是我开车去就好了，民警开着私家车去办公事，发生这种事情，我是有责任的。出事之后，我们派出所也想尽了一切办法，希望能为老马分担一些，但真的是杯水车薪，心有余而力不足啊！"

一阵难过袭上心头。从警20年以来，我自己也曾经在不同的乡村派出所工作过，身为他们中的一员，我想我懂得他们的欢喜和哀愁。基层民警的工作和生活，往往是以朴素的，有的甚至于是简陋的状态坦然地存在着的。他们，让人心疼。

我也常想，所谓先进人物，他们的事迹，总会在传诵的过程中被不断地放大，不断地描粗、加高，最后使之成为一尊高大的形象，赢得更多人的敬重，但其实，他们也同样有着琐屑的生活无奈，那些难处，只能悄悄地在自己心里隐忍和承受。他们的坚强之处在于，即便是满身都被风雨浸湿，也依然不会动摇和改变心中的那份执着和热情。就如老马，还有我们身边许许多多的基层民警一样，深爱着我们的职业，深爱着脚下这方热土，他们偶尔也会发发牢骚，但更多的时候，尤其是开展警务工作时，他们总是能够很快地完成角色转换，不把一丝半缕的消极情绪带到工作当中，也总是能够尽职尽责地把最普通最平凡的工作做到最好。

所以，即便是在工作和生活中有那么多不尽如人意的地方，老马也还是可以在材料的最后写出这样豪迈的语句来："昨天已经过去，前山派出所全体民警依然没有半分松懈，依然保持着高昂的斗志和饱满的热情，走在为人民服务的路上。"

离开前山派出所的时候日已西斜，远处的山影茫然，若有若无，如一袭青烟，王所长和老马的身影定格在青中带蓝的薄暮之中，定格在苍茫的山影之中，他们显得那么渺小那么孤单。扬起手臂向他们俩道别的时候，我想起"全体民警"这四个字，忍不住暗笑了一阵，然而在转身的一瞬间，却又觉得不那么好笑了。

就在心里面，深深地，祝福他们吧！

在碛口

古镇不大，名叫碛口，位于吕梁市临县城南50公里处，依吕梁山，傍黄河水，在明清时，以商贾云集、货物通达天下而闻名。

1948年3月,为了争取和迎接即将到来的全国范围的胜利,党中央决定把中央机关由陕北迁往华北,3月23日,毛泽东、周恩来、任弼时等同志一行由陕西吴堡县乘船东渡到山西,首站就来到了碛口,并从此一路北上,实现了伟大的战略转移。而他们到达碛口的这一天也就具有了里程碑式的意义。所以说,碛口既是个历史文化名镇,也是个著名的红色旅游景区,这里独特的人文景观与绮丽的自然风光交相辉映、相得益彰,吸引了大批来自五湖四海的游客,尤其是近年来,名气越来越大。

名气大了,来的人多了,麻烦事自然也就多了。当然,这是相对公安派出所而言的。

现在,我们就坐在碛口派出所的会议室里,听民警讲述那些他们曾经处理过的大大小小的"麻烦事"。如果不深入了解民警在处置这些警情中的种种曲折和不易,在这个愉快的氛围当中,听着民警们轻松的话语,听众是会有错觉的。因为这些故事,有的让人感觉既无奈又好笑,仿佛冷幽默;有的或有惊无险或跌宕起伏,恰如影视剧中的桥段。

都说公安工作对于写作者而言是一个富矿,只要肯挖掘,必将有取之不竭的资源,的确如此。我一边记录一边想,这些真实的素材,至少够我先写一部短篇小说了,名字都是现成的,就叫《古镇小所二三事》。

第一个故事,就写一写今年春天来的那个游客吧。吴先生快70岁了,独自一人从上海来到山西旅游,第一站去的是临汾市永和县——他对那儿的黄河"乾坤湾"心仪已久。在永和待了两天之后,他将自己的下一个目标定在了碛口古镇。永和县城到碛口之间有大约140多公里的路程,每天只有一趟公交车,因为没有高速公路,上午九点发车,近中午才能到。可能是由于旅途奔波得太过劳累,吴先生一上车就开始呼呼大睡,直到公交车驶到终点站,司机催促他这最后一位乘客下车的时候,他才醒来。一醒来就大惊失色,说是东西丢了,司机以为他钱包丢了,他说不是,钱包在身上好好的,丢的是照相机。什么样的照相机?当然不是那种卡片机,他说他的照相机可是好几千块钱的单反机，有这么大。他用手比画了一通。司机说："你确定你是在我们车上丢的吗？""肯定是的啦！我坐在座位上还用手摸到的，就在这里挂着的。"他指着自己的脖子说。司机说："那不可能呀，你上车的时候，我没看见你胸前挂着东西啊。""那不行，我要报案，你得载我到派出所去！"

吴先生一口咬定照相机就是在公交车上丢的，无奈之下，司机只好带他来到了派出所。那天正好是所长老苗负责值班，看着吴先生情绪那么激动，老苗请他先坐下，给他倒了杯水，让他别着急，慢慢说。趁吴先生喝水时，司机赶紧走到苗所长跟前一脸诚恳地辩白："苗所长，你不信派人到我们单位去打听打听吧，我这人可是从来不说假话的呀，我是真没看见他带相机上车呀，再说了，咱这趟车治安一直挺好的，这几年就没发生过丢东西的事，这你也肯定知道……"老苗冲他摆了摆手，示意他也坐下来。

眼瞅着吴先生把两杯水都喝完了，老苗问他："吴先生，你这是口渴得厉害呀，早餐是在宾馆餐厅吃的吧？""是啊，侬是咋晓得的？"吴先生一脸疑惑。老苗笑了："我猜的。吴先生你今天早上是不是起晚了？""是啊是啊！上了年纪的人嘛，一换了地方，睡眠就成问题，我昨夜没睡好，凌晨五点才眯着，醒来已经八点多了。我担心误了公交车，便着急忙慌地在餐厅吃了两个包子，连汤也顾不上喝一口就赶紧跑去坐车了。""那您吃完饭回房间了吗？""没有没有，我是拿着行李去餐厅的。"

老苗意味深长地笑了："吴先生，你记得你在永和住的是哪家宾馆吗？""记得的，我住的那可是全永和县最大最好的宾馆，住一天得三百多呢。"吴先生不无自豪地扬着脸说道。"这样吧，你把宾馆的名字告诉我，我马上给他们打个电话问问，看看你是不是把相机落在宾馆里了。""你……怎么……会知道……我的相机……在宾馆？"这位吴先生突然之间竟有点儿结巴起来。老苗哈哈大笑："我猜。吴先生，你和我们说实话，是不是想起来相机被你自己给落在宾馆了？"老苗话音刚落，半天没吭声的司机急了，腾地一下站了起来，怒气冲冲地指着吴先生就要发火。老苗把他按回椅子上去，拍了拍他的肩膀，摇了摇头。

"我……"吴先生嗫嚅了半分钟，终于吐露了实情。原来，他在车上醒来的那一瞬间，习惯性地去摸胸前的相机，一下子没摸到，脑子就已经反应过来，相机是被他结账的时候落在宾馆的前台了。但他以为，如果他说相机是被自己不小心遗失了的话，派出所是肯定不会管的，于是就耍了个小聪明，一口咬定是在公交车上丢的。

司机的火气好歹是被老苗压下去了，紧接着老苗又把人家劝回了家。老苗给永和那边的宾馆打了电话，相机被前台服务员交给了值班经理，就等着失主回去认领呢。老苗把这一情况告诉了吴先生，建议他坐明天上午的公交车去永和取一趟。岂料吴先生竟是满脸的不痛快，他说："为什么还要等明天？为什么让我自己去取啊？我报了案你们就得负责呀！有困难找警察不是你们说的吗？你们知不知道，我有我的日程安排，明天我就该用到相机的，我是搞摄影的，摄影你们懂吧？那是艺术，艺术是很讲究的，误了我明天的事情谁负责？"一番话倒把老苗给说愣怔了，在派出所工作这十几年来，老苗见识过不计其数的、形形色色的报案人，像这位老人家这样的，还真是少见。老苗身边的民警小薛可沉不住气了："老先生，你说你，一来了就报假案，先讹人家司机，现在又把我们派出所讹上了咋的？我们警察也不能啥活儿都给你干吧！"

小薛这一嗓子出去，吴先生更加不依不饶起来："苗所长，这就是你们的好民警呀，冲我们群众大吵大嚷的，你们不是人民的公仆吗？我可是每日都读书看报听新闻的呀，不是说红军和毛主席还到过你们这里吗？毛主席就是这么教导你们的?!"

老苗苦笑着把还要说点儿什么的小薛推出了值班室，看看表，再瞅瞅窗外，已经是下午五点半了。如果现在开车去永和，一来是山路不好走，二来马上天就黑了，视线也不好，一去一回，再快也得用五六个钟头，自己的车刚好这两天出故障了，院里那唯一的一辆警车还得留着接处警用。遇上这种事情，真是一点儿脾气也没有，谁让咱这是旅游区的派出所呢，不仅仅要做好本职工作，还得照顾好游客的情绪，维护旅游区的良好形象。

没别的办法，老苗又把小薛叫了进来，塞到他手里300块钱，说："你啥也别说了，去路口租辆好点儿的车，吴先生年纪大了，你陪他去吧。"可话音还没落，吴先生又发话了，说自己累了，跑不动了，不去。

这句话可真把小薛气得够呛，可既然所长发话了，小薛忍住了火气，"噢"了一声，走了。就是脚步的动静有点儿大，大有恨不得把地面砸出个坑来的架势。老苗知道，小薛这是心里憋着火呢。

小薛回来的时候已经是晚上十一点半了，那位吴先生早已到宾馆安寝去了，走的时候人家说了，让明天一大早把相机给他送到宾馆去。

就在小薛去永和的这几个小时里，老苗给他打了不下十个电话询问情况，他是真怕这趟夜行会有什么不测啊！小薛回来，推门进了值班室，还是那副气鼓鼓的样子，把相机往桌子上一放说："这是啥破事儿啊！凭啥呀！"老苗心里长长地松了口气，没接他的话茬儿："又累又饿吧，食堂给你留着饭呢，赶快去吃点儿，然后洗一洗睡去吧。"

这个故事就这么圆满地结束了。撇开一开始自编自演的那场戏费心费力不说，这位吴先生其实真算得上是位精打细算的高手，人家愣是没花一分钱、没出一分力就顺利地拿到了自己遗失在百余公里以外的相机。而对于派出所来说，貌似也没什么损失，力是小薛自己出的，而钱，是老苗个人掏的。

需要特别补充的是，吴先生本来计划在碛口待两天，据说因为心情大好，一高兴就多待了一天，这期间，带着相机拍完古镇拍黄河，总之拍了不少好照片，开心得不得了。要说人家也真是个有心人呢，临走的时候，还专门花30块钱买了面锦旗给派出所送了过来，上书"群众的贴心人"，落款是：上海游客吴某某。

那面锦旗我们没见着，据说小薛一直不让老苗往外挂，他嫌堵心。

第二个故事，我想写一写民警们救助因在黄河里游泳而被困在

"二碛"的几个湖北籍农民工的事情。这事情起因倒也简单，无非是几个人在傍晚时分无事可做，个个都夸口自己水性了得，都说是打小在长江边长大，在长江里游几个来回都不成问题。说着说着，彼此就都不服气了，有人提议，有种咱就到黄河里比试比试去！比试就比试，谁怕谁呀！结果是，一群人游到"二碛"附近，刚爬上河中心一块大礁石的上面准备歇口气再往回游时，没想到因为上游突降暴雨的缘故，眨眼之间，平静温柔的黄河水竟翻了脸，有如雄狮一般，卷着巨浪怒吼着冲了下来，汹汹而来的气势一下子就把七个人都吓呆了。幸而他们选择的这块礁石比较高大，河浪总算是没有翻滚上来把他们卷走，他们挽紧手臂围在一起，谁也不敢再下水往回游了。好在一个多小时后，黄河水位回落，波涛的声音渐渐小下来，河岸边的几位路人不经意间听到了隐约传来的求救声，随即发现了他们的身影，赶紧就打了报警电话。

"二碛"本是当地人的叫法，学名应该叫"大同碛"，"碛"在这里就是"乱石急流"的意思。这一地带是湫水河与黄河的交汇处，由于湫水河汇入黄河时携带了大量泥沙，挤占了黄河河道，黄河河床在这一地带由 400 米猛缩为 80 米，并且，还有一段近 500 米长的暗礁，落差 10 米，水急浪高，船筏根本就没法儿通行。而之所以叫"二碛"，是因为它的险峻仅次于黄河"大碛"——壶口。

"碛口"这个名字，就是因"大同碛"而来的，碛口镇当年之所以成为黄河北干流上水运航道的重要中转站，成为繁华的商贸重镇，并且享有"九曲黄河第一镇"的美名，也正是缘于大同碛的惊险难渡，商船一到碛口，便意味着水路货运的终结和陆路运输的开始。那些雄心勃勃的商人们在黄河水道里行船至此后，只能"望碛兴叹"，无奈地将满船的货物卸在岸边，再雇用驮队经陆路转运。

是不是有点儿扯远了？其实我只是想形象地描述一下"二碛"这地方究竟有多险峻。说到底，也就是初来乍到不知黄河底细的外地人能做出这样的事儿，本地人，即便是那些从小就在黄河边玩着水长大的壮后生，也从没有一个敢到"二碛"那儿瞎扑腾的，那可真不是闹着玩的！

人命关天呀！所长老苗接到报警后那个心急！这时候已是傍晚六点多，太阳还顶在西山顶上，天光还大亮着，但离天黑也不过就是个把钟头的事了。老苗开着车，一边加大油门往现场赶，一边在心里盘算，必须赶在天黑前把这几个人救回来，也不知道镇上有船的那几家，谁家老大的技术好，敢往"二碛"那儿驶。这么想来想去，半天也没想出谁来。除了小时候听说书的先生讲镇上的传奇故事，说是明清和民国那会儿，沿河边曾有几位老艄公有这种胆量和技术，好像这些年就没再听说过谁还有那样的本事。他问副驾座上的小刘："你说，该找谁家去？"小刘说："我刚才细问了，报案人说看见这阵儿河里的水势已经比较平稳了，咱找景区管理处去，他们那儿有皮筏艇。""啥东西？""我也没见过，听说是前阵子才买回来的。"

老苗就赶紧往景区管理处打电话，管理处的李主任和他是老熟人了，凭良心说，派出所平常可真没少帮他们的忙。直截了当地说明用意后，李主任在电话那头显得有点儿为难起来。他说："按说是救人吧，我们也愿意去，可是一艘皮筏艇就六七万块呢，咱那'二碛'水底下有暗礁，万一把船底划破了，既把船毁了又救不回来人可咋办？"

老苗一听这话腾地一下就冒火了："老李你小子太抠门了，眼里就光有钱，人命关天你知不知道？你可别给我说那不吉利的话，我告诉你，赶紧给我把皮筏艇调过来，误了救人我今晚就去拆了你管理处的门！不就是六七万块钱嘛，出了问题，我赔！"

老苗的话讲得很有霸气也很有豪气，小刘在心里暗暗发笑，他知道老苗这是在赌气吹牛呢！他哪有那胆子拆人家的门去，六七万块钱说得好轻松，他一年的工资加起来还不到五万块。

也不知李主任是忽然意识到事态的严重性了，还是被老苗给诈唬住了，几分钟后，当老苗到达河边时，皮筏艇已经驶过来了。这时候，黄河有如一头刚发泄完怒火的雄狮，渐渐趋于了温顺。老苗朝河中心望去，几十米开外的礁石上有几个身影一直不停地朝他们这边挥着手。

也是因为派出所的群众基础好，一说是要到河中心去救人，有几个来看热闹的后生就自告奋勇说愿意帮忙。老苗一边指挥着两个水性好的后生坐上皮筏艇往河中心划去，一边安排小刘给卫生院打电话让他们赶紧派辆救护车过来，再多带两个医生，他约莫这几个人从体力上和精神上来说可能都透支得差不多了。

一个小时后，这个故事被画上了圆满的句号——七位农民工全部成功获救！而且，让老苗和小刘感到欣慰的是，在这次营救过程中，没有任何意外发生，尤其是景区管理处的宝贝皮筏艇，谢天谢地，简直可以说是毫发无损。我听小刘讲这个故事的时候，也觉得实在是太庆幸了，这是个多么完美的结局啊！

……

座谈会快结束的时候，我用手机把苗所长手里那页单薄的纸张拿过来，拍照留念。这张纸上的内容，不同于我们在其他县局和派出所看到的那些先进事迹材料，这是苗所长刚才的发言提纲，上面写的都是他们处置过的有代表性的警情，但他只讲了一小部分。他说他们这个派出所，百分之九十五的警情都与外地游客有关，比如与景区小商贩因为块儿八毛发生纠纷的、开车冲出河坝坠在河滩里需要救援的、车钥匙锁在车里开不了门的……这些故事如果细讲起来，真是三天三夜也讲不完。而且，明天，明天的明天，都还会有更新鲜的事儿发生，等着他们去处理，真是层出不穷，应接不暇。说完，他呵呵一乐，我们也笑起来。

今天是我们来到吕梁大山里边走边看、边听边记的第四天了，此时此刻，我忽然意识到，这是迄今为止，收纳了我们采风团成员笑声最多的一场座谈会。

我深知，对于一个只有三位民警的派出所而言，在将接处警过程中遭遇的各类"麻烦事"转换成可听性极强的故事过程中，民警们付出的精力和心血实在无法测算。而接处警工作，实际上并非是派出所工作的全部，作为基层综合性的战斗实体，作为一个成绩突出的治安派出所，在他们日常所做的工作中，除了热忱服务人民群众外,还必须要有严格加强社会治安管理的方方面面和打击违法犯罪的种种内容,而如果将这些基层基础工作比喻成工程的话,无论哪一个项目,都不可不说是浩大而庞杂无比的。

而他们,却把那些有如打地基、垒砖石、建高楼一样的辛苦撇开不谈,只选取这些貌似很轻松的章节与我们分享,我由衷敬佩并且喜欢他们表现出来的这种乐观主义精神。无论是老苗、小薛还是小刘,他们在讲故事的过程中,脸上都是带着笑意的,我看得出来,那种笑是明快的、信心满满的、有十足感染力的笑容,轮廓柔和而不生硬,正如他们讲的这几个故事,虽开始觉得麻烦,但最终结局都是一样的释然,细品之下,调子都是轻快的,听来并无半分沉重之感。所以我在记录的时候,颇觉有些洋洋洒洒书写不尽的意味。

六月末的一天上午,那是一个充满强烈阳光的时段,我们站在派出所办公楼前的台阶上合影留念,快门之下,大家洒下一片欢快的笑声。花圃里,一些绿植正享用着阳光给予的生长能量,拔着节,舒展着它们的叶片,几株蜀葵在墙角绽放出不同色彩的花朵,一切都显得那么生机勃勃……

(原载《中国作家·纪实》2017年第3期)

归流河上的星光

贾文成

河水可以滋养草原和土地,也能承载迁徙的力量,把一个人从故乡带到远方。

她出生的时候,父亲踏着漫天的星辰从兴安岭下的一个粮站下班赶回家里。他走得有些匆忙,半道上,儿子匆匆地跑来,告诉一脸疲惫的父亲,妹妹降生了。这时,已有两个儿子的男人,仰起脸,他看到漫天的星光在清冷的夜空下熠熠生辉。

于是,就在踏进家门时,听着从房子里传出的那一声声稚嫩的啼哭,他已给宝贝女儿取好了名字。

他大着嗓门说:"嗯,就叫格日勒。"

母亲就在丈夫和儿子推开房门的时候,看到

了远处兴安岭上璀璨的星光。

而在多年以后，2017年公安部表彰的全国特级优秀人民警察的榜单上，赫然写着一个缀满星光的名字——格日勒。

如果长生天里的父亲和母亲，真的会有感应与感知的魔力，他们一定会为当初许下的心愿，为这个寓意深远的名字，而倍感欣慰。

灯火下的平安

归流河畔的这幢办公楼里，灯火通明，指挥大厅的电子屏幕上显示着"2013年2月9日，星期六，农历除夕"的字样。

天空中不时炸响的礼花和爆竹破碎的纸屑，与除夕夜的星光交相辉映。万家灯火平安夜，这幢大楼里所照射出的就是兴安盟公安局为这片土地上的百姓保驾护航的平安之光。

指挥中心的电话铃声不时响起，值班的民警显得比平时忙碌。楼下的一间办公室，格日勒像平常在岗位上工作一样，静静地坐在那台伴随她很久的电脑前，检查着网络是否正常。她是信通处处长，网不通，全局的信息通道就会瘫痪，越是过节，越不容忽视。从2002年担任信通科科长起，除夕夜值班，就成了格日勒的专利，年年如此。

所以，看望和慰问值班同志的兴安盟副盟长、公安局长金锐刚，带着办公室主任张文彬等一行，走进格日勒的信通处时，他只是像平常似的问了句："有啥情况吗？"

格日勒说："一切正常。"

临走时，金锐刚又问了一句："孩子呢？"

格日勒说："跟着他爸在医院值班呢。"

金锐刚点点头："我听说了，王医生也像你一样，把科室的除夕值班给承包了。"

金锐刚说得好像很轻松，但他的心里一点儿都不轻松，作为从警几十年的老警察，他当然明白这奉献的背后意味着什么。

格日勒从抽屉里拿出一个方案交给金锐刚:"金盟长,这是我们信通处刚起草的调研报告,我们想为'开门入户'研发一个信息采集系统。"

金锐刚眼睛一亮,扬扬手,招呼大伙坐了下来,他边看材料边说:"格日勒,今天可是除夕夜,没有酒,你给我们倒杯水呀。"

2012年,金锐刚上任伊始,在全盟公安机关提出了"开门入户"的工作构想,就是让民警走入百姓的家中,坐上百姓的炕头,拉近警察与群众的距离,这是公安工作的传统和基石。民警到群众家调查访问时,责任区民警,也就是通常所说的"片警",按照工作流程,他们需要填写一些表格,掌握基础数据,片警们"头痛"的是,这些纸质表格,回到所里,还要登录,有的甚至变成了尘封的档案,采集来的数据,利用率极低。格日勒的设想,就是建立一套"一标五实"信息采集系统,片警们用智能手机,就能完成全部的信息采集,既简化了程序,也盘活了数据,同时还攻克了城市流动人口的管理难题。"一标五实"中的"一标",就是规范门牌位置的地理坐标,"五实"即实有人口、实有房屋、实有组织、实有单位、实有图像。这些数据的采集和使用,实现了公安传统工作与现代管理的有机结合。

金锐刚从报告上移开视线,格日勒的构想,从技术上解决了束缚"开门入户"的瓶颈,这也是压在金锐刚心中不小的难题和困惑。金锐刚端起茶杯呷了一口,轻声问道:"有啥困难?"

格日勒看了眼局长,犹豫了一下。

金锐刚放下茶杯:"你说嘛。"

格日勒只说了一个字:"人。"

金锐刚说:"你还是说卢国翔?"

格日勒点点头:"对,有了他,我们就能把'一标五实'系统搞出来。"

卢国翔是乌兰浩特小有名气的程序员,被格日勒挖到了公安局,可是由于一直解决不了编制问题,卢国翔长期作为辅警身份在信通处工作,这对于一个小有名气的程序员来说,有点儿委屈了。

卢国翔尽管喜爱公安机关，为了解决身份问题，他考取了扎赉特旗技术监督局，忍痛离开了盟公安局信通处。所以，这两年来，能把卢国翔重新挖回来，就成了格日勒心头的一个结。

金锐刚说："春节假期结束，咱们一起去扎赉特旗，找旗委书记，找旗长，先把卢国翔调回旗公安局，到时候，咱再把人调回来。"

格日勒连说："好，金盟长，有你出面，他们（技术监督局）兴许会放人。"

很快，卢国翔先是借调，后来正式调回了盟公安局信通处，开始了"一标五实"系统的研发。事后，格日勒逢人便说，这是她在这一年的春节收到的最大的礼物。

系统能不能在基层得到便捷广泛的应用，还是得多听听基层的意见。格日勒带着卢国翔扎到旗县公安局和基层派出所，行程达近千公里。他们实地调研，深入论证，逐条逐项地对系统的可行性进行了反复的测试。

经过半年的研发，系统开始在离公安局最近的科右前旗科尔沁派出所测试实验。派出所所长张明见证了信通处格日勒和她的研发团队调研研发的全过程，并且成为第一个受益者。"一标五实"推广以来，张明所长就是利用系统数据协助北京警方成功抓获了一个重大犯罪嫌疑人。他深有感触地说："我的辖区里，流动人口达到了90%，这个比例在全国都是最高的，所以，这个系统在全国都有推广价值。"

张明的科尔沁派出所是系统的受益者，体会最深，感触也最深，他的话也让格日勒和她的团队信心倍增。2015年年初，全盟公安机关大力推行"一标五实"系统的采集应用，大数据下的基层基础工作在广袤的科尔沁草原如沐春风，生根开花。这一有自主知识产权的研发系统，不仅节约了近200万元的资金，而且更贴近公安实际，更有利于公安实战。

征服雪峰的阳光

与格日勒同时入警,在公安机关已有二十八个年头的王铁萍如今是盟公安局人事处的处长,她一边擦拭着眼泪,一边说:"在一个对男人来说都充满挑战的公安工作中,在信通部门,一个女人,需要付出更大的艰辛。"

但有人说,格日勒虽然个头儿不高,却是个女汉子,这怎么解释,哪里可以证明?

信通处年轻的副处长高健山一指墙上的地图:"登阿尔山雪峰。"

于是,时光的隧道又拉回到了 2014 年 1 月 25 日,一次重要到后来被全国瞩目的警务保障任务。信通部门接到的命令是,提前赶到距离盟公安局所在地乌兰浩特 270 多公里外的阿尔山完成通信设备的安装和架设。凌晨 4 点出发,路上满是白皑皑的积雪,应急通信保障车载着格日勒和她的队友缓慢地行进,车轮碾压着积雪,嘎吱嘎吱的声响刺破寂静的夜空,漫天的星光像外面的气温一样冰冷。

女内勤吴飞飞,也破例随队执行任务,她伏在前排的椅背上打盹儿。

格日勒担心这孩子睡感冒了,就喊道:"飞飞,醒醒,唱首歌呗。"

"我困。"吴飞飞抬起头,哼了一句,又睡着了。

这个车上,除了格日勒外,都是些年轻的警员,"80 后"的高健山已经算年龄大的了。格日勒又拍了拍高健山的肩膀:"健山,带着大伙儿唱个歌。"

高健山揉了揉眼睛:"唱啥?"

格日勒说:"随便吧。"

高健山问:"《父亲的草原母亲的河》成吗?"

格日勒笑了笑说:"成,第二首歌,咱唱《多情的归流河》。"

"归流河畔飞舞的蝴蝶,还有象征圣洁的哈达……"歌声激荡在通信保障车内,驾车的司机先笑了。

到达目的地,太阳已升到半空。自治区公安厅的技术人员也已等候在山下,格日勒背起350兆转信台,其他队友也把分散的天线、电源等设备器材背了起来。阿尔山是闻名遐迩的旅游景区,但此刻室外的温度将近零下40摄氏度,伊尔施电视塔山上布满了深到膝盖的积雪,稍有不慎,就有可能滑落到陡峭的岩壁之下。

当地的老乡万分惊愕:"大雪封山,又背着那么沉的东西,简直是玩儿命,那1000多米的高度,就够你们喝一壶的。"

随后,又看看格日勒:"你是他们的头儿吧,你咋能带着孩子们玩儿命?"

为了把设备架设到山顶,格日勒不置可否地笑了笑。由于任务涉密,她无法向老乡解释,只能挥挥手,告别老乡,沿着雪山下的小道,向山顶进发。

即使在三年后的今天,信通处的邹宁对那天的经历仍然心有余悸。他说:"那是我到目前为止,经历的最危险的一次,上到半山坡,心提到了嗓子眼,想退下去,都觉得是一件难事。"

站在半山腰上犯怵的邹宁,望了眼前面的"格姐",心里踏实了很多,浑身也有了力量和胆量。"格姐"是这个团队的灵魂,他们从不叫她处长、格处,也不叫她头儿,他们一律叫她"格姐",就是刚入警的那几个毛孩子一样称呼她"格姐"。她也愿意这帮孩子这么叫她,这称呼听起来,亲切!

登上顶峰,架起设备,调试成功。他们站在阿尔山的制高点,正午的阳光,从洁白的雪线上折射出一抹耀眼的光芒。

三个女人一个科

初识邓荣,都会被这位年近六旬的老大姐爽朗的笑声所吸引。她退休前的职务是兴安盟公安局政治部主任,也是公安局"元老"级的人物。她曾经做过格日勒的直接领导,格日勒现在的某些作风、性格,多少有些这位老前辈的影子和痕迹。

兴安盟公安局在上世纪九十年代初，以邓荣为科长，成立了一个情报资料科，这个科不仅担负刑事犯罪资料的收集，还包揽了全盟户籍人口和计算机的应用管理。基于这些业务，北京电子专科学院毕业的格日勒就被邓荣瞄准了。当时，局里唯一的一台计算机就在格日勒的手上，当时全盟公安系统唯一学计算机专业的人就是格日勒。从长城0520、286到586，这些计算机型号，在现在的年轻人看来是那么陌生，可在当时，那是高科技的设备，所以兴安盟公安局信息化的见证人当属格日勒。

邓荣说："现在格日勒的儿子上了复旦大学，丈夫也是一名很优秀的外科主任，否则，我在格日勒身上会懊悔一生。"

1996年，继包头之后，经济相对落后的兴安盟成为全自治区第二家实行计算机户籍管理的盟市级公安机关。那时，计算机还是个陌生的玩意儿，推广计算机应用的前提是，必须大面积开展户籍内勤的计算机业务培训，而当时的情报资料科仅有邓荣、格日勒、马瑞雪三个女同志。邓荣和马瑞雪属于业务干部，在计算机专业上，也只是一般了解，她俩在培训中，只能负责组织管理，而挑大梁的培训授课任务就落在了格日勒一个人的肩上。

邓荣说："那几天，可把我给愁死了，这些年，在业务上我没怕过什么，可计算机培训这事儿，我算遇到了大难题。"

这边，扎赉特旗公安局已经把人集中起来等着培训，而另一边格日勒的儿子刚出生不到两个月。怎么办？

格日勒说："科长，我可以去。"

邓荣仍然担忧："孩子咋办？"

格日勒轻声道："孩子有人管了。"

任务太急了，邓荣没再详细追问，就带着格日勒到旗县办培训班去了，这一去就是两个月，而最长的时间，有时在派出所一蹲就是八个月。夜晚，邓荣突然发现，格日勒在悄悄地处理产后的肿胀疼痛，还有爬出眼眶的眼泪。邓荣捂着嘴，克制着没让自己哭出来，急忙走出了招待所的房间，可是后来的结果是，格日勒的儿子没有了妈妈的乳汁。格日勒对这段经历的描述是："每次培训办班，回来一次，就发现儿子长大了一些。"

而格日勒对邓荣所说的已经有人照顾，就是她的丈夫王凯。王凯现在是盟人民医院的心胸外科主任，是兴安盟心血管方面的领军人物，是当地群众眼中知名的"王一刀"。可那时，一个试图在医学上同样成为尖子的男人，又有着怎样的甜酸苦辣？

如果问奶爸是怎样炼成的，王凯有绝对的发言权。

为了能购置到质量最好、价格又最合适的电脑，全科三个女警察集体去了一次北京。她们背着20万元的现金，由懂电脑的格日勒打头阵，在中关村一家又一家地选，一家又一家地比较价格，一家又一家地谈判，最终把这有限的20万元发挥到了极限。

之后，随着计算机业务的拓展与普及，情报资料科经历了人员和机构的撤并，新的计算机通信科在兴安盟公安局成立，格日勒也历史性地成为了第一任科长。

阳光总在风雪后

互联网时代，云计算、大数据、信息通信已成为公安机关不可或缺的重要保障，同时也成为打击犯罪、维护社会治安、实施社会管控的重要一环，格日勒和她的信息通信处在盟公安局被人习惯称之为"格日勒团队"。政治部主任苑树彬说，那里可都是盟里计算机和信息化的人尖尖，哪个都是宝贝疙瘩。

每次，政治部组织选人考录，格日勒就像一只嗅到花粉味道的小蜜蜂，她都得把录用人员的档案看几遍。

2015年公安局招录了一批新警，格日勒一大早就到了政治部，她从厚厚的一沓档案里嗅到了花粉。

赵宇，曾在北京某知名软件公司做过工程师，这样的专业经历，让格日勒眼前一亮。把赵宇的档案捧在怀里，再不撒手，她对一同入警的老战友人事处长王铁萍说："铁萍，这孩子，我要了。"

王铁萍指着档案，努努嘴："你先看看人家填报的志愿是啥。"

格日勒看了看王铁萍："我想试试。"

格日勒向赵宇递出了橄榄枝,她把赵宇请到了信通处,先让他参观了机房,认识了未来的战友。

赵宇摇摇头:"我还是想当刑警,这也是我当警察的动机。"

"你再想想好吗?我觉得,你的专业经历,在信通处,你会有更大的拓展空间。"格日勒把一杯水递过去,平和得像一个邻家的大姐。

赵宇喝了一口水说:"那我再想想好吗?"

事后,赵宇说,打动他,并让他改变选择的,并不完全是格日勒那双求贤若渴的眼神,而是信通处这帮兄弟们对"格姐"的称谓,还有就是他听说前些年,因为地区经济原因,"格姐"为了解决设备难题,一次次地到自治区公安厅求援,到各级财政部门化缘,与通信运营商沟通,她受过的委屈、经历的波折,只有格日勒心里清楚,这也是信通处12个老爷们儿服"格姐"的原因。在他们眼里,格日勒就是信通处出征挂帅的"穆桂英"。

兵马未动粮草先行。作为公安机关的保障部门,格日勒这帅可并不那么好挂。2015年,盟公安局机关办公楼搬迁。那是个冬天,那一年,雪天又似乎比往年频繁而漫长,还出现了罕见的极冷冰冻天气。

为了不影响搬迁,第一个进入办公地的就是信通处。因为是空楼,暖气几乎没有,室内外差不多一个温度,安装调试设备,又不能穿着厚重的棉衣,还要到外面搬运设备器材,为每一个办公室安装电话线、网线端口。在两个多月中,信通处的人就是与寒冷、与风雪在抢时间,赶速度。

赵宇说:"这几个月的经历,是我在北京的几年也从没有经历过的。"

为了不影响各警种的正常办公,除了完成日常的信息通信系统的保障,对于系统和服务器的检修维护,他们往往选择在机关各部门下班后和节假日期间,这样能减少对全盟各级公安机关工作的"干扰",所以加班在信通处的"格日勒团队"中已成家常便饭。

有一次,机关进行内务检查,一位部门负责人对信通处没有按规定把个别物品放入柜子中提出了批评，了解情况的办公室主任张文彬打开了柜子，那柜子里码放的是成排的方便面。

"中午对付吃，晚上方便面"，这是格日勒的生活，也是信通处民警们的生活。

还是风雪天，通信基站的设备出现了故障，大风吹得连铁塔都似乎在晃荡，可是明天就有任务，通信基站必须恢复正常，格日勒推开了高健山，推开了邹晓虎，推开了那些青春年少的战友，她只淡淡地说了句："我是你们的大姐。"

是啊，那一张张青春年少，甚至有些稚嫩的面孔，他们有的初为人父，有的连恋爱都没有谈过，他们是父母的希望，也是公安事业的未来，何况她是他们的"格姐"，她不希望这些孩子们有半点儿闪失。

而王凯知道后，哀怨地望着她，嗔责道："我和你儿子咋办？"

格日勒大咧咧地一笑："儿子有你呀，你是奶爸。"

王凯无语地点燃了一支香烟，滋滋燃烧的烟草就如暗夜里闪动着的星辰。

其实，她的右腿正经受着半月板损伤的煎熬和疼痛。风撕扯着她，风的嘶鸣与啸叫，已不是嘈杂的噪音，而是从心底涌上来的恐惧，十分钟，二十分钟，半个小时，所有站在塔基下的人感觉时间从来没有过如此漫长。铁塔上，零下30多摄氏度的空中，腿脚其实是僵硬的，所以每拧一个螺丝都比在下面要费很大的劲。此时，不知道格日勒是否还能想起老战友王铁萍说的那句话，这是一个对男人来说都充满挑战的职业。

太阳从飞舞的雪花中撕开了一道口子，一缕阳光照射在了银色铁塔的顶端，这是雪后的光芒，银光闪闪。

星星点灯照亮你我的心

盟公安局有一个"格姐"，也有一个民警心中的"姐夫"，上了年纪的老民警则亲切地称呼王凯是"俺们公安局的保健医"。

在盟公安局，无论年轻的民警，还是上有老下有小、肩负家庭重责的中年警官，几乎无人没被王凯"关照"过。

蒙古族的热情直爽、淳朴善良，以及古道热肠，在他们夫妇身上体现得淋漓尽致。王凯在盟医院是医术精湛的名医，而在公安局却以热心闻名，并感动着数不清的民警和民警的亲人。

民警老钱的儿子考上了长春某机关的公务员，这在一个普通民警的家里，那是全家的大幸福，够这个家庭欣喜和激动一阵子的。然而，老钱还没有从这喜悦中合拢嘴巴，不到半年，老钱的儿子查出了脑瘤，一下子又把老钱摔入低谷。

格日勒出现在了老钱家："老钱，你儿子病了，咋不吱一声？"

老钱叹了口气："摊上这事儿，俺不知道咋整了。"

格日勒开门见山地说："王凯已经给你们联系好了北京的专家，连床位都联系好了，你抓紧带着孩子到北京去吧。"

老钱意外地一怔，抬起手准备擦拭一下眼角："妹子，俺不知道说啥了。"

格日勒按住老钱的胳膊："老钱，咱们都是警察，是战友，啥也别说了，保住孩子的命，就保住了你老钱后半辈子的希望。"

手术很成功，一个月后，老钱的儿子能出院了。

老钱给格日勒打电话："妹子，俺想感谢一下那个专家。"

格日勒说："那个专家是王凯的朋友，你带着孩子回来就好，咱局里的兄弟姐妹们都盼着你回来呢。"

电话那头是长时间的静默。

民警大刘的丈母娘住院了，王凯亲自安排会诊，格日勒还不忘买些水果去看看。小李的爱人病了，王凯给挤出了床位。格日勒因为有了王凯这个貌似"得天独厚"的条件，像星星点灯一样，温暖着战友。

而信通处的小伙伴们更是"格姐"牵挂和关注的对象，有的夫妻两地分居，"格姐"利用下旗县的机会，找旗县领导，想办法解决难题。总之，格日勒就是以自己的热心、爱心，凝聚着这个团队像阳光一样温暖的力量与心灵。

最暖的星光

2012 年秋末的一天，兴安盟人大的张大姐找到了格日勒，她说："有个女孩儿，父亲精神上有些问题，母亲在女孩儿一岁多的时候就离家出走了，女孩儿现在的境况很困难，急需救助，你能否伸出援手，救救孩子？"

当天下午，她和张大姐去了一趟女孩儿小可（化名）家。她目睹到的是家徒四壁，一贫如洗，小可的父亲连自己都照顾不了，更别说照顾女儿了。

格日勒想伸出援手，可家里的儿子也不小了，把一个小女孩儿领回家里来，太不方便了，而且她和王凯，一个是警察，一个是医生，虽然收入还算稳定，但也都是指着工资过日子的工薪族。

救救孩子！格日勒辗转反侧，一夜未眠，小可那张无助的脸，那间四面透风、满地垃圾的房子，像激荡在心中的海啸冲击波。

第二天，格日勒到局里把手头儿的几件要紧的工作处理完，然后直奔小可的学校。她和小可的班主任做了一次深入的交流，详细地了解小可的学习成绩、在校表现，甚至心理状态。

女班主任也是一个内心细腻的人，她一边介绍，一边为自己的学生落泪。一个年仅十一岁的女孩儿，本该在父母怀中撒娇的年龄，却要承受命运的重负，她幼小的肩膀是扛不起生活大山的。

格日勒看着班主任，把一张银行卡递给她："孩子的学费和生活费，由你来支配，学校里交啥钱，你直接从卡上取，我平常也会来看看她。"

班主任噙着泪水点点头："格姐，你放心，我随时会把小可在学校的情况通报给你。"

"小可命苦，我们还是多给一些关爱。"格日勒的眼睛也潮湿了。

转眼，到了 2015 年。小可面临着小升初的问题。因为小可，格日勒又遇到了难题。初中是划片招生，乌兰浩特唯一可以寄宿的初中只有五中，但小可就读的小学并不在五中的片内。而小可的情况,又只能到五中去就读。

快开学了,小可的学校还没有着落。

吃过午饭,格日勒摇醒了睡午觉的丈夫:"王凯,跟我走。"

王凯揉了揉眼睛:"去哪儿?"

"还能去哪儿?教育局。"格日勒一脸的愁容。

王凯笑了笑:"你儿子上学都没找过局长。"

格日勒故意沉下脸:"这是女儿,也是你的事儿。"

又是王凯。

每到遇到难事,王凯就是格日勒的一堵挡风的墙,就是为格日勒扛起生活之重的千斤顶。

教育局局长听了说:"这不是你们求我,而是政府和社会的责任。这样一个孩子,你们都能伸出援手,教育局更应该做好。"教育局局长现场办公,特事特办,小可上五中的事儿算是尘埃落定了。

报名的第一天,格日勒又把一张银行卡交给了班主任,和小学时一样,由新班主任接力支配小可的生活费和学杂费。小可长大了,格日勒有时也会把小可接出来,到学校附近的饭店里为小可换个口味,改善一下生活,送几件新买的衣物,最关键的是,小可快到青春期了,她得关注孩子的思想和心理。

如今,小可就要初中毕业了,需要关注和牵挂的更多,格日勒亲昵地摸了摸小可的头:"快要中考了,考一中有没有信心?"

小可闪烁其词地说:"有的,有。"

格日勒看了看小可:"你一直到上大学的学费和生活费,我都会管的,你啥也别想,一门心思学习就行。"

小可点点头,轻声道:"我会用功的,考一中不会有问题。"

格日勒又爱怜地看了看小可:"上了高中,要自己学会理财,该怎么花,你自己看着买吧。"

小可勾着头,眼泪吧嗒吧嗒地掉进了碗里。

从饭馆里出来,把小可送回学校,格日勒独自走在朦胧的夜色里。她抬起头,向北眺望,北斗星下,是她的家乡牙克石吗?

当年从牙克石走出的小姑娘,如今已在归流河畔的第二故乡,走过了许多个日出日落、斗转星移的岁月与时光。

她看见了夜幕下的星光,这星光是否和父亲为她取下名字的那个夜晚一样如梦如幻?

那是父亲的眼睛,是母亲慈爱的音容。

格日勒——一个蕴含着星光与光芒的名字。

(原载群众出版社2017年7月出版的《警徽荣耀》)

李德强"养羊"记

王宗伦

> 帮助一个残破的家庭脱贫致富、重归团圆,再累也值得!
>
> ——摘自李德强《帮扶日记》

送 书

天刚蒙蒙亮,李德强就起了床。

李德强是贵州省桐梓县公安局新站派出所副教导员。今天,他要去新站镇捷阵村火石组,给老曾送几本关于养殖方面的书籍。

老曾是他挂帮的精准扶贫户之一,如今养殖了48只山羊,来年开春再下一批崽,就达100只左右,算得上养殖大户了。

老曾"光棍"一条，睡得早，起得更早。每天天一亮，他就赶着山羊到坡上放牧去了。为了赶在老曾赶羊上山之前到达他家，李德强起得更早，把那几本专程从桐梓县城挑选回来的书籍包好，又挑选了几件过冬衣服，放进警车，准备给老曾送去。

李德强一边开车，一边回忆起认识老曾的一情一景来。

那是 2014 年 7 月，李德强从局办调到新站派出所任副教导员，负责捷阵、山坡、高石等三个村的治安工作。

初来乍到，一般都要先去村组干部家庭走访走访，留下联系方式，沟通联络感情，了解了解各村各组的基本情况以及山川地貌、风土人情，如此整个农村治安情况就掌握了一大半，以便心中有数，然后有针对性地开展工作。

可是，当李德强来到老党员、老村长老曾家时，一下子惊得目瞪口呆。

老曾叫曾宪坤，时年 51 岁，1991 年到 1997 年曾担任捷阵村村长，是一名有着 21 年党龄的老党员。

一般来说，不管在偏远农村还是城镇，既是党员又是村干部的家庭，往往都是当地致富带头人，家庭都比较殷实，然而老曾的家能叫家吗？不叫家又叫什么呢？一间纸箱糊成的泥巴房子，不过五六平方米，一张破床上面搁着旧棉絮、旧衣服，床边散放着简易炊具，锅朝天，碗朝地……

这就是一个老共产党员的家？

这就是一个曾经的村干部之家？

"提起我这个党员，脸都给共产党扫光了。"老曾把脑壳夹在胸前，如果能够夹在胯裆里，老曾一定会把脑壳夹进去，再也不愿抬起来。

其实老曾也曾有过一个殷实的家，也曾经夫唱妇随、爱子绕膝。然而，妻子生病住院，花光了他的所有积蓄，欠下一屁股债务。还没等他从悲痛中回过神来，儿子又患病住院。老曾再次四处举债。可是，儿子最终还是走了。

老曾把儿子埋在妻子坟边，哭得昏死过去。他从此一蹶不振，生活陷入了无边的黑暗。

然而，欠别人的债，人家不可能不催呀。老曾好几次想不开了，半夜三更摸到妻子、儿子的坟边，想一头撞死在坟上。

老曾梦见了一家人在阴间团圆的欢乐情景。然而，夜风吹醒了老曾。

老曾想起了自己的党员身份，想起了曾经面对鲜红党旗庄严宣誓的情景。老曾霍地站了起来，自言自语地发誓："要死也要把账还清。"

老曾站了起来。回到家，他关门上锁，背起背包，外出打工……一晃十多年，其间曲折，一言难尽，不过，老曾终于还清了所有债务。

还清债务的时候，老曾已经年近半百了。乡亲们见老曾虽然落难，但骨子里绝对是条汉子，于是四处帮他物色对象，希望他重新成家。经过好心人的撮合，尧龙山镇一个拖着三个娃娃的丧偶妇女，与老曾组建了新的家庭，给他生育了一个儿子。

前面不是说老曾"光棍"一个吗？怎么又是妻子又是儿子呢？

原来，老曾和续配一起外出打工期间，祖上遗留的老房子，由于年久失修，被大雪压垮了。一家人只好飘荡异乡，打工度日。祸不单行，老曾又因骑摩托车摔断了左肩锁骨，不仅花光积蓄，还落下终身残疾，左手无力，无法继续打工，只好孤身一人回到家乡。在乡亲的帮忙下，他在远离村庄的大山脚下盖了一间遮挡风雨的小窝棚，像"光棍"一样度日如年地煎熬……

李德强在老曾的屋内看了一阵，感觉很心酸，干脆站到门外透透气。他怕心酸的泪水滴落下来。将心比心，在这个像"野人"住的窝棚里，一个孤独的残疾老头儿，靠什么维持生活？

李德强抬头望天，天蓝蓝，云悠悠，并没有找到老天对这一家人有所眷顾的理由；低头望地，地莽莽，山青青，也没有找到大地对这一家人有所眷顾的理由。天不管，地不管，我管！

养 羊

"老曾，养羊！"

"老曾，养羊！"李德强又喊了一遍。

可是，老曾就像块长满青苔的石头，铁灰着脸，一言不发。

李德强知道，老曾是被不幸彻底打趴下过的人，要扶他站起来看到生活的希望，肯定不是那么容易。但是，放任不管，这个家就真的毁了；靠政府的救济政策，只是杯水车薪。真正要脱贫，还得靠老曾自己。

李德强没有急于说服老曾。虽然他也是农村长大的孩子，对养羊的道道儿也略知一二，但要大规模养殖，那肯定是个技术活儿。如果自己都没真正搞懂，就盲目鼓动和指导老曾养羊，要是赔了怎么办？

李德强回到派出所，把老曾家的特殊困难向所长韦鹏反映，也把自己想帮助老曾发展山羊养殖的打算和韦鹏商量。韦鹏连连点头："好事，好事。你放心干，有困难，我们支持你。"

李德强吃了定心丸，先跑到自己朋友的养殖大户家中参观取经，淘回经验后，又跑去开导老曾，还把畜牧站站长叫来，现场给老曾进行技术培训。

李德强帮老曾算了一笔账：老曾家有14亩林地，如果协调其他农户的山场林地，将近上千亩，而周边没有农户发展山羊养殖，只要技术得当，协调村里支持老曾养羊，一定是一条好路子。

老曾笑眯眯地听着李德强描绘美好蓝图，突然又神色黯然地把脑壳夹了起来。

为啥？

李德强揣摩半天，突然豁然开朗："老曾一定是为钱的事情发愁。"

果然如此，老曾也知道，技术养羊肯定赚钱。但是，哪里拿钱买种羊？哪里拿钱修羊圈？哪里拿钱买饲料？哪里拿钱买药？哪里有钱……

"一分钱难倒英雄汉。"从小也是苦难家庭长大的李德强没有责怪老曾,而是马上回到镇里,找政府,找扶贫办,找村里,帮他筹集了第一笔养羊款……

圆 梦

"老曾啊,你要放开胆子干。"

老曾不敢接话。他想的是小打小闹。

"养多了,卖不出去,怎么办?"老曾谨小慎微,看着已经发展起来的18只山羊,有点儿心满意足的感觉。

"销路算我的。"李德强拍着胸脯保证。

其实,在老曾养羊的这段时间,李德强也没有闲着,他和新站街上的几家羊肉粉馆都协商好了,老曾养的山羊是真正原生态的正宗土山羊,已经和几家羊肉粉馆签下了销售合同。李德强还联系了几家外地的销售商,产量大的时候,可以批量销售到外地。

虽然老曾在2015年年底已经脱贫,但李德强想得更远,他想让老曾成为当地的致富带头人,让其他精准扶贫户看到希望。

老曾终于吃了放心丸,开始放开手脚发展养殖。

每天天一亮,他就早早起床,打开羊圈,把羊赶到山坡上,看着它们吃草。高兴了,放开喉咙高歌一曲;饿了,慢悠悠地回家来,烧火做饭;饭饱力足了,浇灌菜园子;天黑了,站在山冈上吆喝一声,羊群听到召唤,纷纷返回。

每天晚上,老曾都要打着电筒数一遍羊。嗯,一只不多,一只不少。这只长高了,那只长肥了。摸摸这只,抱抱那只。那几只怀孕的母羊,他更是关心体贴,专门建了单独的羊圈,重点呵护。

看着山羊一天天膘肥体壮,他常常想起李德强的苦口婆心和悉心帮助,心窝里全是温暖。

他找来红丝线,专门系在一只最肥壮的山羊的角上。他看看山羊微笑,山羊也仿佛看着他微笑。"如果没有李教导,哪有我们的今天。"老曾在山羊们面前这样咕噜,也常常在碰面的熟人面前这样咕噜。他想,过年的时候,这只山羊,任凭别人出再高的价钱他都不卖,他要把这只山羊亲自送到新站派出所,让民警们补补身子。他知道,除了李德强在直接帮他,派出所的很多人也在想方设法地间接帮助他。

那天晚上,老曾做了一个梦,梦见民警们品尝着他赠送的山羊肉……

坎 坷

可是,第二天天黑,昨晚系上红丝带的那只山羊不见了。

老曾觉得蹊跷。难道是在荆棘丛中挂脱了?老曾又把山羊挨个查看一遍,没有。老曾拿来电筒,开始清点。可是,清点来清点去,都不对头。

少了七只?

是少了七只!

走丢了?不会,从来没有走丢过啊!

难道被偷了?肯定是被偷了!

快,报警!

李德强和同事很快赶了过来。说是很快,其实开车最快都要一个多小时,何况是晚上,山高路陡,泥泞曲折,一路颠簸,来一趟不容易。老曾记得以前没有通公路时,到新站街上赶场买点儿东西,全靠肩挑背驮,来回整整一天。现在通车了,人们出行方便了,可是,也有盗贼顺着公路延伸到乡村作案,可恶极了。如果像这样,一天偷七只,那不是几天就偷光了吗?

老曾一屁股坐在沙发上,又开始诉起自己的苦来。

李德强详细询问了老曾丢羊的经过,心想,只有一条公路进入大山,如果盗贼开车进山盗窃,调取新站街上的视频监控,也许就能破案。

李德强安慰老曾说:"如果是被盗了,我们想尽一切办法都要给你追回来。不过,会不会是迷路了呢?你明天放羊的时候,再到山上好好找一下。这么晚了,你先休息,我们先回派出所调监控。"

那个晚上,李德强和同事,把新站及周边进入新站的所有路口的视频监控都调取了,没有发现任何可疑痕迹。

第二天一早,老曾打来电话,说山羊找到了。李德强觉得怪怪的,既然山羊找到了,为什么打起了哭腔呢?李德强安慰老曾别激动,慢慢说。

老曾仍然很激动,无法慢慢说,但李德强还是听清楚了:"山羊被毒死了。"

李德强和同事们不顾一晚加班到天亮的疲劳,再次驱车赶到老曾养羊的地方。原来,老曾的山羊放养到大山顶上风力发电站项目建设工地周边时,吃了废机油污染的青草,毒死了七只。

老曾伤心欲绝,要找公司负责人拼命。

李德强制止了他,联系畜牧站的同志对死羊进行解剖,确定死因,又和畜牧站、村干部、项目办多方协调,为老曾争取到了6000多元的赔偿。

"吃一堑,长一智。"老曾吸取教训,饲养更加细心周到,除了分析研究山场的水草情况,还花200元钱从别人手中买了一台旧电视机,安装了无线接收器,每天晚上都要收看有关牲畜养殖的科普栏目。

"我养的山羊,至今没有一只生过病。"老曾逢人就说,笑呵呵的。

新烦恼

三年来,李德强在那本《帮扶日记》上,已经记录了31篇他和老曾交往的点点滴滴。

老曾只知道李德强好,其实他根本不知道李德强自己也有一堆的问题。

李德强患有严重的右肾结石和胃病,最近几年,结石不断加重,但李德强从来没有表露过。李德强2009年结婚,妻子在省城上班,因两地分居,聚少离多,2010年离婚,至今单身,年幼的儿子靠从农村搬进县城的父母照管……

　　李德强也有本难念的经。这些，老曾不知道。

　　李德强说："你只要知道养羊，我就心满意足了。"

　　老曾笑了起来。李德强也笑了起来。

　　李德强问老曾："还有什么困难没？"

　　"没有，没有……"老曾连说"没有"，眼睛却忍不住地往李德强脸上瞟。

　　老曾欲言又止的样子，没有逃过李德强的眼睛。老曾见瞒不住，就大起胆子说了自己的想法。

　　原来，老曾的妻子嫌他没房子，一直带着孩子在外省打工，几年没回来过了。老曾盼望家人团聚，可是，这个家简直就连有钱人家的狗窝都不如，连放床的地方都没有，妻子回来住哪儿？

　　老曾想建新房子。有了新房子，再把妻子接回来，一家人一起发展山羊养殖，这个家庭就团圆了。可是，老曾在心头盘算，一只几十百把斤的山羊，按当前市场价估算，大概一两千块，全部山羊卖出去，也才几万块钱，房子还是建不起来。如果卖了山羊修房子，不是把致富的命根子都剜掉了？但是，老曾那股思念妻儿的强烈感情，时常像一缕缕火苗一样在心头窜来窜去。好几次明明梦见妻子带着儿子高高兴兴回家来了，结果一觉醒来，空房冷屋，冻得睡不着。

　　老曾好几次想开口，但都克制住了。他怕民警以为自己有点儿得寸进尺。

　　李德强什么掏心窝子的话都给老曾说了，老曾才打消了顾虑，一股脑儿地把新烦恼全部倒了出来。

　　李德强的眉毛皱了起来，吓得老曾心头叮咚叮咚的。

新计划

　　李德强皱着眉头，直奔所长办公室。所长韦鹏刚从首期全国派出所长教官培训班参加学习回来，他一定有主意。

　　所长韦鹏和他的关系很好。一个所长，一个教导员，是派出所的两根主心骨，就像一个家庭的夫妻俩，两人合心，什么困难都能克服。

当李德强皱起眉头一进来，韦鹏就猜到了八九分。李德强把老曾的想法告诉了韦鹏。韦鹏想了一阵，帮助李德强在一张废旧的A4纸上草拟了帮扶老曾的新计划。李德强看着所长帮他梳理的思路，忘记了自己的身份和两人的关系，突然紧紧握住所长的手："我代表老曾感谢您！"耿直豪爽的韦鹏给李德强当胸一拳："弟兄俩，还说这些，搞不定的事，我会全力以赴支持你。"

李德强按照和所长商议的帮扶计划，先对接林业站，给老曾落实了一份护林员的工作，一年有一万多元的工资；又协调新站信用社，给老曾办理了三万元的免息"特惠贷"，让他发展壮大山羊养殖；联系镇危改办，帮老曾争取到了房屋拆除重建的补贴金；协调风力发电公司，在公路边给老曾挑选了一块免费宅基地；协调石材厂，给老曾拉来了水泥砂石等建房材料……

预计2017年3月，老曾的一楼一底的小洋楼就可以耸立在青山绿水间了。

老曾给妻子打电话，腰板挺得直直的，他说，等新房子修好了，要给妻子补办一个像样的婚礼。

老曾只晓得妻子的态度开始好转，其实不知道李德强在背后默默无闻地做了多少思想工作。自从前年到老曾家以来，李德强就和老曾的妻子取得了联系，把老曾三年来的一点一滴的变化都告诉了她。她也觉得有个警察关照着，肯定鬼神不欺。

李德强在电话里对老曾的妻子说："嫂子，等老曾的房子修好了，你带着小孩儿回来，我帮你找一份工作，小孩儿就在家乡读书，一家人就不用在外地辛苦了。"老曾的妻子在电话那头儿哭了，喜极而泣。

（原载《派出所工作》2017年第3期）

一树怪柳自迎风

——对奈曼旗原公安局局长邵兵的采访手记

孙丽萌

开 篇

"清明时节雨纷纷，路上行人欲断魂。借问酒家何处有？牧童遥指杏花村。"唐代诗人杜牧的这首《清明》脍炙人口到了几乎是老少皆知的地步。我此时此刻，坐在火车上，透过车窗去看依然被寒冷桎梏的大地旋转着从眼前掠过，心里默念着这首诗，完全没有细雨霏霏的景致，以及完全可以想象出的酒旗招摇与杏花盛开，只留下"清明时节……欲断魂"。

每到清明节，官方的非官方的各种活动在全国的公安系统里弥漫出了最悲怆的疼痛。虽然不是只有在这个时候我们才会想起那些为了共和国的稳定献出生命的战友们,而是只有在这个时候才会让我们有时间暂时停下追随他们的脚步,去为他们献上一个最诚挚的敬礼。每年牺牲的几百名公安民警,哪一个不是让我们想起来都会痛断肝肠?我们不知道,下一秒钟我们身边的哪位战友还会倒下。这就是共和国的警察,牺牲随时相伴,却还在勇往直前。

事出有因以及难言的"3·20"事件

前方出现了一片奇形怪状的树林,苍茫的大地上如同树桩一般的躯干顽强地伸向天空,同样没有生命气息的细碎枝条在狂风中飞舞着,拼命地抽打着黑黢黢的树皮,让人不知不觉地产生一种畏惧感……这就是生长在科尔沁大地上的一种特殊的柳树。至今我都不知道它的学名叫什么,只知道这里的人们把它称为"怪柳"。"怪柳"的生命力极为顽强,它可以在蛮荒之地存活上千年。也只有这个叫"奈曼"的地方才能让它大片地生长。生命就是这么不可思议,就是这么坚忍不拔。如果你叹息生命的脆弱,那么就到"怪柳"林转一圈,你就会知道,大自然也会给贫瘠的地方留下勃勃生机。

我们要去的地方就是生长着"怪柳"的内蒙古通辽市奈曼旗,一个国家级的贫困县。我们要去了解的人就是奈曼旗的副旗长兼公安局局长邵兵。前一年的清明他还在自己的工作岗位上,带着他的公安民警们十几天不眠不休地紧张工作着。用一句工作俗语:正是要劲的时候;用我的话来说:正是要命的时候。不是吗?如果不是那段时间紧张地工作,如果不是难以承受的重重压力,如果不是他高度的责任感,如果不是他争强好胜的性格,如果不是他超乎常人承受病痛的忍耐力,他也不至于在清明过后的两个月,轰然倒下……他在确诊肝癌的20天后,就结束了47岁的生命。在历史的长河中生命是短暂的,但在科技发达、人的平均寿命接近于80岁的年代,47岁的年龄可以说是英年早逝。而不知道从什么时候开始警察的英年早逝变成了常态。第一次听说"积劳成疾"的时候，是从全国人民都了解的焦裕禄身上。到现在为止我都记得那位为了兰考人民，在身患肝病的情况下，用喝水的缸了或是桌子角顶住自己的肝区，豆大的汗珠从脸上滚落的样子。所以，在人们的印象中，积劳成疾时最起码自己会知道因为劳累过度已经有了疾病，而邵兵直到死神即将来临的时候，还在为工作操心，因为他根本就不相信自己会得这么重的病。是啊，自己年纪轻轻，平日里那一副好身板，虽然不能飞檐走壁，但是走起路来也是"夹风带雨"，一副"铁人"的架势。在他的计划中，他还有许多工作有待完成，还有很多想法有待实现。在他的所有"预算"中或许没有被他算进去的就是疾病与死亡。然而，现实恰恰是疾病这棵稻草，不仅压垮了他，夺去了他的生命，还给他留下了无数个"来不及"……

"邵兵，男，满族，1968年1月4日生，中共党员，一级警督。从警26年，历任……立功受奖……若干……"因为写的不是先进事迹材料，所以我不想把过多的笔墨用在那些涩滞的、带有几分枯燥的例行公事般的介绍中去。我想以我的方式，让人们了解一个工作在基层的人民警察，或者说是人民警察中的基层领导干部，有着怎样鲜为人知的故事。这个故事不一定完美，不一定圆满，不一定像人们想象当中的英雄那样令人敬佩得五体投地，我只想通过一个作家的视角，走进一个普通警察生命中最后那一段路程，把我见到的、看到的、想到的、感受到的，一一列举出来，让大家能够真正理性地看待一个警察英雄的平凡一生。

说起邵兵这个人，我在印象中曾经见过他一次。记得三年前我带着"送文化下基层小分队"到通辽市科尔沁区公安分局开展活动，那时是分局的政委出面接待了我们。我隐约记得那位政委的名字就叫邵兵。因为当时每天都要去一个旗县公安局，如果说让我把每一个人、每一个领导都能记住那是假话，也有些强人所难。但是在我的印象里，有人告诉过我：他的父亲曾经当过通辽市公安局的副局长。为此我记住了邵兵这个名字。这就是我对他的全部印象。

不知道是不是和许多的采访一样，我对邵兵的了解也是从通辽市公安局的领导开始的,当然不算手中厚厚的那一沓材料。

通辽市副市长兼公安局长邱成刚我是认识的,并且很熟悉,因为他是从上级领导机关下来任职的。几乎没有什么寒暄和开场白,因为在那一刻,无论是他还是我心里都是沉甸甸的。所以,当他以一个被采访者的身份坐在我的面前时,我深深地感受到一个痛失爱将的领导那种发自内心的痛惜……

"我问他愿不愿意去奈曼任职时,他想都没想就答应了。当时我很意外。因为谁都知道奈曼局的前一任领导说什么都不肯在那里干下去,硬是闹着要回来。我们和市里的领导把所有符合条件的环节干部都遴选了一遍,考虑再三才决定让他去。当时还怕他不愿意。你们想啊,他当时在科尔沁区公安分局当政委,局长是刘兴臣,因为刘兴臣身兼数职,没有多少时间去管局里的事。基本上科尔沁区公安分局是由他主持工作的。奈曼地处偏远,生活艰苦,离家又远。说到底还是个平调。一般人……就是考虑到家庭的利益,也不一定会同意去的。可是他却答应得这么干脆。"作为一个领导干部,特别是在评价他的部下时,我相信每一句话都是经过反复斟酌的。很显然,他介绍的是邵兵为什么会到奈曼旗公安局任职的。这几句看似简单明了的介绍,其弦外之音却包含着很深的意味。据我了解,当邵兵的事迹变成组织行为的时候,各种奇奇怪怪的说法明里暗里伤害着依然沉浸在失去邵兵的痛苦中的战友甚至他的亲人。"邵兵就是这么个人,关键的时候勇于担当。我们太需要像他这样勇于担当的领导干部了。"说到这里邱成刚沉默了一下,这沉默别具深意,他望着我们说,"说一句题外话,如今的基层公安局局长这个职位,真的是很难干。任务重压力大,更何况要去奈曼又是那么艰苦和复杂。换了任何一个人,都会有几分怯意,也都会不由自主地考虑一下。而他却毫不犹豫地说:'组织决定让我去,那我去!'没有一丝犹豫,也没提任何条件,真的很难得。而我们当时也想选择一个具有综合能力的人到那里去。奈曼的情况的确比较复杂。我们选择邵兵的原因就是他还有一个特点,也是我们最终决定让他去的主要原因,就是他这个人比较'和人'。"

"和人"这个词有着很强的地区性,所以我似乎感觉到邱成刚口中的这个"和人",其潜台词应该是那里的领导班子不仅仅需要一个有能力的带头人,还需要一个能够调解各方面矛盾的人。然而作为一个市局领导,邱成刚当然不会直截了当地和我们说。

邱成刚告诉我们,在他来这里工作之前,他对邵兵的了解和对其他干部的了解差不多,都不太深。以前他从公安厅到这里来是属于"领导下基层",和邵兵那一级干部接触都不太多,基本上和我一样,难得工作上能够有接触。往往是工作完了,走了也就走了。能留下多少印象可想而知。他来了之后,对邵兵的了解稍微多了一点儿。由于科尔沁区公安分局是通辽市的中心区,各项工作直接影响到通辽市公安工作的大局,接触自然是多了,多数是与工作有关的事情。论私交,真的是没有什么。

我听懂了邱成刚的话,也能够理解,作为他这一级领导干部无论你用任何一个干部都会有许许多多的猜测在人前人后游走。

"他确实没有让我们失望。去了以后很快打开了局面,各项工作也都有了很大的起色,特别是'3·20'事件的处理上……那是一场硬仗啊……"

邱成刚口中的"3·20"事件我知道得不算太多,但是由于这个事件惊动了上上下下许多领导,并且在社会上引起了很大的反响,因此,在这次采访之前,我也做了一些必要的功课。这是一起围绕奈曼化工园区发生的重大事件。我们所了解到的或许和官方的说法不尽相同,但是,我们却知道,正是因为这件事情才使得邵兵为此耗尽了心血。

众所周知,经济的发展直接关系一个国家或地区的发展与进步。位于科尔沁大地上的通辽市也是一样把发展经济摆在了首位。在党的领导下,经过许多年来的努力发展,老百姓的生活发生了天翻地覆的变化。贫穷和落后自然而然地成了过去。不知从什么时候开始,环境保护成了人民生活当中最敏感的一个话题。即便是一个贫困地区也是如此。因为贫困是相对的,而生活水平的提高却是有目共睹的。老百姓已经不再满足于碗里的饭菜和身上的衣服,而是把眼光投入到了自己脚下的这片土地，无论他是贫瘠还是富裕。这一切原本是没有什么问题的。合理的诉求经由合理的渠道反映到政府那里，总是会得到一定的解决。然而，当一个合理的诉求被别有用心的人利用，那么一切都有可能走向人们意愿的反面。"3·20"事件就是如此。

奈曼旗有一个很大的化工园区，这个化工园区从开始建设，到投入生产，前前后后经历了十几年的时间。而这十几年化工园区从利税大户、安排就业、繁荣经济的香饽饽，到老百姓觉得可能会让他们断子绝孙的妖魔鬼怪，或许就在一念之间。从老百姓自发地封堵化工园区，进而演化升级为被人利用，有组织地阻断公路，袭警砸车，损毁国家财产……在很短的时间内，事件发生了质的变化。

作为奈曼公安机关最高的指挥员，邵兵自然首当其冲。在前线指挥部，邵兵不仅仅要指挥全局，还要深入到老百姓当中去。如今，像这样的"群体事件"在很多地方都有出现。由于对象是"老百姓"，公安机关所能够做得就是将"非常"的后果化解于萌芽状态。调解真的是一件苦差事，稍不留意哪句话说错了，后果不堪设想。为了不使矛盾激化，除了所有的公安民警要深入到群众中去做工作，很多时候都必须由邵兵亲自深入到各家各户，苦口婆心地做工作，有时候一连十几天无休无眠地往返于群众代表和各级政府之间。因为老百姓要的是承诺，政府要的是化解。

当时情况的严重程度，我们可以从一个从始至终坚持在工业园区的老警察那里感受到……

派驻化工园区监察大队大队长在说起"3·20"事件时，依然是感到后怕："那简直像坐在炸弹上，并且是一个你不知道什么时候就会突然爆炸的炸弹。你们知道天津大爆炸吧？这个化工工业园区里头的化学原料是天津大爆炸的几倍，一旦引起爆炸，不仅仅是园外的几千人，还有园内的上千名员工，包括周边的乡镇……后果不堪设想。还有你不知道爆炸之后所产生的后期效应，会不会又是一个切尔诺贝利核电站？老百姓不知道啊，他们的诉求或许有一定的合理性，但是方法的的确确是用错了。他们被人利用，只顾着眼前的利益，竟然让自己处于险地而不知。而这一点我知道，邵局长知道，政府知道，我们所有的公安民警都知道。可是怎么样才能够让老百姓真正了解自己是在拿生命开玩笑这道理，却是非常不容易。就算你喊破喉咙，就算你恨不得把心都掏出来放在那里，可架不住老百姓不信。那有什么办法？有些人掺和在里头并不是为了环境保护什么的，而是有人蛊惑，说那些企业有的是钱，只要跟着闹就能分到钱。很多时候都是没有理可以讲。可危险却是实实在在存在的。那段时间我陪着邵局长，许多次出出进进工业园区，想方设法地做工作，可是效果不佳。看到他一遍一遍不厌其烦地给老百姓做工作，最后连嗓子都哑得说不出一句话，疲劳成那个样子，真是很心疼。但是有什么办法呢？园区里的工人们被围困了那么久，少吃没喝的，焦躁的情绪已经达到了极致。稍不留神，就会发生事故。而那些日日夜夜围在化工园区的老百姓，说不定什么时候就冲到化工园区里来。作为警察我必须坚守岗位，作为普通人我真的是很害怕。说真的，当时我是抱着和园区共存亡的决心守在那里的，可以说后事都安排了。可邵局长对我说：'你这里是火山口，外面的形势也非常严峻，咱们奈曼只有 300 名警察，我给你抽不出人，也不能在这个节骨眼儿上派人来。老百姓的心理咱们是知道的，有个人在这里晃着可以麻痹他们。但是你决不能有一丝一毫的麻痹，你一定要严防死守……不过你记住：别让自己当烈士！因为这里不能出事！绝不能！'"

然而，可怕的事情还是发生了……

2015 年 4 月 4 日，一直比较稳定的形势突然急转直下，在一些不法分子的煽动串联下，上百名手持镰刀、铁锹、棍棒、砖头等凶器的不法分子，一连几次向化工园区发起冲击……执勤的民警被殴打，警车被砸坏，路边的加油站、变电站受到攻击……危险在逼近。这个关键的时候，如果不马上控制住局面，再有陆陆续续不知真相的群众卷进来，一场灭顶之灾，在所难免。

这个时候就看出了指挥员的魄力与牺牲精神。邵兵身先士卒，冒着飞舞的棍棒和砖头瓦块带领着公安民警冲入混战的人群，从始至终坚持在最前面。经过短短两个小时的奋战，终于将带头打砸抢的不法分子抓捕归案，有效地平息了这次事件。

说起"3·20"事件，邱成刚依然是一脸严肃。"邵兵这个干部最大的特点，就是敢于担当。我们之所以要学习他，也就是要弘扬他的这种敢于担当的精神。你们无法想象当时的事情有多么复杂，我和市里的领导也在现场，但是当时情况非常复杂，很少的几个人开会，会议还没散，消息已经传播出去了，从而引发了我们谁也没有想到的后果。有些话我不想说得那么明白，也不想弄明白。那样我们就会不知道该相信谁……因为上级领导要来的情况被透露出去，本来已经基本平息的事情，在很短的时间内被发酵了。事件的组织者非常迅速地组织起十几个村子的人，即将冲向化工园区。我们知道以后，说实在的，头皮都感到发麻。事件在不知不觉中已经到了一触即发的地步，稍不留神就会引发难以想象的重大事件。倒不是说我们这些领导都是贪生怕死的，而是我们所预估的后果，坚决不能发生。连我们都感到事情的严峻，更何况是已经在那里坚持了十几天的邵兵。那天晚上，我招呼大家来开会。按说这个会议非常重要，可我感觉奇怪的是，平日里总是精神抖擞的邵兵开着开着会头就碰到了桌子上，一看就是坚持不住的样子。说实在的，这让我心里很不高兴，我也在这里亲自指挥了好几天，也是忙得几天没合眼，他却打起了瞌睡。但是一想到他没白天没黑地顶着压力忙了十几天，也就没说什么，只好让大家散会马上休息。不然的话大家都累垮了，到时候我用谁去？现在回想起来，当时他已经是病得很厉害了。如果那时候我知道他病得那么重，说什么都不会让他继续坚守在一线。他去世以后，我们在整理他的事迹材料时调出了他当时在走廊里的一段录像，他的鼻子不停地流血，只能拿大团的面巾纸堵着，步履蹒跚摇摇晃晃走走停停，可是他到了我的面前就变成了一副精神抖擞的样子，可想而知他是累到一种什么样的程度才会在我面前打瞌睡。所以，不瞒你说，我到现在都感觉愧对他，愧对他的老母亲，愧对他的孩子老婆。他就是太有担当了……"邱成刚在采访中提到最多的就是"担当"这个词。我们也能够听得出来，对一个领导干部来说,能有一个勇于担当的干部是多么不易。那么,可想而知,失去这样一个好部下,他会是多么痛惜。

事情过去了整整一年,离邵兵逝去也已经有了九个多月的时间。许多人早已从当初的悲痛中走了出来,加上一次次各级媒体组织的采访,以及通辽市公安局许多次地挖掘整理,邵兵的事迹通过各种形式早已为人们所知晓。英雄的足迹和人生脉络也已非常明晰。这对我们这次的深入采访,可以说是有利有弊。但我们认为,或许只有在这么长时间的沉淀之后,我们才可能从中得到更加客观、更加完整的材料。

拜托你个事儿,给咱买个骨灰盒呗

邵兵到奈曼的时间并不长,到他去世,也就一年半的时间。我们可以先从他人生的终点回溯他的一生……

或许可以从他的朋友那里开始吧。

他坐在我的面前憔悴而沉默。不是所有的人都知道,他是邵兵在奈曼旗期间最亲密的朋友,但是许多人都知道,邵兵在得知自己生病之后,曾经悄悄地拜托他的一个朋友为自己准备一个骨灰盒。以至于在他去世之后,当这件事情浮出水面,竟让许多人为此唏嘘不已。一个在人们眼前总是表现得生龙活虎、精神抖擞的汉子,在还不知道自己真实病情的时候,就让他最好的朋友为自己准备骨灰盒,无论是谁都会感觉到:或许邵兵早已经对自己的病情有着最悲观的预感。

究竟是什么样的朋友,可以拜托自己的后事,可以把买骨灰盒这种最隐秘的事情也托付给他呢?

我望着眼前这个中年男人,黑黑瘦瘦,胡子拉碴,甚至有几分邋遢。但是,如同他写在脸上的悲痛,我隐隐地感觉到,他与邵兵之间,应该不仅仅只是"朋友"。

他叫王立文,和邵兵有着20多年的友谊,也是邵兵很少的几个知心朋友之一。他们很早就认识,属于那种常来常往、哥们儿弟兄般的好朋友。

我很想知道他和邵兵之间发生的所有事情，也很想知道邵兵在他的朋友面前，究竟是一个什么样的人。或许他这个朋友能够让我们看到一个不一样的邵兵。

"听说你和他是朋友。我想知道，你和他究竟是什么样的朋友呢？"我觉得凭我这么多年的采访经验，这样的问话没有什么问题。

"能是什么样的朋友？我就是一个放牛的，他无求于我，我也无求于他，朋友就是朋友，有什么分别吗？"他的眼睛突然睁大了，说出来的话明显带有不满的情绪。

开始我吓了一跳，脑子里飞快地回想着自己刚才的问话，怎么会是这样？看着眼前这个情绪激动的男人，不觉有几分尴尬。但很快我便意识到，我的这句话在无意中戳到了他那根敏感的神经。从之前掌握的资料来看，邵兵这个"放牛的"朋友，其实是一个养牛场的老板。邵兵去世之后，有关于他的传言并不完全是正面的。可以理解，邵兵不是圣人，社会上的纷纷扰扰无论是在他的生前还是身后，都会让人产生种种猜测。很显然，他有一个当老板的朋友，这是不争的事实。

"我不是因为邵兵来奈曼工作，才到这里养牛的。"或许是他也感觉到自己刚才的态度有些不妥，连忙解释道。话里话外充满了委屈和无奈。

是啊，一个公安局局长有一个养牛专业户的朋友，不免会在有些人的心里产生各种联想。最多的恐怕就是利益的关系了，所以也怪不得王立文会有如此激烈的反应。

"邵兵是个很仁义的人，对人有情有义。就是太要强了，太追求完美。觉得领导把他放在奈曼，是信任他。他要干出个样子，不能给领导脸上抹黑。"王立文终于平静下来，慢慢地说起了他和邵兵之间的友谊。

他和邵兵成为朋友的时候，他们都还是普通人。那时候邵兵还在治安大队工作，是个普通的人民警察。而他也没有开始养牛。朋友做得很简单，无非也就是偶尔有时间喝喝酒聊聊天。后来他在奈曼养牛，两个人碰到一起的时候很少，因为邵兵进步了，工作自然也忙了。所以平常的时间都是各忙各的。其实他们的关系走得很近，是从邵兵到奈曼工作开始的。用他的话来说，别看奈曼旗不大，却藏龙卧虎，方方面面都很复杂。他没有很详细地去讲所谓的复杂究竟是指什么，但是从他的只言片语中，我发现他在有意无意地躲避着敏感的字眼。难言之隐吗？既然是难言之隐，我是不是可以推想为邵兵应该曾经在他这个好朋友的面前，表露过自己的难处？

"他来这里工作真的是很难，如果我能做了他的主，想当初怎么也不会让他到这里来工作。平调……从一个舒服有权的地方到一个离家老远的奈曼？傻啊？没办法，人各有志。更何况他身上有一股不服输的劲。既然他来了，作为好朋友，我又是当地人，就想着能帮他多少就帮他多少。工作上帮不上什么忙，哪怕就从生活上照顾照顾他，也算是尽了朋友的义务。"王立文声音不大，算得上是娓娓道来，但是，这些话语中夹杂着许多叹气，让我迫切地想要跳过所有的废话直奔主题。

"听说邵兵让你给他买骨灰盒……这是怎么回事？那是什么时候的事情？对不起，我们没有太多的时间去听事迹材料上的话，如果是这样，我们也没有必要千里迢迢再到这里重复一次别人所做的事情。我们是作家，需要真实故事，你们朋友之间最真实的故事。"我打断了他的话，明显有些不太客气。

"唉……"他深深地叹了口气，"你们不是记者？不是上级领导？"

"当然不是。"我回答很简洁。

"我是怕万一说不好给他造成不好的影响，那得多对不起他啊。好吧，那我就给你讲讲他的事儿，有些东西你最好也别记。"

"你是不是有什么顾虑？没关系，你尽管说。我们知道什么该写什么不该写，你就放宽了心地说吧。"

"2015年刚刚过完春节，我给一个朋友从南方带回来一个双人骨灰盒。他看见了，觉得做工什么的都很好，就对我说：'要是死了能住进这样的骨灰盒也很不错。有机会给我带个回来。'当时我听了觉得挺不吉利的，但是也没往心里去，因为他当时要的是双人的骨灰盒。我想着，他的母亲年龄那么大，作为儿子，提前准备个讲究点儿的骨灰盒，也没什么稀奇。我就答应了。到了5月份的时候，他又催我，问我骨灰盒的事办得怎么样。我说正办着呢。他又说换成单人的吧。我就觉得心里咯噔了一下，记得当时我开着车，就不耐烦地跟他说，你这个人也真是的，好好的搞什么骨灰盒呀。因为那时，我只知道他身体有些不舒服，压根儿就没有往坏处想。现在想来，是不是他自己感觉到得了重病，所以让我做准备，这就不知道了。到了6月底，他第二次去北京检查身体时再次给我打电话问骨灰盒的事儿，我就感觉到有些大事不好。但没有想到这么严重，这么快……"王立文一边说着，一边开始用手抹着眼泪。

看着一个大男人在我们面前哭得稀里哗啦，我们非常难过。

"你们不知道啊，邵兵来奈曼的这段时间里，我和他在一起的时间，比他和他的老婆孩子在一起的时间多多了。我知道他有多难……上班的时候他工作忙，什么也顾不上，只要有时间我就会过去陪他。特别是3月末之后，晚上多数的时间都是我陪着他。因为那段时间他太忙了，偶尔有空儿回到宿舍都是精疲力竭感觉很累的样子，明显力不从心。大概你们也知道，奈曼那件事给他的压力有多大啊。为了做好群众工作，他经常悄悄地让我带着他走村串户，亲自去给老百姓做工作。在奈曼这个地方，民风强悍，一个个都老有文化了。哪个说起话来不是一套一套的？不要说他就是个外边来的，就是我这个土生土长的，在这件事上，也是很难说进话去的。再说了，不管怎么说，在我们这个小地方，公安局长就是个大官，想让老百姓服气，首先要做让老百姓服气的事儿。在那个节骨眼上，不带一兵一将，单枪匹马地深入老百姓当中去亲自做工作，是要冒很大风险的。说心里话，他这么做，都是瞒着领导……让我怎么说呢？要想了解老百姓当时是怎么想的，要想了解各村的情况，要想掌握第一手资料，让上级领导能够掌握最真实的情况，他是信得过谁，还是能指望上谁呢？在那么复杂的情况下，作为朋友，我不帮他谁帮他？先不说咱也是国家的公民，就以朋友这层关系来说，我能理解他，而且他也信任我。所以每次都是我陪着他去的。而且，他在局里忙的时候，就让我进入各个相关的村子里收集情况，及时向他报告。到现在我也不能跟别人说，我就是那个他最可靠的情报来源。你们不知道，包括领导们应该也不知道……就连自治区领导亲临一线，邵兵都是调的我的车，我以司机的身份亲自开车。想想看，邵兵对我得多信任啊。"说到这儿时王立文脸上稍稍地显露出几分自豪。而我的脑子里清晰地蹦出两个字"特情"。邵兵或许早已在王立文不知情的情况下，把他发展成了公安机关所依靠的"特情"人员。收集敌社情是公安机关正常的一项业务工作，而敌社情来源的可靠性有的时候关系到社会稳定以及案件的侦破。作为一个老警察，我深知其中的奥妙所在。很庆幸邵兵可以有这样一个朋友可以依赖。

"你成天和他在一起，难道你就没有发现他的身体有什么不舒服的地方吗？肝癌可不是一天两天得的呀……"我很想知道邵兵这个朋友怎么就没有在他们的相处中看出端倪。

"你们真的不了解邵兵这个人。他最大的特点，第一是要样儿，第二是惜命。"王立文这话一出口，就把我惊着了。"要样儿"很好理解，"惜命"虽然也不难理解，但在此时此刻从他最好的朋友嘴里说出来，的确是令我吃惊不小。一个不顾一切、全身心投入工作中，带着病痛，一次又一次完成了艰巨任务，最后把自己活活累死的人，竟然是一个"惜命"的人。

"惜命吗？怎么可能？"我几乎是质问一样。

"他真的是很惜命。跟他做了这么久的朋友，却不怎么了解他的生活习惯。只知道他很少出去吃饭，经常在宿舍自己做着吃。但是他吃饭很讲究，听说他爷爷曾经是厨子，也许是受家庭的影响，他从小就做得一手好菜。有的时候，朋友想请他出去吃饭，他就把朋友请回家，做几个拿手小菜。这可不是吹的，可以说色香味俱全。讲究着呢。而且他还非常注意锻炼身体……经常不知道从哪里弄个偏方，自己给自己配中药喝。他平常喝水的那个杯子里总是泡着中药。你说他不注意身体,真的是冤枉了他。他常跟我说,咱们这个年纪的人,上有老下有小,又不能不干事业,有一个好身体,不为别的,还得为老娘不是?他这病,怎么说是大意了呢……记得他发病前两个月,鼻子总流血,有的时候牙龈也出血,还以为是上火了呢。当时他的工作非常紧张,好几天都捞不着睡觉。好不容易有一天晚上有那么点儿休息时间,他还在跑步机上跑了一会儿,说是最近全身没劲儿,锻炼一下就好了。没跑一会儿,他就下来一头栽到床上,对我说:'我咋这么难受呢?太没劲儿了,该不会是要完了吧?'我看他的确体力不支,就对他说:'跟领导请个假,我陪你到北京检查一下。不然这样下去,迟早你会把身体累垮的。'我记得当时他想了想,就给领导打电话,说要去北京检查身体,我估计市领导在电话里说工作这么忙你走得开吗,他就说,那就以后再说吧。其实我知道,他从心里压根儿就没想走。你就说你病了,领导还能不让去看病?可我想也是,当时奈曼那件事还没完全过去,工作的确忙,这个时候走,也真难为他。你们不知道我有多后悔,如果那个时候知道他病得这么严重,我就是拉也要把他拉到医院去。说心里话,我想连他自己也没想到会得那个病。他就是太能忍了。后来我去天津的医院看他,医生说没救了,我们那么求医生无论如何救救他,可是医生说,早干什么去了?哪怕就是早来两三个月,我们也能让他的生命延长一年半载的。听了这话我当时肠子都悔青了,回想起来,如果那次我坚持让他去医院,哪怕就是去通辽市医院做个 B 超,也不至于给耽误了。所以他去世之后,我伤心得跟什么似的……把自己关在家里 100 天,不刮胡子不剃头,就守着他的遗像……我得给他守灵啊。想着我们在一起的时候,想着这些年来我们之间的友谊,后悔那些早就应该为他做却没有做的事儿,就是想不通。出来的时候跟鬼差不了多少……"王立文满脸泪水地说不下去了,在场的所有人也都听不下去了。我写过许多公安战线的英模,为他们流过太多的泪水,我曾经发誓再也不写死去的英模了,因为每次都会被他们的故事折磨得心痛不已。我们太多的战友都倒在了繁重的工作中,他们也是血肉之躯,也是人生父母养的,说是勇于担当,知难而上,可他们真不是钢打铁铸的。只是因为他们都有高尚的精神境界?这其中有多少是不得不做的,又有着多少无可奈何?然而,就是这样,我们依然有许多战友像邵兵一样坚守着,毫不吝惜地透支着他们的生命和健康。到现在有谁真正能够明白在别人眼中如此"惜命"的邵兵,竟然为了工作,一次又一次地失去了拯救自己生命的机会呢?

邵兵已经逝去,我们不能够凭空揣测"惜命"的邵兵,当时究竟是怎么想的,拼凑起他在奈曼的短短一年,看不到他究竟有多少时间是留给自己的,工作,还是工作……让一个顶着巨大压力、所有的生活内容全部被工作填满的基层公安局长,只是为了自己的身体健康去付出他宝贵的时间,恐怕也是非常不现实的事情。

尽管他的朋友是那么不愿意回忆起邵兵最后的日子,我们还是要硬着心肠,揭开他们心灵上的伤痛,去挖掘邵兵如流星般在天空划过后留下的生命痕迹。

2015年6月底,邵兵终于去北京了。这次去北京有两个原因,首先是女儿警花要到北京去参加考试,作为父亲他再也没有理由拒绝自己的掌上明珠提出的要求。而对于女儿来说,缠着父亲去北京,让百忙中的父亲能够有机会为他虚弱的身体做一个检查才是最终目的。无论怎样,邵兵去北京了,并且到医院做了检查,只是检查刚一做完,他就让女儿留下等结果,自己迫不及待地返回了奈曼。

我想,或者邵兵早已知道自己有病,只是他没有想到自己的病会那么严重,所以,他必须让自己在能够工作的时候,多做一点儿,再多做一点儿……

王立文清楚地记得6月28日那天……在他的印象当中,邵兵应该还在北京的医院检查身体。他却意外地接到了邵兵打来的电话:"你在哪里?如果方便马上去商店帮我买一条裤子。"

王立文对着电话直发蒙:"现在……买裤子?干吗?"

"你现在赶快去给我买条裤子,马上送到我的办公室。"显然邵兵非常着急。

"啊？你不是在北京检查身体吗？回来了？什么时候？"王立文非常吃惊，"怎么了？买裤子干吗？"

"让你买你就买，不要啰唆……快点儿，我不小心拉到裤子里了……快点儿啊。"

这是怎么回事儿？王立文顾不上多想，连忙跑到商店买了两条裤子送到了邵兵的办公室。邵兵一脸尴尬等在那里。

"裤子是我给他换上的，屎也是我帮他擦的。因为他从办公室到厕所需要经过一段走廊，那里的办公室有女同志在办公。他那么爱面子的一个人，自然只有我帮他来处理这些事儿。现在想来，他的病的确已经发展得很严重了。大便是黑色的，可惜我当时并不知道黑色的大便代表消化道出血。我还忍不住和他念叨：'好不容易去检查病，领导也给了假，瞎折腾干啥？有什么大不了的事非要跑回来，等结果出来了再回来也不晚呀。'他说：'没办法，单位事儿多，我就回来处理一下。反正在那边等着也是等着，再说，不是有警花在吗？'反正他这个人总是有自己的主意，就是我劝也是劝劝而已，听不听他自然有主意。就是那天，我走以后他家媳妇儿跑来把他拉走了，听说是去了医院。我就觉得邵兵恐怕是真的检查出病来了。"

因为是好朋友，我想邵兵最后的那一段时间，应该会留给他一些其他人不知道的嘱托。

"过了几天我到医院去看他，当时他已经住进了天津的肿瘤医院。当时感觉还不错，虽然医生告诉我们没救了。可看到他精神还好，就觉得也许会有奇迹发生。说真的，他确实不像是就要死了的样子，干干净净，连头发都是一丝不乱的。就是住院，他也想让别人看到他精精神神的样子。我俩聊一会儿天儿……趁没有人在跟前，他悄悄地问我，骨灰盒联系得怎么样了？我说都联系好了，已经发货了。他又说：'以后你有空儿常去看看我妈，给她送点儿新鲜牛奶……她就喜欢喝你那儿的牛奶。'我就说他：'你说这些干啥？我就是养牛的，缺了谁的牛奶，也不能缺了老太太的。好好养病，干吗操这个心。'他还对我说：'还有一件事要拜托你，有时间你替我经常去看看锁柱，无论将来我在还是不在，你都要继续照顾他。'"

锁柱是谁？我们很好奇，在邵兵最后的日子里，竟然有这样一个人，让他在母亲之后，将这个人托付给自己最好的朋友。

从王立文的口中，我们知道了，这个锁柱其实就是奈曼旗里的一个智力有问题的人。听说锁柱在奈曼的大街上流浪了许多年。因为是O型血，旗里的医院每次抢救病人，急需用血的时候，找不到别人时，就会把锁柱叫到医院去献血。这些年来不知道救了多少人的命。邵兵来了之后，发现这个锁柱有时候会在公安局的门口转悠。在他得知锁柱的情况之后，就开始帮助这个许多人眼中的"傻子"。他了解到，锁柱只有一个哥哥，因为双目失明住在敬老院里。经过联系，他把锁柱也送进了敬老院，使他有了一个稳定的生活环境。从送进去的那天开始，他就把照顾锁柱的事情交给了王立文，让他有事没事常去看看，送点儿钱和吃的穿的用的。他对王立文说："不能因为锁柱的智力不健全，就可以任由别人欺负他。因为他智力不健全，所以他不知道自己为大家做了那么多好事，但我们不应该不懂得报恩。"

这就是邵兵，一个非常善良的人。或许锁柱压根儿就无法分辨自己现在的生活和过去有着多么大的不同，也不知道这个善良的好人为什么会无私地帮助他。不沾亲带故，不会有任何回报，除了自己的朋友之外，没有任何人知道他曾经无私地帮助过这样一个人。所以，这种付出是没有任何个人目的的，当然，更不包括积累政治资本的作秀。

邵兵是个孝子，只要能从工作中抽出点儿时间，他都会去看自己80多岁的老母亲。有很多人说起邵兵会做饭这件事，多数都是在他的老母亲家尝到过他的手艺。用邵兵的话来说，这叫一举两得，既可以显摆一下自己的厨艺，同时又有时间陪伴老母亲。但是，孝顺归孝顺，请客归请客，在原则的问题上他是丝毫不含糊的。

通辽地区很多的风俗习惯都和东北很相似，老人的生日，对儿子来说是非常重要的。当然，邵兵也不能免俗。老人那么大的岁数了，当儿子的总是要尽自己的孝心。有一次他给老母亲做寿，除了自家的亲戚，比较亲近的朋友请了几个。作为朋友来讲，礼尚往来的事情总是不可避免的，几个朋友觉得平常也没有机会对老人有点儿表示，借着做寿每人拿出一万块钱作为寿礼送给老人。当时为了老人高兴，邵兵也没有说什么。寿宴一结束，邵兵就把哥儿几个叫到一起说："我知道你们是想让老人开心，但是这礼我不能收。如果是朋友是哥们儿，你们就把钱拿回去。心意我领了。"几个朋友马上都不高兴了："我们这是给老人的，又不是给你的。再说了你参加我们家里的各种活动不是也从来没空过吗？怎么什么事一到你这里就不对等了呢？"在朋友面前邵兵没有办法再去讲那些大道理，只能象征性地每人留下了 1000 块钱。有关这件事，他的朋友在和我们谈的时候，曾经嘱咐再三，如果是这点儿小事会影响邵兵的形象，最好就不要提了。而我想：邵兵毕竟不是生活在真空里，如果要让他的事迹真实可信，那么，就必须得全方位真实地向人们展示他在生活和工作中的点点滴滴。就如同前一阵子网上传说得沸沸扬扬的"雷锋穿过新裤子"一样，英雄也有生活，"雷锋穿过新裤子"和"学习雷锋好榜样"丝毫不冲突。如果连这样的一件事情都不可以说，那么，无论我们把邵兵的事迹写得多么感人，读者都会在心里留下许多个问号。

工作，工作，永远是工作

在朋友和同事的眼里，邵兵非常和人，用东北人的形容词就是"讲究"。无论是谁有什么困难他都愿意去帮助，而他有了困难，哪怕是人情往来，他必是考虑再三，想了又想。既不能伤了朋友的感情，又不能突破他做人的底线。特别是在金钱方面，他可以让自己的朋友去帮助有困难的老百姓，可以为了毫不相识的人，放下身段去求朋友"出血"帮忙……2013 年的 4 月，当时他还在科尔沁区公安分局担任政委。作为处级领导包村，他负责了清河镇公济号村的定点扶贫工作。当时的公济号村有600多户人家，共2000多人，拥有四万多亩土地，主要靠种植玉米作为经济来源。在经济相对不错的科尔沁区，可以说是名副其实的贫困村。当时这个村的党支部非常涣散，别说是改变这个村子的面貌了，就连人心都拢不到一起。作为基层组织，几次都选不出支部书记，因为没有人愿意接手这个烂摊子。最令人头疼的，这里还是个上访大户。就是在这个时候，邵兵来了。就像是一个下马威，他第一次进村，车就被困在了进村的泥路上。许多人费了好大的劲，才把车弄出来。当时他就想：如果不把这条路修好，扶贫就是一句空话。因此，他把修好这条进村的路，当成了扶贫的第一件事。然后他就开始从村里的老支书家开始，对全村每一个党员进行走访，了解这个村子里存在的问题所在，找到症结，将涣散的党组织重新整合，发挥每一个党员的带头模范作用。他还深入到贫困老百姓的家里，帮助他们解决实际问题。有一个姓赵的家里非常困难，一个人住在一间破烂的危房里独自过日子。邵兵就利用自己一个开砖场朋友的关系，要了三万块红砖，和村里的党员干部一起为他盖起三间瓦房，使他重新燃起了生活的希望。其实，许多人都知道，有些公事，有些好事，也是需要"私办"的。在不到一年的时间，村路修好了，村子里有了自己的蔬菜大棚，里面的瓜果蔬菜开始产生经济效益。这其中，邵兵多少是利用自己的私人关系做的，我们不去详究。无论如何邵兵是为老百姓办了实事，也让这里的老百姓看到了希望。一个贫困的村子最终经过邵兵的努力慢慢地走向了富裕，它所产生的连锁反应，远比人们想象的要大得多……老百姓有事干了，忙着发家致富，上访的就少了。上访的少了，社会治安形势就稳定了。俗话说：老百姓的心里有一杆秤，什么人真心地为他们做事，什么人为他们付出了多少，他们心里都明明白白。我们的老百姓非常朴实，朴实的人往往容易念别人的好。所以，当老百姓得知他们尊敬的"邵政委"突然英年早逝，非常痛惜，怎么也不肯相信这是真的。他们多想让他们的"邵政委"哪一天回来看看村子里的新面貌，看看他们的新生活啊。遗憾的是，"邵政委"自从离开，连一次也没有机会再回来。

怀着无比悲痛的心情，他们流着泪自发地去送了他们的"邵政委"最后一程……

在一个人短短的一生中，能够做一个"好人"并不是一件容易的事，更何况是做一个人们心目当中的好人。人心很复杂，不是有人说你好你就好，也不是你付出了所有的真诚，就可以得到所有人的认同。对于邵兵也不例外。在采访中，我们也深深地感受到了邵兵所承受的压力，这种压力并不完全来源于工作。你提拔了（似乎算不上提拔，同样是副处级），有的人并不去想你肩上的担子有多么重，更不去想你从此抛家舍业地去了一个艰苦的地方，而是琢磨着：怎么去的？为什么去？言外之意很明显……没有好处你会去吗？如今，我们无法解读邵兵的内心究竟藏有多少委屈，也不能去臆想有些人内心的恶毒和不堪。但是，我们却在无意中了解到，在邵兵最后的日子里，竟然有人发了一段令人寒心的短信息："邵大局长，听说你病得挺重吧？回不来了吧？"听说邵兵看到这段信息后，这个在病魔的折磨下没有掉一滴眼泪的汉子，不觉默默地流下了眼泪……在那一瞬，我们不知道邵兵有没有后悔，但我们却实实在在地为他后悔了。

只有短短的一年啊……

让我罗列在这短短的一年中邵兵在奈曼还干了一些什么吧，因为实在没有太多的笔墨把那些点点滴滴汇聚在一起，只能罗列出来，让读者知道，我们的基层领导干部除了日常的工作以外，还会做什么，他们有多少时间是属于自己。

2014年12月25日深夜，北方的隆冬寒风刺骨，特别是在农村，每到这个季节，农民们多数都躲在自己家温暖的小屋里过着休闲的"猫冬"生活。到了晚间乡间小道上更是空无一人。在奈曼旗青龙山镇哈什图村的一条水泥路上，一团火焰冲天而起，使这座宁静的小山村凭空增添了恐怖的气息。第二天，路人从那里路过，看见了被烧焦的尸体，才发现有人被烧死在那里。

接到报案后，邵兵带领着刑侦大队迅速赶到现场。由于案发地点离辽宁阜新市非常近，光是路途他们就用了两个多小时。现场的尸体早已被烧得一片狼藉，高度碳化。经过现场勘查，他们在尸体周围发现了血迹，初步认定：这是一起杀人后抛尸，这里是焚尸的现场。邵兵当即在现场成立了案件侦查指挥部，抽调40余名警力，以案发地为中心向外围辐射，迅速地进行地毯式排查，寻找尸源。与此同时，进一步对尸体进行详细的勘查，寻找线索。然而，由于尸体被烧的时间很长，可以用来作为侦查线索的有价值的物证，几乎一点儿没有剩下。邵兵让侦查员们在烧焦的尸体上用白色的绳子打出隔断，有些像考古专用的"探方"。一个格一个格用筛子细细地过，终于从中找到了一点儿毛衣的残片，还有一串钥匙，从而确定死者是男性，身高在1.6米至1.75米之间。通过那串钥匙其中有一把是防盗门的钥匙，排除了死者是青龙山镇的本地人，而此时，对案发地的排查，也证实了这一点。最终，把目标调整为辽宁阜新市。

邵兵干起工作来雷厉风行，这时候离过年就剩下几天的时间了，他要求刑侦大队一定要赶在春节之前，将这起案件侦破。"命案必破"是邵兵给自己和他的队伍下的死命令。在这么短的时间内，要想破获一个跨地区作案的杀人案并非易事。况且这个山区十几年之内都没有发生过这样的恶性案件。这起案件，使得原本舒舒服服在家里"猫冬"的老百姓们一时间人心惶惶，流言蜚语到处都是，可想而知作为公安机关当时的压力有多大。

案件不能跨年，命案必破不是一句口号，而是检验一支队伍是否过硬的硬目标。为了找到有价值的线索，邵兵和侦查员们一个画面一个画面地审查着几十个G的视频。侦查员们都记得，当时他们的局长经常是用手按着腹部、头上冒着虚汗和他们一起三天三夜不休不眠，直到找到线索为止。当时的邵兵身体显得极为虚弱，他有一个杯子是从来不离手的，直到他们的局长去世，他们才知道那个杯子里面装的是中药。案件终于在新的一年到来之前破获了。而这个时间，离他们的邵局长被病魔夺去生命，只剩下区区半年。直到现在他们还清楚地记得，当案件告破，他们将犯罪嫌疑人抓捕归案时，已经听到新年的鞭炮声。他们的局长亲自到高速路口迎接他们胜利凯旋。

有一起由法院转来的诈骗案,金额涉及两千多万。这个数字,对于经济发达的地区,应该算不上什么大案,可对于奈曼这样一个国贫县来说,就是一个关系到许多老百姓切身利益的事情。这个涉及好几百人的案件已经发生了好几年,老百姓上访也上访了很长时间。如果不尽快解决,说小了会给奈曼的社会治安造成不稳定的影响,说大了关系到老百姓对政府的信任。因为那些钱里,有老百姓的救命钱,有退休干部的养老钱。邵兵和经侦大队认真分析研判,终于找到了解决的办法,不仅仅惩罚了罪犯,还为老百姓挽回了损失。

西湖花园小区的业主和开发商之间,因为开发商铺的事儿产生了矛盾,14个月的交涉没有任何效果,以至于小区里70多户居民集体上访。邵兵亲自带人进入社区走访做工作,使问题得到了圆满解决。"他就是我们奈曼的焦裕禄啊……怎么的我们也应该感谢他,如果不是他,我们的日子真是没法儿过了。"一个西湖花园小区的业主唠唠叨叨地说着感激的话。"焦裕禄"代表着什么,全国人民都知道。这样的评价似乎不是那么贴切,但是,这毕竟是出自于一个普通老百姓的口,并且使用在了一个人民警察的身上。自豪,骄傲……为警察,为邵兵。

东营镇达木嘎通小学校长李俊那黑黑瘦瘦的脸上挂着满满的悲伤。对于一个小学校长来说,学校就像是他的家,学生自然也就是这个家里的孩子。他爱这些孩子们,希望这些未来的祖国花朵能够在一个良好的环境中学习成长。然而,贫困地区的小学,似乎更能代表这个地区的贫困程度。看着孩子们寒冬腊月坚持在四处漏风的教室里学习,那朗朗的读书声,让他无论什么时候听到都会感到无比辛酸。有什么办法?"穷什么也不能穷教育,苦什么也不能苦孩子"这句挂在人们嘴边上的口号似乎已经有许多年了,谁会真正地为这些孩子们着想呢?李校长真的是有苦难言。

就是在邵兵刚到奈曼的那个冬天,他在检查消防工作的时候,无意中来到了这个学校,看到已经成为危房的教室,看到一个个小脸冻得通红的孩子，邵兵那黑黑的脸庞上微微泛红了。他走到一个孩子身边，轻轻地握住他的小手："孩子，你冷吗？"孩子轻轻地点了点头："冷。""冷咋还来呢？"邵兵若有所思地问一句。这句话现在听来都是一句废话，这句废话从一个公安局长的嘴里说出来，似乎又包含着许多意味。"不读书……不读书长大了干啥都不行。"孩子的嘴里脆生生地蹦出了这么一句话。邵兵似乎被这句话打动了，松开孩子的手，转身走了。

从那天开始李校长忙了起来，学校重建的通知下发到了他的手里。冬天里备料，一开春就打地基……他知道这是邵局长帮他们跑下来的。心里的感激就像一团火温暖了他和学生们的心。学校盖起来，那个帮他们把学校建起来的人却永远地离开了……"人不能昧良心，如果没有邵局长，我们这个学校的重建还不知道要拖到什么时候。"

重建学校这个活儿怎么说都不应该是公安局长来管的，但他管了。

奈曼有一个部队的雷达站，通往雷达站的路非常难走，一直以来不知道为什么部队不修，地方也不修。时间一长变成了老大难，也成了军民关系之间的一个死疙瘩。邵兵来了……这里有了一条军民路，军民关系也得到了彻底改善。这个活儿，好像也不是公安局长应该干的。他也干了。

打造沙漠旅游园区……这似乎更不是他干的活儿。

许许多多看上去跟公安机关没有任何关系的工作，仔细推敲来看又都和公安工作有着密切的联系。要想让一个贫困的地区彻底摆脱贫困，只有一条路可走，那就是发展经济。发展经济的必要基础就是社会的稳定。可见邵兵和他的警察弟兄们的肩膀上所承担的重量。

试想，假如他没有去奈曼，假如他去了奈曼也不那么拼命地干，假如他就是拼了命地干，也别太急于干出一番事业来……稍微放松一点儿，对自己不要过于严苛，对工作不要那么尽善尽美，给自己留一点儿后路，给别人也留一点儿"好处"……或许此时我不是在这里采访死去的邵兵的先进事迹,而是在奈曼旗的某处和他殷勤对饮。

科尔沁区公安分局民警心中的"好政委"

邵兵在奈曼的时间就是有数的那么些天,只用这短短的时间来总结邵兵的一生实在是太简单了。

那么我们还可以把时间延展到他在科尔沁区公安分局工作的那段时间。"邵兵的先进事迹,奈曼只是他最后的那一点儿,只是他生命的句号而已。如果跳过他在科尔沁区公安分局的那段经历,邵兵的人生是不完整的,对他也是不公平的。"说这个话的就是通辽市公安局副局长、科尔沁区公安分局局长刘兴臣。对于其他的重要头衔我在这里跳过,但是,我却不愿意跳过邵兵在科尔沁区公安分局的这段经历。刘兴臣是什么人?从十几年前我认识他那天起,他给我的印象就非常深刻。从开鲁县公安局局长成长到今天,他的能力……应该说他各方面的能力,在基层公安局局长群里是出类拔萃的。我很佩服他,因为他无论到了任何一个公安局,这个公安局都会发生巨大的变化,当然是好的变化。有能力、有思想是一个基层公安局局长必备的特质。但就我个人而言,在有些方面我并不是非常喜欢他的。这或许是性格使然,毕竟谁也不会去喜欢一个常常会忽略掉别人认为重要事情的人。就是在采访邵兵这件事上,作为重要的采访对象之一,我几次千里迢迢地到通辽都没有见到他,使我对他这个号称"邵兵最亲密的战友"产生了怀疑。多次联系他,并且已经感到忍无可忍的时候,在他的领导的强制命令下,我终于见到了"百忙当中的"他。由于他拖延了采访的时间,所以才使我笔下的这个稿子被写得"东一榔头西一棒子"。说实话,我从来没有写过如此费劲的文章。然而结果真的是应了那句老话"好饭不怕迟"。

"我们俩是 2011 年 1 月 24 日一个令到科尔沁区公安分局的,到邵兵 2014 年 3 月离开,我是局长,他是政委。工作上我们是搭档，生活上我们是兄弟。可以说是配合得天衣无缝。我对他挑不出任何毛病，也从没有闹过意见。你去打听打听，任何一个公安局，像我们这样的搭档能有几个？虽然只有三年的时间，但在三年的时间里，2012年5月我们局被评为全国优秀公安局，2013年又被评为全区精神文明标兵单位。这些成绩都和他的工作息息相关。你知道，开始的时候我们还一起做了许多工作。可后来……我的工作忙了，几乎所有的事情都是由他来干的。他是个有着极强的配合精神和责任感的好搭档，并且非常敬业。别的我不多说，只说四点。第一，当时科尔沁区的社会治安环境很不好，首先，命案高。一个公安机关，如果命案长期居高不下，你其他工作做得再好，在老百姓的眼里也是不称职。我们当年就让命案下降了一半，连续三年实现了命案必破。在社会上产生的效果可以说是非常明显。有一次老百姓竟然拉了一车鞭炮到公安局去放，为什么？多年的积案破了。第二，我们打掉了黑社会性质的'地下出警队'，顾名思义，所谓的'地下出警队'是有着黑社会性质的。一个时期老百姓遇到了形形色色的案件，当然命案除外，居然不找公安机关报案，而去找'地下出警队'解决。说起来真是丢人哪，作为公安机关有什么比失去了老百姓的信任更令人悲哀……半年的时间我们不仅转变了工作作风，还打击处理了300多人，彻底打掉了'地下出警队'。第三，当时通辽市的游戏厅赌博十分猖獗。这可不是一般的游戏厅赌博，是让老百姓倾家荡产，让我们的社会面乌七八糟的一颗毒瘤。全市350多家涉及赌博的游戏厅，我们用了八个月才彻底摸清楚。要知道在每一个游戏厅后面都不是普通老百姓。其他的我不深说。第四，是专业的'医闹'问题，我们一口气处理了十五六起，处理上百人，用将近一年的时间净化了医院。至于其他的信访、维稳等等我就不细说了……为什么要说这些，因为所有的工作都是邵兵主抓的。你们说，邵兵的事迹跳开这些，能有多大的价值？"刘兴臣讲话依然是干净利索，有条不紊，富于感染力。当我们想进一步向他了解时，他扔下一句，"你们到通辽来，我找人给你们提供详细的资料。"

刘兴臣和邵兵的关系众说不一，抛开一些人的猜测不说，就在采访中感受到的却是战友之间超乎于友谊的款款真情。他说在得知邵兵要去奈曼的时候，曾经劝过他不要去，那不是个好地方。干吗放着好日子不过，跑那么远找罪受。可是邵兵却说，他不能辜负领导对他的信任。"我有什么办法？每个人的路都是自己选的。当时我想，或许是在科区我给他的权力太大，但在名义上也只是二把手。既然他那么想去，我也不好勉强什么。只能是在他去了之后，尽自己的一切力量，给他最大的支持。不管你们信还是不信，他去世之后我心里是最难过的。不为别的，只因为我们的关系再好，也没有好到他什么都听我的。"刘兴臣的话里有埋怨也有自责，我完全能够理解，因为采访中我了解到，邵兵起灵时在前面抬棺的就有刘兴臣……他一个字都没有去讲肩膀上抬着已经失去生命的战友邵兵时心里是怎样的感受，但可以想象他会有多么难过。作为同样是一个基层公安局的局长，在送自己亲爱的战友最后一程的时候，他的内心应该不仅仅只有难过那么简单。

在科尔沁区公安分局的采访是从他们的纪检书记开始的，通常我们对纪检书记出面的理解，是在廉政等方面起到一个把关的作用。而在基层公安局，作为党组成员的纪检书记，他还会肩负着一部分业务工作。

赵旭东，一个看上去温和略显拘谨的人。和其他接受采访的人差不多，开始都是一大段的评价，这些评价大同小异，属于那种官方的，例行公事的开场白。

他是从游戏厅赌博开始说起的，可见在人们心目当中对于公安机关来说整顿游戏厅赌博应该不算什么重要的工作。而随着他的介绍，让我感觉到这里的游戏厅赌博却已经是关系到民生的事情了。其复杂性完全超出了我的想象。曾几何时电子游戏厅赌博在通辽市泛滥成灾，社会反响极其强烈。大街小巷遍布大大小小的电子游戏厅，而每个游戏厅都是公开或者半公开地进行赌博活动。特别是秋收之后，当老百姓手里有点儿钱，开始"猫冬"的时候，赌博活动更是猖獗。有的电子游戏厅甚至形成了每天早晨派大轿车深入到农村牧区拉客，有的还有配套服务，管吃管住，管借钱，当然是高利贷。用日进斗金来形容当时的电子游戏厅赌博一点儿都不为过。随之而来的社会治安问题层出不穷，赢钱的得意扬扬，输钱的哭天喊地，追债的打打杀杀。一时间把科尔沁区弄得乌烟瘴气。老百姓深恶痛绝，因为有的人家因此而落得家破人亡。而公安机关却因为打击不力，失去了老百姓的信任。在这个时候，我才真正地听出了刘兴臣话里有话的那句"不是什么人都可以干游戏厅，不是什么人都敢在游戏厅里赌博"。其实如果说是公安机关一点儿不管，那也是冤枉的。可是300多家电子游戏厅，很多都是"有靠山的"，甚至有的公安民警在里边还有股份，所以，公安机关的打击力度可想而知。邵兵他们就是在这种情况下，下决心进行整顿的。因为关系到利益和金钱，其难度，其压力，无法想象。

"电子游戏厅赌博，乍一听就像是治安案件，给人们的感觉似乎和杀人抢劫没法儿相比，但是对社会治安的影响却是巨大的。因为暴利引发的暴力使它的危害无限度地放大。比如说，有一户人家，刚刚得到了十几万元的拆迁款，因为去游戏厅赌博，钱没了，老婆带着孩子跑了。父亲也气死了，而他自己每天被高利贷债主逼得东躲西藏有家不敢回，因为是赌债，更不敢到公安机关报案。就这样，一个家庭完了。还有更极端的，一个女人因为丈夫沉迷于游戏机赌博输光了家里的钱，这个女人苦劝自己的丈夫不听，因此得了抑郁症。最后她找到丈夫一刀捅过去，直接扎在了大动脉上……又一个家庭完了。而有的公安民警，连班都不好好上，每天坐在电子游戏厅外边充当保护伞。而公安机关每次组织清查活动，人还没动，消息早已走漏了。你说危害大不大？已经影响到我们自己的队伍。当时我们的工作真的是很难。没办法，邵兵就亲自带着我们纪检监察部门的人下去查，并且查一个封一个。有些话我真的不应该说，但是不说就不能说明当时的艰难程度。我们每查封一个，就会有重量级的领导亲自打电话，有的甚至是监管部门的领导。说一个例子，我们端掉了势力最大的一个涉赌的电子游戏厅，马上就有领导打来电话，我就不说他是谁了。当时的态度十分可恶，还质问我们：'你们凭什么把人给拘留了？赌博是刑事案件吗？'当时邵兵就说：'是不是刑事案件，你可以去查《刑法》，反正我们是依法办事。如果我们违法了，我们承担法律责任。但这个案件我们办定了。'"

俗话说得好：你就是浑身是铁，又能打几根钉呢？光靠一个邵兵，就是把自己累死也是不行的。更何况针对公安机关的打击，各种五花八门的对策都出来了，变得更加隐秘。由公开转入秘密，有的甚至像港台剧一样，出入要有认识的人介绍。更加离奇的是把门改成立柜，走进去别有洞天。

打铁还需自身硬。尽管由于利益的诱惑只有少数的公安民警卷入到"赌博捞钱"的大军之中，但绝大多数公安民警还是有立场有原则的。开展队伍建设，提高思想认识，整顿纪律作风，针对自己内部人员进行"挖疮治癣"。为此，他们立时出台了一个看似荒唐不讲规矩的"临时规则"，就是以派出所为单位首先对管辖区进行自查自纠。然后，各所之间进行互查，无论哪个派出所，只要是被其他派出所查出竟然有游戏机赌博的案件，这个派出所的所长临时停岗。直到他们在其他派出所管辖范围查出同样的情况，才能重新履职。以此类推……

按现在的眼光来看，这不是最好的办法，却是最有效的办法，也是最无奈的办法。虽然有一些派出所所长为此感到不理解，个别还有比较冤枉的。但是，这项工作毕竟有效地推动下去了。整整八个多月，我们无法想象那八个多月邵兵他们是怎么度过的，但是350多家电子游戏厅赌博在通辽市科尔沁区销声匿迹也是一个不争的事实。直到现在，有些人在说起邵兵他们查封电子游戏厅赌博这件事，还抑制不住地摇头，话里有话地说些听上去貌似意味深长的话。我感觉得到，为了这件事，邵兵他们得罪了不少人，有的甚至是亲戚朋友。虽然没有人明白地告诉过我们，更没有深谈过邵兵是怎样在这件事上六亲不认的，但我们还是私下了解到，邵兵最先拿来开刀的，就有他自己的亲属。

说到大案要案，由于科尔沁区是通辽市的主城区，社会治安比较复杂，当时每年的命案达到 37.8 起。直接受害人且不说，间接来说就有无数的家庭为此而受害。究其原因，东北人的性格比较暴躁，特别是一些小青年，喜欢带着管制刀具出入歌厅等公共场所，又爱喝酒，往往三句话两句话就出了人命。邵兵他们可以说是临危受命，去了以后就全身心投入，目的就是降低命案发生率。因为他们知道，对于公安机关来说，命案的多少代表着这个地区社会治安的稳定程度。从哪里下手呢？管制刀具就是源头。据说当时查扣的管制刀具可以装满一卡车。果然，当年命案发生率就下去了接近三分之二。可以说是首战成功。我终于明白为何在他们到任仅仅一年半的时间，就被评为"全国优秀公安局"。接下来他们又在全市首先提出"命案必破"这个高标准。

说到"命案必破"，如果不说案件似乎欠缺点儿什么，如果详细地去写案件，又似乎不是我写这篇文章的目的，那就简单地讲一个具有代表性的吧……

这个案件的素材是来自于科尔沁区公安分局"命案大队"副大队长李禹。在写这个案件之前，我想多用几笔来写一下这个叫李禹的小伙子。小伙子年龄不大，30多岁，和我儿子的年龄差不多。他看上去很干练，我感觉比电视剧里的那些"假警察"帅多了。像我们这个年纪的人，常常对和自己有眼缘的年轻人难以掩饰内心的喜爱，也难免有意无意地夸上几句。为了彼此留个好印象，更加有利于采访，"套瓷"的话也就顺着嘴边儿溜了出去。小伙子对人挺诚恳，没说几句就说出实情："这活儿真的不好干，没白没黑地辛苦不说，主要是精神压力大，每一个参加案件侦破的民警都必须有着超强的抗压性。为什么这么说呢？只要发生命案，都会在社会上产生很大的影响。且不说被害人的家属们激动的情绪，老百姓对咱们警察的期望值一下子拉升到了'福尔摩斯'的水平。他们哪里知道，每一个案件的侦破都有我们百倍的付出。可以说，每一个案件破得都是那么艰难和惊心动魄。就拿 2013 年 4 月 22 日发生的那个碎尸案来说吧……记得那天有一个中年妇女到派出所报案，说是她姐姐头一天突然就不见了，用现在的话说，就是失联了。而且非常肯定地说，自己的姐姐遇到了不测。因为她们俩都是以前老玻璃厂下岗的职工，又都在站前的一个快餐店里打工。原本姐妹俩约好了昨天早晨见面，可不知道什么原因，妹妹等了半天，姐姐却没有去。再打电话联系，手机居然关机了。开始还没当回事，以为有什么事情耽误了，直到今天早晨依然音信皆无，妹妹这才着了急，连忙到派出所报案。其实这个案件，侦破起来并不是非常复杂。如今各种侦查手段在高科技的辅助下，只要侦查方向对，锁定犯罪嫌疑人，不过是早晚的事。很快，案子就破了。犯罪嫌疑人许某和被害人因为一点儿琐事酒后发生了纠纷，许某将被害人杀死肢解后抛尸。在许多人的眼里，案子破了便万事大吉了。其实远远不够。为了把犯罪证据全部提取到位，邵政委带着我们寻找尸块，这才是最艰难的工作。犯罪嫌疑人把尸块一点点地丢到了各个垃圾堆，而这些垃圾又被收集到垃圾场，要想找到谈何容易。邵政委和我们一样，在又臭又长的垃圾场里寻找着尸块，这是将犯罪嫌疑人绳之以法的重要证据，再辛苦也要找到。一连几天他和我们吃住在一起，在早春冰冷的雨天里，带着警犬和铲车在垃圾堆里艰难地寻找着。我们都知道政委的身体不好，就撑着伞为他挡雨。他推开我们说：'弟兄们都淋着雨呢，让我打伞？不可能！'他就是这么个人，在我们面前，永远是以身作则。就是因为跟着他，我们就是再辛苦再累，也不会有任何怨言。你们说我年轻、能干，我承认。可是，我要是说我的身体还不如一个老人，你们信吗？我有严重的糖尿病，都打了两年胰岛素了。大夫说，这都是生活没有规律、精神压力大造成的、要注意休息。我才34岁，又在这个岗位上。如果能够注意休息，邵政委也不会那么年轻就走了。"

小伙子说起话来干脆利索，也很坦然，叮不知为什么，却让我这颗"慈母之心"感到撕心裂肺的痛。

在科尔沁区公安分局有一个据说是全市独一无二的侦查大队，叫作"有组织犯罪侦查大队"，大队长小裴给我讲了一个关于"地下出警队"的典型案例。20世纪90年代，通辽市有一个叫刘大鹏的"黑社会"头目被打掉之后，判刑20年。他于2013年12月24

日出狱。这个人的号召力和影响力并没有因为 20 年的刑期而减弱，出狱之后，他振臂一呼就网罗了一帮社会闲散人员，这些人前呼后拥地跟着他在社会上横行霸道。他们很快便垄断了"扛沙子"这个行当。说起"扛沙子"，我也是第一次听说还有这样的事儿。问了一下才明白，原来就是买到新房后人们要给家里装修，都需要把沙子靠人力运送到装修的房子里去。那些人多数都是一些靠苦力赚钱的人。当刘大鹏出来之后，这些人都不可以自己去揽活儿了，而是要通过他，经过他"扒皮"之后，才可以去挣这点儿辛苦钱。谁要是不听他的话，结果便是非伤即残。他刚出来的时候，有人给他接风，他喝多了一时兴起当场砍断了人家三个手指，还把歌厅给砸了，直接损失十几万，也没有人敢去报案。靠着"刘大鹏"这三个字，就像是在通辽市竖起了一面黑旗。要不上的债他能要来，摆不平的邻里矛盾，只要他出面什么都好办。当然他不会白办。没多久，"地下出警队"便"名声大振"。甚至有些老百姓，遇到事情不去找公安局，直接去找刘大鹏。社会影响极坏。

  为了打掉这个所谓的"地下出警队"，邵兵带着有组织犯罪侦查大队展开调查，寻找证据。当时的调查取证工作十分艰难，人们很难想象，一个在监狱里待了 20 年的人，在短短不到一年的时间里，将黑手不仅伸向那些卖苦力的农民工，还可以处理车祸，处理打架斗殴、邻里纠纷。最不可思议的是，竟然手里还有一家所谓的小额贷款公司，说白了就是放高利贷。对于这伙无恶不作的家伙，老百姓对他们是又恨又怕又不得不依靠他们，因为只有他们可以去干那些超越法律的事情。当时社会上以及网络上也是炒得沸沸扬扬，都说是公安机关不作为。工作起来才知道，要想获取关于他们的犯罪证据是多么艰难。没人提供证据，要想将他们绳之以法，的确不是一件容易的事儿。为此，邵兵他们连元旦都没有休息。当时邵兵还病着，一边打着吊瓶，一边上门取证。有的人完全是被他感动了才出来做证的。小裴有一句话很有深意："也就是因为我是一个外地人，要不然着手这个案子也不容易。"经过几个月详细而缜密的侦查工作，终于拿到了他们的犯罪证据，决定在刘大鹏庆祝出狱一周年纪念活动时收网。

"刘大鹏的反侦查能力很强,他知道公安机关对他盯得很紧,所以他经常采取手机换号来规避公安机关对他的控制。甚至连他身边的人跟着他的时候都不能带手机。其实,那次收网也是反规律性的,非常出乎预料。我们在得到他的确切地点时,没有通知任何人,邵政委和我带着两个人直接就去了。当时我和邵政委各带一支枪,当时我就要往里冲。邵政委拉了我一把说:'那两个还没结婚,冲什么?让他们退后,我来!'说实话,让邵政委冲在前头也太危险了。可是当时的情况也不容我们多想,我上前一脚踹开门,邵政委举着枪冲了进去……结果,全胜。现在想想好险呀,屋里加刘大鹏四个人,还有一个是包头的网上通缉犯。我们是一比一,一旦有个闪失,后果难以预料。"

孝子啊,你真的"不孝"

说心里话,有关邵兵的家庭是我最不愿意涉及的一块,但却是逃不开的一个话题。这些年来写了那么多警察英模,每每下笔于此,心里就像是压了无数块大石头一样沉重。是啊,英雄逝去给我们留下了不朽的精神境界,让我们于崇敬中记住了他们的事迹,记住了他们为公安事业奉献出的鲜血和生命。他们在我们的心中得到了永生。而对于他们的亲人,我们无法用任何歌颂与赞美来弥补他们心中永远的痛。

我知道邵兵有一个美丽的妻子,他们是警校的同学。在那里学习,在那里恋爱,并一起进入通辽市公安局工作。他们在各自的工作岗位上都做出了一定的成绩,是许许多多个"双警"家庭中的一个。同样的职业或许更多一份理解,也使家庭较为稳定。在很多同行的眼中,邵兵无疑拥有着一个幸福的家庭。他们有一个漂亮而优秀的女儿叫"警花"。刚知道他的女儿叫"警花"时,我在心里暗暗地感慨:这得有多热爱警察这个职业才会给孩子起这样一个名字啊。

有人说邵兵的妻子是个女强人，也有人说邵兵的妻子是个贤妻良母。但是，无论别人怎么说，在我看来她应该只是一个普通的女人。虽然我见到她的时候，邵兵离开她已经十个月了，但失去丈夫的悲痛依然清晰地写在她的脸上：憔悴，疲惫，无可掩饰的感伤。可见对于她这样一个似乎有着"坚强职业"的女人来说，在中年丧夫的现实面前也会变得不堪一击。"我现在只有拼命地工作，每天把自己忙得喘不过气来，才能忘记邵兵已经不在的痛苦……"她那双大大的眼睛里并没有泪水，干枯得像一洼被太阳灼干的湖泊，"警花从北京打来电话告诉我他的检查结果时，我都傻了，像个疯子一样找了个车就直奔奈曼，到了奈曼公安局，大喊大叫地把他拉上车就往北京赶。这个邵兵啊……他那个不高兴，说是还有什么工作没有处理完。尽管我急得差不多失去了理智，但是我心里明白，再急也不能告诉他真相……到北京进行了详细检查，果然是肝癌，并且已经到了晚期，医生当时就告诉我们，他的病已经没救了。怎么办？没救也得救呀。可是北京的专家告诉我，像这么严重的病人能活到今天已经是奇迹了。我不信，我真的不信，好好的一个人怎么说不行就不行了呢？我千方百计地托人想办法，好不容易住进了医院，可医生说治疗毫无价值，也就是住着。我和警花急得没办法，又不能告诉他真相。他还在那里每天忙着通过电话遥控指挥工作，一刻也不得闲。我就气得跟他吵，跟他闹。人们都说我不通情理，可是谁知道，谁又能够真正知道我的心里有多难过、多绝望呢？没几天北京的医院不让住了，他也闹着出院。我不知道是不是人歇下来了，精神一放松，他的病也表现出来了。他开始难受得白天黑夜睡不着觉，每天坐立不安，肚子胀得鼓鼓的，腿也肿得厉害。感觉直到那个时候，他才有些重视了。后来我们想办法把他送到了天津武警医院，心想如果能换肝，可能有点儿希望。可是希望在哪儿？我真是恨他呀……"说着说着她的情绪明显有些失控。

她是在女儿的陪伴下前来接受我们采访的。和妈妈相比，女儿警花显得更加冷静一些。

"妈……你还是别说了，我来说吧……"警花打断了她妈妈的话,她告诉我,妈妈到现在还在埋怨爸爸,因为爸爸如果真的把她们娘俩放在心里,就不会让病情发展到这么严重,就不会那么快地丢下她们走了。她说妈妈那个时候的表现让许多人不理解,有一些人大老远地跑去看爸爸,她都拦着不让见。也只有她知道,妈妈是多么害怕失去爸爸,害怕去看爸爸的人多了,会让爸爸察觉自己的病没有救了,会丧失和病痛作斗争的信心。还有就是,这么多年来,妈妈和爸爸为了工作很少长时间地厮守在一起,都是各忙各的。如今爸爸的生命快要走到尽头了,她就想要把爸爸最后的时间留给她自己。

有关这个问题,我在采访中也了解到一些。邵兵的病情发展得很快,天津的医院告诉他们,没有必要住院了,继续留下去也就是白白地占用一个床位。经过商量之后,亲友们决定:让邵兵回家……

当然,对于在病痛中挣扎的邵兵来说,回家意味着等死。这个事实对于他来讲真的是太残酷。大家只能告诉他,送他到上海的医院去治疗。经过一天的长途跋涉,7月17日邵兵终于回家了。住进通辽市医院没有几天邵兵就走到了他生命的尽头。而就在那短短的两天里,他的妻子阻拦了许多到医院看望他的人,这其中有他的朋友也有他的战友。为此让许多人留下了遗憾。所以,当邵兵离去之后,很多人说她太不通情理,甚至有人怀疑他们之间的感情。但是,我完全理解作为一个女人,那是她最后能为她最亲爱的人做的最后一件事。

她在我面前谈着她的丈夫:"他是一个坚强的人,在我和孩子面前永远是快乐的。直到他病得不行了,我都没有去想有一天他会离开我。就觉得他是累了,只要好好地休息一下,又会生龙活虎地站在我们的面前。你知道我也是个警察,哪个警察不累哪个警察没有压力呢?更何况我在交警也是一个干部,不瞒你说,我们两个人多数时间都是你也顾不上我我也顾不上你的。更何况去奈曼是他自己的选择。他那么要强,领导一句信任他,他就玩命地干了。'3·20'事件的时候,我是有些感觉的。那阵子他偶尔回市里向领导汇报情况,在家里住一晚,晚上翻来覆去睡不着,安眠药吃两片都不顶用。说实在的,我连上厕所都不敢冲水,那一点点声音都会把他惊醒再难入睡。可是到最后他干脆跟我说:'咱俩就不要在一个床上睡了。'当时我还想不通,以为他怎么样了……"

曾经听说她在邵兵好朋友的妻子面前,因为这件事曾经号啕大哭。这样的误解在邵兵最后的那段时间里,会带给她怎样的懊悔啊。所以,站在女人的角度,无论别人认为她做得多么过分,都是可以理解的。

邵兵走了,他丢下了他那个满头白发的 80 多岁的老母亲。自从父亲去世之后,这个儿子变成她的依靠。所有人都知道他是个大孝子,无论工作有多么忙,哪怕只是开会当中的一点儿间隙,他宁可不回家看老婆孩子,也要去老母亲那里转一圈。他总觉得老人把他养大不容易,由于父亲是老公安,母亲这一辈子几乎都是过着提心吊胆的日子,过去为丈夫,现在为儿子。他真的不忍心让老母亲为自己担忧,所以在看病期间,他一直叮嘱家人无论如何要对母亲隐瞒病情。他没想到自己会走得这么早,这么急。在他被病痛折磨得死去活来的时候,他心里依然放心不下老母亲。他无法想象白发人送黑发人会是怎样的痛,他更想能在有生之年再看母亲一眼,再给母亲做一顿饭,哪怕是再叫一声妈。生活就是这么残酷,残酷到没有给他留下这个时间。

邵兵去世之后,大家想尽办法瞒着他的母亲,毕竟老人身体一直不好,来日无多,如何能经得住失子之痛?能瞒一时是一时。人们为老人编织了一个美好的善意的谎言:邵兵被组织派遣参加联合国维和部队出国了。因为走得急,还要保密,没来得及回家跟老人告别。而且这个工作除了通过组织,不允许直接跟家里有任何联系,也不准和外人说起。还特意嘱咐老人,现在告诉她也是悄悄的,是违反纪律的。老人真的相信了,还为有这么一个优秀的儿子而自豪。每每想念儿子的时候就会自我安慰地说:"我儿子在联合国工作呢。"邵兵去世一年后老人也走了。尽管她在弥留之际一遍一遍地问:"能不能和上级领导反映一下,让儿子回来见一面?"但每次说完都会自言自语地说一句,"保密……保密啊……"

作为通辽市公安局的最高领导，邱成刚在接到邵兵的妻子打来电话要求给邵兵要一套新警服时他半天都没缓过神儿来。他知道邵兵病了，但没想到会严重到这个程度。前一阵子还好好的呢，怎么说不行就不行了呢？是啊，他们曾经给我提供了一张邵兵去世前40多天拍的照片，那是他们公安局在"3·20"事件之后开展的一个"大练兵"活动中拍的。邵兵英姿飒爽，双手握枪瞄准目标的样子，丝毫看不出是一个病入膏肓的病人。邱成刚说："当时我问他：'不是准了你假让你去看病吗？你怎么又来了呢？'当时邵兵还笑笑说：'你看我哪里像个有病的人？全局合练这么大的事儿，我怎么能离开呢？'这就是邵兵，这就是邵兵所特有的个性。"

邱成刚急了，连忙将邵兵的情况上报市里最高领导。当时通辽的市委书记是自治区党委常委兼任的，他了解邵兵在处理"3·20"事件中所付出的艰辛，对他评价颇高。听了汇报后，他立刻指示公安机关和医院不惜一切代价进行抢救，只要有一线希望一定要把这个好干部救活。通辽市离沈阳很近，他们马上从沈阳请来专家。专家连夜赶来进行会诊，最后却一句话没说默默地走了。太晚了，一切都太晚了……

7月19日早晨5点钟，邵兵默默地走了……这个时间离他被确诊肝癌的6月30日，仅仅只有20天。邱成刚终究没来得及和自己的爱将见最后一面。市里的领导在去看望邵兵的路上停住了脚步，就连消息最灵通的媒体也错过了最佳的采访时机。或许这就是邵兵的风格。来得普普通通，走得无声无息。他用生命诠释了人的一生可以简单，但不可以懒惰。他用47年的人生，活出了百年岁月。

记得采访刘兴臣时，他曾经讲过一个细节：邵兵回到通辽的第二天刘兴臣去看他，当时邵兵还是清醒的，他让刘兴臣把自己扶起来下床走了几步，那几步短得从病床走不到窗前，他是那么想看一眼窗外的天空，呼吸一下阳光下的空气。可是，一切看似简单的事情在一个生命垂危的病人面前都成了奢望。没走几步，他便喘息着趴在刘兴臣的肩膀上说："人不能总躺着，时间长了就站不起来了……"那就是邵兵一生中最后的几步。那几步不仅是他对生活的眷恋，对生命的渴望，更是他的生命力最后的绽放。

邵兵的突然离去让许多人感到猝不及防，人们无法接受一个前不久还活蹦乱跳的人就这样说走就走了。他的战友及朋友直到我前去采访时还是无法面对这个事实。一直陪着我们采访的通辽市公安局副局长姜波是个警营文化人，邵兵去世后他写了一首诗发给我："九天遥遥招忠勇，壮士匆匆踏西行。八千同志奋然起，前赴后继慰英灵。"采访结束时他对我说："前一段时间我女儿结婚。当我站在那里把女儿交给新郎的时候，突然想起了邵兵的女儿警花，每一个女儿都希望在自己出嫁的时候，能挽着老爸的手臂站在这里。那应该是女儿最幸福的事情。可警花出嫁的时候，谁又能够站在这里呢？当时我就想，如果有那么一天警花需要，我和他爸爸的战友们，都愿意站在这里送她出嫁。"

我的泪水止不住滚落下来，这是多么深厚的战友情啊……

在采访中邱成刚不无遗憾地说："邵兵这个人啊……从来都没有给组织找过任何麻烦，连他离开这个世界都走得这么简单，让人心里觉得那么对不住他。这样的好干部……让我们怎么舍得呀！"

舍不得，舍不得生命的短暂，舍不得亲人的眷恋，舍不得美好的家园，舍不得心心念念的公安事业，舍不得憧憬中祖国的明天。他就像是科尔沁草原上的一树怪柳，迎风挺立，坚守在那片虽然贫瘠却无比辽阔的土地上。

邵兵把自己的一生奉献给了公安事业，生前先后荣立个人二等功两次，被评为自治区及通辽市先进个人十余次。去世后他被评为"2015年内蒙古年度十佳法制人物"，2016年被公安部授予"全国公安一级英雄模范"。

"出师未捷身先死，长使英雄泪满襟。"有着满腔理想抱负的邵兵走了，带着他的雄心壮志和没有完成的事业走了。英年早逝，无论对活着的人还是逝去的人都充满了遗憾和无奈。但他的精神却在共和国的丰碑上永恒！

(原载《中国作家·纪实》2017年第5期)

忠诚的誓言

张 望

2017年5月19日，全国公安系统英雄模范立功集体表彰大会在北京人民大会堂召开，李作明被授予全国特级优秀人民警察荣誉称号，受到习近平总书记的亲切接见。

——题记

一、序幕

2017年3月18日上午10点多，天色阴沉，白雾茫茫。

重庆市繁华路段两路口地区，车辆川流不息，人流熙来攘往。而附近重庆医科大学儿童医院的一间手术室里，却显得异常宁静。一个年仅

15 岁的少年，静静地躺在洁白的病床车上，由两名护士从手术室里推了出来。这个少年的颈部因疑似患恶性淋巴瘤，刚刚做了切除手术。主刀医生做完手术后下来，感慨地说，这是一个较大的手术。虽然在整个手术过程中，陪伴他的只有母亲，可这个孩子面对病痛，连哼都没有哼一声啊！

孩子只是在手术前，期盼地叫了一声：

"爸爸，你在哪里？"

是啊，他的爸爸，在哪里？在哪里？在哪里？

此时，他的爸爸没有在医院里，没有陪伴在儿子的身边。此时，他的爸爸正带领几名刑警，乘坐在从广东省茂名市押解犯罪嫌疑人回重庆的一辆高速列车上。

他的爸爸是谁呢？

他名叫李作明，是重庆市公安局渝北区分局刑侦支队副支队长。

轰隆轰隆……轰隆轰隆……车轮滚滚，列车不停地向西飞奔，飞奔。窗外的风景，一闪而过。

李作明倚着列车的车窗，两眼望着窗外，似乎望见了遥远的家乡，似乎望见了躺在病床上的儿子。

"儿子啊，爸爸不是不想来陪伴你，爸爸肩头上担负着党的使命、人民的重托啊。谁叫爸爸当初立下了忠诚的誓言呢？"李作明的心里，默默地这样说。

他的双眼，逐渐地模糊起来，思绪回到了两年前……

二、党的信任是他的生命源泉

渝北区，是重庆北部的一颗璀璨明珠。

这里有我国著名的航空港——江北国际机场。每天，上千架客机像鸿雁似的飞往祖国和世界各地。一直以来，这里复杂而又严峻的治安形势，远近闻名。

渝北区公安分局党委一班人，不间断地组织开展了各项"严打"专项整治工作，这一地区的治安形势有了根本性的好转，人民群众的满意度不断提升。

随着社会经济的持续发展，各类新型犯罪案件呈现出来。尤其是近几年来，全国电信网络诈骗案件呈持续高发状态，而作为重庆大开发大开放前沿阵地的渝北区，也因此受到了一些波及。

2015年10月，渝北区公安分局刑侦支队党总支决定，把打击电信诈骗犯罪的重担，交给时任刑侦支队副支队长的李作明分管。

那时的李作明，心里只是觉得肩头上的压力，说多大就有多大。

电信网络诈骗是一种新型的智能型犯罪行为。犯罪分子通过电话、网络设置骗局，对受害人实施远程、非接触式诈骗，诱使受害人打款或转账。近年来，这类案件的犯罪分子更加狡猾，诈骗手段不断翻新，造成公安机关的打击难度不断增大。

有些人可能会困惑地问：那些骗子都留了电话，留了银行账号，把他们直接抓起来不就得了吗？

事情远非那么简单。

电信网络诈骗案件不像普通的盗窃、抢劫案件，它没有留下犯罪的现场，没有留下作案的痕迹物证。犯罪分子不需要同受害人直接打照面，只需运用现代的电信网络技术，在很短的时间内就可以完成作案。

有时候，犯罪分子诈骗了巨款，一两分钟内就可以在手机或电脑上将全部款项分散转移到全国各地，并很快就被守候在ATM机前的同伙取走。

不错，留给公安机关的确实有诈骗电话和涉案银行账户，但那些诈骗电话和涉案银行账户全是假的……

可以预见，要侦破一起电信网络诈骗案件，该有多难！

试想，李作明怎能不清楚面前的困难，该有多大！肩头的担子，该有多沉！

分局党委书记、局长罗红紧握着他的手，鼓励他说："作明，党委信任你！人民信任你！"

这句话,给予李作明多大鼓励啊!作为一个具有18年党龄的党员,他一直把党的信任当作自己的生命源泉。回望自己的工作历程,面对任何重特大疑难案件,自己又何曾退缩过呢?

也许不法分子故意与李作明叫板。就在他履新不久,渝北区又接连发生了几起电信网络诈骗案。这分明是给分管此类案件的李作明来一个下马威!

2015年11月14日中午12点多,一个70多岁的老大爷,唉声叹气地来到刑侦支队。

老大爷姓黄,人称黄大爷,是重庆华蓥山煤矿的一名退休职工。这天上午,黄大爷遭遇了一起电信网络诈骗,他辛苦积攒的20万元存款,转瞬之间不翼而飞了。

李作明给老人倒了一杯茶,详细地了解案件的经过。

黄大爷退休以后,每天必到渝北区两路镇一碗水茶馆喝早茶。今天早上8点多,黄大爷刚到一碗水茶馆坐下,别在腰上的手机丁零零丁零零地响了。

黄大爷打开手机盖,就听对方问了一句:"你好,猜猜我是谁?"

"你,请问你是谁?我是黄大爷!"黄大爷一时回答不上来,他还真猜不出对方是谁。

"哎呀,黄大爷,你老人家真是贵人多忘事,连我的声音都听不出来了吗?我是你的侄孙黄二狗啊。也难怪,这些年我一直在广东打工,声音有点儿变了。"对方在电话里解释了一通,之后转过话题说,"黄大爷,我有一事求你。近几年,我在广东这边卖白粉,赚了不少钱,但昨晚倒了霉,栽到公安手里了,听说要判十几年刑。公安说,如果交了罚款,就可以不判我的刑。我这里凑了十几万元,还差一部分罚款。你老一定要帮帮我啊!"

"我这里最多拿得出20万。"黄大爷听说是自己的侄孙,就毫不犹豫地说。

"谢谢你,黄大爷,我马上把银行账号发到你的手机上。你呢,马上赶到附近的一家银行去,按这个账号把款打过来。等我从公安局出来以后呢,不但会把20万元钱全部还给你,而且我还要好好谢你一笔呢。"

就这样，黄大爷赶到附近的一家银行，把 20 万元转到了对方的账号上……

三、他从小的誓言是当一名人民的好警察

了解完案情，李作明暗自下定了决心：一定要尽快破获此案，将丧尽天良的犯罪嫌疑人绳之以法，把老人辛苦积攒的血汗钱追回来。

李作明将此案向分局党委作了汇报。分局党委决定抽调精干警力成立专案组，李作明担任专案组组长。

第二天，在刑侦支队的会议室里，李作明组织专案组的全体刑警召开了第一次案情分析会。

20 多名专案组刑警，把刑侦支队那间小小的会议室挤得满满当当。当李作明通报完案情，请大家为侦破工作献计献策时，这些平时生龙活虎的刑警们一个个你望着我，我望着你，全都哑口无言了。

也难怪，电信网络诈骗案是近几年才出现的新型犯罪，犯罪嫌疑人又都是高智商。

也难怪，这些刑警，以前可从来没有接触过此类案件。

大家的眼睛，全盯着副支队长。只见他那一双明亮的眼睛，比任何时候都要明亮；他那额头上的两道浓眉，已经拧成了粗粗的两股绳。他似乎在思索着复杂的案情。

不错，此时的李作明，正是在思索案情。他没有想到，他要打的这第一仗，竟碰上了一块难啃的"骨头"。

退缩吗？请求临阵换将吗？李作明的脑海里，闪现出这样一个念头。

"不！面对困难，自己应该迎难而上。"

蓦地，他的脑海里，闪现出他从警时的誓言。

那是 23 年前的一天上午，一个风华正茂的青年，在渝北区双

凤桥宽阔的林荫道上蹦蹦跳跳地走着。瞧他，走得多带劲，多高兴啊。因为他这年高中毕业，成绩上了全国重点大学的录取分数线，这是去区教育局填报入学志愿的。他怎么能不带劲、不高兴呢？

路旁的小树，在对他招手致意；树上的小鸟，在对他欢歌鸣叫；树下的小花，在对他点头微笑……

这个青年，就是当年才18岁的李作明。

那天，他身穿一套整洁的学生服，肩头上背着一只小小的书包，步履匆匆。他的耳畔，回荡着父亲的嘱咐、母亲的叮咛。

作明是一个品学兼优的孩子，父母亲是多么喜欢他呀！

父亲李木全，生活在渝北区龙兴镇龙脑村，祖辈都是农民。他虽然大字不识，却向往知识，心羡文化。就在作明出生的那天晚上，他对着一盏半明半暗的煤油灯，给儿子取名字。对于一个没有文化的人来说，要给儿子取一个好名字，该有多难哪。恰在此时，餐桌上那盏半明半暗的煤油灯倏地明亮起来，灯芯上结出了一朵小小灯花。父亲心里蓦地一亮，嘴里不停地念叨道："作明、作明！"

好！就给孩子取名叫李作明吧。父亲相信，这孩子一定会前途光明。

父亲的愿望实现了，作明成为了全村第一个大学生。在他的家门前，天天都挤满了前来祝贺的乡亲。他们称赞说，瞧作明这孩子，中状元了呢。

想到这里，作明的步子，迈得更快了。

"抢人啦！有人抢人啦！"突然，前方传来一个老人歇斯底里的呼喊声。

作明循声望去，只见一个穿着花哨的青年正一把夺过老人手中的钱包，向远处遁逃。

作明四下里一望，眼前除了自己，再也没有其他人能见义勇为了。他二话不说，把书包往地上一甩，奋力向那家伙追去。可他这个少年，又怎么能追得上脚长腿长的成年人呢？

那家伙跑进一条小巷，转瞬不见了。

作明只得转身，快步走回到老人的身边。

老人是当地农民。他的老伴儿生了重病,生命垂危,急需一笔住院费。今天早晨,老人把家里的一头大肥猪赶去卖了,正准备拿到医院去给老伴儿交费。

"这是救命钱哪!可咋办,可咋办……"老人哭着说。

这件事,在青年作明的心里留下了深刻的印象,也让青年作明从此改变了人生的走向。他来到区教育局,毅然放弃了填报重点大学的想法,而在入学志愿栏上,填报了重庆市人民警察学校。

从那时起,他在心里就立下了一个誓言:此生此世,他要当一名人民的好警察!

四、要有坚忍不拔的意志攻坚克难

会议室里,刑警们仍默不作声。

李作明的内心,却按捺不住怦怦地跳动着。他那一双锐利的眼睛,扫视了会场一周之后,斩钉截铁地开口了:"同志们,我们回想一下,从警以来,我们不知侦破过多少重特大疑难案件。今天我想问大家一句,当破案工作遇到困难时,我们应该怎么办?我的回答是,应该具有坚忍不拔的意志,攻坚克难!"

李作明这么一说,会议室里的气氛,顿时活跃起来。

是啊,只要回头看看咱副支队长侦破过的大小案件,又有哪一次不是通过坚忍不拔的意志而成功破获的呢?

从重庆市人民警察学校毕业以后,李作明被分配到渝北区公安分局工作。他先后从事过多个警种,干过派出所民警、治安民警,最后干上了刑侦民警。2013年4月,他以骄人的刑侦工作实绩,走上了渝北区公安分局刑侦支队副支队长岗位。

如果说李作明入警时的初衷,仅仅是想当一名人民警察的话,那么此时的他,早已实现了自己的人生理想,是一名从警二十多年的人民警察了。在重庆市人民警察学校的大礼堂里,他还曾高举起右臂,面对庄严的警徽宣誓。

他在心里,还升华了自己当初的誓言:不仅要当一名人民的好警察，而且要以坚忍不拔的意志攻坚克难，见证人民警察的忠诚。

"接了案件就是立下了军令状，不办结不办好，决不收兵！"这是他接下每个案子的时候说的第一句话。

刑警们还曾记得，发生在渝北区张家口的特大聚众斗殴案——

2013年12月，20多个社会青年因争风吃醋，手持砍刀、钢叉和棍棒相互斗殴，还鸣放了猎枪，造成三辆小轿车严重损毁、无辜群众受伤。此案发生在光天化日之下，影响十分恶劣。李作明负责侦办此案。犯罪嫌疑人的社会关系十分复杂，他们侦办的难度多大啊。李作明克服了各种干扰和阻力，与专案刑警奋战在第一线，抓获了包括主要犯罪嫌疑人在内的26人，收缴猎枪一支。案件的成功破获，得到了重庆市和渝北区领导的高度赞扬。

刑警们还曾记得，发生在渝北区冉家坝的系列车窗被砸案——

2014年春节期间，冉家坝一带的居民常常报警称，停在路边的私家车一夜之间车窗被砸。车内物品被盗价值虽不大，总共才折合人民币8000余元，但是系列案件的发生，却影响了群众节日的安全感。李作明主动放弃了春节长假，带领专案刑警开展侦破工作，锁定了三名犯罪嫌疑人，破获车窗被砸案件30余起。有一位赵先生是从新加坡回国定居的华侨，他的车窗被砸后，因为车内只有500元现金被盗，所以没有报案。当李作明将他失而复得的500元现金送到他家中时，赵先生感动地说："这点儿小钱对我来说算不得什么，但看到中国刑警破案神速，我感到回国定居有了安全感。"

刑警们还曾记得，发生在渝北区龙平街KTV的故意伤害案——

2014年10月，八名社会青年因口角原因，手持棍棒将四名在KTV内消费的无辜客人殴打致伤，其中有三人受伤严重，有一人成了植物人。李作明再一次带领专案刑警开展破案工作，力争在最短时间内抓获嫌疑人，给受害者一个交代。他没日没夜地分析、研究案情，最终确定了八名犯罪嫌疑人的身份，并陆续将其全部抓获，维护了法律的尊严。

李作明办过的案子，多得记不清……

不过，刑警们还记得清，分局刑侦支队支队长冉义智和政委陈德林,上周在支队全体刑警工作会上公布了一组数据:李作明共侦办各类刑事案件3680余件,其中重特大案件20余件,办理的所有案件不仅没有出现过一例执法过错,而且审结率和满意率创下了百分之百的佳绩。

不过,刑警们还记得清,李作明经常对他们说:"每一名刑警要把群众的利益放在心中最高位置,就要通过自己的打击防范工作让群众少受损失或不受损失,必须打防并重,打是主动进攻,防也是主动防御,重点要在防字上下功夫,做好群众思想上的防火墙,提高老百姓的防范意识才能有效降低发案,最大限度减少群众的财产损失。"

不过,刑警们还记得清,在取得这些破案、打击和防范工作实绩的背后,李作明作出了多么巨大的努力啊!而他和他的家庭,又曾作出了多么巨大的贡献和牺牲啊!

李作明的父母都已七十高龄,至今仍在田野间辛苦劳作,住的是上世纪60年代修建的简易瓦房,室内没有一件像样的家具。李作明的妻子洪梅,十年前从一家乡镇企业下了岗,一直没有找到合适的工作,全家只有李作明一人的工资收入。尤其让李作明感到纠心的是,他那可爱的儿子李欣阳,在11岁那年颈部周围逐渐肿大起来,经医生诊断为疑似恶性淋巴瘤,生命周期有可能超不过五年。李作明与妻子商量后,决定采取手术治疗。医生又说,采取手术治疗,可能会延缓淋巴瘤的生长,但效果如何难以保证。李作明夫妻二人到处求医问药,跑遍了不少大医院,不仅花光了全家的所有积蓄,还欠下不少外债,儿子的病情仍不见好转。懂事的儿子安慰他们说:"爸爸,妈妈,你们赶紧给我生一个小弟弟吧。我要是出现什么意外的话,等你们老了,哪个来照顾你们呢?"

"男儿有泪不轻弹,只因未到伤心处",李作明这个钢铁硬汉,听了儿子这一席话,也忍不住失声痛哭……

五、狡猾的狐狸难敌猎手的机智

瞧！这就是我们的李作明，刑侦支队 120 多名刑警眼中的李作明，渝北区公安分局 1700 多名民警眼中的李作明。他没有照顾好自己的小家，因为他的心里始终装着大家；他没有照顾好自己的儿子，因为他的心里始终装着案子。

夜已深，花已眠。美丽的山城，早已沉沉地进入了梦乡。

刑侦支队的会议室，仍然灯火通明。案情分析会，开了个通宵达旦。刑警们的发言，非常热烈。

李作明综合了大家的分析，对案情进行了深入研判。他汇总各方面的情况，分析出诈骗黄大爷钱财的犯罪团伙窝点在广东省电白县这一重要的破案线索。

当天，他将案情分析会的情况向分局党委作了专题汇报。

"专案组刑警即日移师广东，务必破获此案，给党和人民群众一个满意的交代！"分局党委作了这样的决定。

电白县，古代这一地区因多雷电而得名。广东是改革开放的前沿，地处广东省西南沿海的电白县，近年来经济迅猛发展。然而大江东流，沉渣泛起，这里的各类违法犯罪活动日渐猖獗，尤以电信网络诈骗十分突出。在当地少数人中，甚至形成了"不以为耻，反以为荣"的不良社会风气。

作为一种新型犯罪，电信网络诈骗案件以高智商为突出特点。犯罪分子利用群众的善良心理，给素不相识的群众打电话，或冒充公安民警，或冒充亲戚朋友，编造各种谎言，诈骗群众钱财。觉悟高的群众接到这些"隐身人"的电话后，立即拨打 110 报警，避免了上当；觉悟低的群众，则乖乖地把现金转到对方的银行账号上，少则被骗几千上万元，多则被骗十几万元、几十万元，甚至数百万元。这类案件的社会危害性，几乎超过了其他所有的侵财类案件。

李作明侦办的黄大爷被诈骗案，只是其中之一。

电信网络诈骗案件已经成为团伙作案，并形成了严密的"链条"。每天，有专门负责给群众打上千个电话的，称为"话务员"；有专门驾车跑各家银行取款的，称为"车手"；而负责组织策划的为首者，则称为"操盘手"。其严密的分工合作，很难让侦查人员找到突破口。

茫茫大海，捞取针丝。李作明应从哪根"链条"开始突破呢？

"狡猾的狐狸，难敌猎手的机智。"李作明信心十足地说。

李作明办案有一个特点，爱分析，爱推理。他经过仔细分析推理之后，认为侦破该案必须从"车手"开始突破。

后来的事实证明，李作明的分析是多么准确，他的推理又是多么符合逻辑。

这是猎手的机智，是李作明的机智。

在电白县，李作明把专案刑警分成三个组。白天，他和专案刑警像一只只猎鹰似的飞出去，严密地蹲守在各家银行的 ATM 机前，等待"猎物"的出现；晚上，他和专案刑警又像猎鹰似的飞回来，分别住在不同的小旅馆里。

20 多名专案刑警身着便衣，在电白县城所有银行的 ATM 机前蹲守了三天。然而，三天过去了，狐狸始终没有出现。个别刑警耐不住了，产生了撤回重庆的想法。

李作明信心百倍地说："别急，再等一等！是狐狸就总想吃到葡萄，当葡萄摆在他们面前的时候，狐狸是一定会出现的。"

李作明和专案刑警，连续蹲守了五天。

第五天上午，狐狸终于露出了尾巴。当一高一矮两个青年开着豪车到农业银行的 ATM 机前取款时，守候多时的刑警迅即将两人擒获。经突审，高个子是"话务员"赵晓钟，矮个子是"车手"罗小林。他们都是电白县人，专干电信网络诈骗这一勾当。

两个家伙还交代出"操盘手"谢云富……

六、干刑警不怕在刀尖上行走

作为刑侦支队副支队长，李作明常常对青年刑警说起这样的话:"我们选择了干刑警,就不要怕在刀尖上行走。"

是的,刑警长年累月出生入死,与犯罪分子打交道甚至短兵相接,危险随时都有可能降临。

回想当刑警的二十个春秋,李作明已经记不清他经历过多少次在刀尖上行走。

有一次,李作明抓捕一名部缉逃犯,那家伙装得相当老实,却乘李作明不备时突然掏出匕首,向李作明的心脏猛刺一刀。李作明一侧身,刀锋擦着他的心脏而过,刺中了他的左臂,鲜血如注。李作明强忍住剧烈的疼痛,凭着自己的勇敢和无畏,制服了这个家伙……

青年刑警田小华和李旭,曾多次见证过李作明遭遇生命危险。每一次,李作明都化险为夷,战胜了强敌。

这次在电白县,李作明的对手谢云富,也非同一般。

谢云富上过自费大学,考公务员仅差两分。后来,他在社会上东混西混,还混了两年黑道。他会自制一种爆炸力强的手雷,用以吓唬别人。最近两年,他见电信网络诈骗很来钱,就组织起这么一个诈骗团伙。他买了十几部手机交给"话务员"赵晓钟,又办了上百张银行卡交给"车手"罗小林。他自己则负责全盘的组织策划。他的头脑相当灵光,电脑玩得溜熟。比如,当"话务员"诈骗得手,受骗群众将大笔钱款转到他们的指定账号上以后,他能在很短的时间内将全部钱款分散到自己掌握的上百张银行卡上,方便"车手"取款。显然,这是一个既狡猾又凶狠的危险分子。

谢云富住的电白县麻岗镇,离电白县城有30多公里。赵晓钟和罗小林被重庆警察抓捕的消息,早已像长了翅膀似的在电白县传开了,谢云富当然晓得自己罪孽深重,难逃法网。所以,他像毒蛇一样蛰伏起来,还随时怀揣着一颗自制手雷。他以为这样就很安全了,外地警察没胆量来抓捕他。

李作明却想出了更高的招儿。

11月27日,太阳刚冒出海平线,麻岗镇来了五个闭路电视检修工。他们在这家查看一下,在那家检修一下,最后来到一幢新建的洋房前。

"请开一下门,我们是检修闭路电视的。"一个四十出头的中年检修工按着门铃。

"来了。"房门打开了半扇,一个油头粉面的青年人探出半个脑袋。

"是谢云富的家吗?"中年检修工问。

那青年刚想说"是",转而又想说"不是"。站在不远处的另四个青年检修工,早已猛扑上前,将他摁倒在地。那青年突然从怀里掏出了一个黑乎乎的东西,正要引爆。中年检修工手疾眼快,飞起一脚将那东西踢出两丈多远。随后,他们赶过去拾起那东西一看,正是一枚自制手雷,好险!

中年检修工是李作明。四个青年检修工,有两人是刑警田小华和李旭装扮的,另两人则是前来协助抓捕的当地警察。

至此,三名犯罪嫌疑人全部到案,李作明和专案刑警将他们押解回渝。

那天,退休老工人黄大爷领到了刑警追回的全部款项20万元。

那天,整个渝北区沸腾起来了,几个大胆的群众还在刑侦支队的大门前放起了庆贺的鞭炮……

其实,对李作明而言,这只是胜利的开始。在此后的两年多时间里,他先后组织破获电信网络诈骗案件1270余件,打掉电信网络诈骗犯罪团伙10余个,为国家、集体和个人挽回经济损失1640余万元。

他还坚持一手狠抓破案,一手狠抓防范,先后组织各类宣传防范电信诈骗活动1650余次,组织发放宣传资料1400万份,防电信诈骗宣传做到了家喻户晓。由于防范措施有力,仅2016年,银行就协同渝北警方成功阻止市民汇款50余次,阻止潜在损失200余万元。

他还不断总结创新侦查工作新模式,撰写了《电信诈骗犯罪法律适用问题调研报告》、《当前电信诈骗存在的新问题及建议》、《浅谈电信诈骗的侦控模式》等10多篇调研报告,总结了一套针对防范电信网络诈骗的举措。

为此,他曾先后荣获个人二等功 2 次、个人三等功 3 次、个人嘉奖 13 次,还荣获了"十佳民警"荣誉称号。2017 年 5 月 19 日,全国公安系统英雄模范立功集体表彰大会在北京人民大会堂召开,李作明被授予全国特级优秀人民警察荣誉称号,受到习近平总书记的亲切接见。

我们再拿渝北市民田茂林被电信诈骗 10 余万元的案件来说吧。从 2016 年 10 月至 2017 年 3 月,李作明和他的专案组历时近半年,最终抓获了五名犯罪嫌疑人。这不,当李欣阳在重庆医科大学儿童医院进行手术治疗之时,李作明正与专案刑警,乘坐在返渝的高速列车上……

七、尾声

重庆医科大学儿童医院的病房里,静谧,安详。

李欣阳躺在病床上,正在输液。做了这么一次大手术,他好像去生死的边缘上走了一遭,觉得自己好累呀。这些天,身旁陪伴他的,只有妈妈。而此时的李欣阳,又是多么想念爸爸呀!

爸爸最疼他。他还记得,爸爸曾陪他在树林里捉迷藏,在沙滩上放风筝。那风筝在天空中飘着,像一朵云……

"爸爸,你办完案子,抓完坏人,快些回来吧!"李欣阳在心里轻声呼唤着。

呜……呜……高速列车向前飞奔,山城的轮廓隐约可见。李作明收回驰骋的思绪,回到了现实中来。

"儿子,爸爸回来了!"李作明似乎感应到了儿子的呼唤,那是只有亲人之间才有的心灵感应啊。

早晨 6 点多,旭日东升,霞光万丈,美丽的山城迎来了新的一天。

当高速列车驶进重庆北站,李作明和专案刑警押着五名犯罪嫌疑人走出车厢时,等候在站台上的渝北分局战友就纷纷迎上前来。

李作明办完移交手续，随即打了一辆出租车，向儿童医院急驶而去。

这一天是 2017 年 3 月 19 日，已是李欣阳做过手术后的第二天了。李作明在又一次圆满地完成了侦查破案任务以后，风尘仆仆地赶到了医院，赶到了儿子的病床前。

作为一名父亲，他是不称职的；而作为刑警和刑侦支队的副支队长，他是称职的。他是优秀的刑警，是刑侦支队的优秀领导。他再一次以自己的誓言，诠释了人民警察的忠诚。

千言万语，皆难表达；有何感情，胜过亲情？一家三口人，紧紧地、紧紧地拥抱在了一起。

恰在此时，前来慰问的渝北公安分局政委陈德林一行，看见了这感人的一幕。他们站在病房外，手捧着鲜花，不愿去打扰这幸福而又多难的一家！

（原载中国公安文学精选网）

蓝色刀锋[①]

——上海市公安局经济犯罪侦查总队一支队的故事

林 楣

每一次立于黄浦江畔，眺望屹立江畔鳞次栉比的摩天大楼，"金融中心"四个字就会跃入脑海，这几乎是上海的另一个代名词。

再俯瞰黄浦江——上海人民的母亲河，浅蓝色的江水滚滚向前，奔流不息。这条历史上最早开凿疏浚的河流之一，承载着上海进军世界国际金融中心的深厚底蕴，也迸发出令世人惊异的蓬勃朝气。

上海已经基本确立以金融市场体系为核心的国内金融中心地位。同时，正向着2020年基本

[①] 文中涉案人员均为化名。

建成与中国经济实力以及人民币地位相适应的国际金融中心目标全力迈进!

金融,一个与国家、与人民、与上海,也与上海市公安局经济犯罪侦查总队一支队息息相关的词。

一支队被称为金融安全的守卫者,更被上海人民誉为"蓝色刀锋"。

蓝色,因为他们守护着浦江之蓝;

蓝色,因为他们身着蓝色战服;

蓝色,因为他们经蓝色火焰砥砺淬炼!

2017年5月,国务院授予上海市公安局经济犯罪侦查总队一支队"模范经侦支队"荣誉称号。

那个下午,那之后的三天,我用笔记录、用耳聆听、用心感悟,我走近、走进了他们,走进了"蓝色刀锋"!

愈走近,我愈深知淬炼的艰辛、淬炼的煎熬,我体察他们的难处苦处气闷处伤心处和喜悦兴奋处。我从一个个经济侦查民警的个体身上,看到了随着时代变化的经济侦查工作的变化,也看到了他们从老一辈经侦民警血脉中继承的英雄气概。而在时代价值多元化并存的今天,我更看到了一支充满时代特色的现代警队!

于是,我的笔便从淬炼开始,解答我心中的一个个疑问——

淬炼从啃硬骨头开始——锻造成型第一阶段

每一次踏进经侦一支队的大门,都惶惶然。与其他采访不同,采访一支队之前需做大量的功课,要认真查询相关的金融知识。即便如此,每一次采访的上半场也需先听"金融讲座"。侦查员先得给我们进行有关案件的金融知识普及,否则采访很难进行,犹听天书。

与一支队业务有关的金融、法律知识是个庞大的体系。《刑法》中关于经济类犯罪的罪种共有八十九个,其中涉及金融类犯罪的有四十三个,也就是说,几乎一半经济案件的侦查工作,要由一支队承担。

一支队共有民警五十人，其中共产党员四十二人，平均年龄三十五岁，本科及硕士以上学历占90%，拥有公安侦查、金融法律、财会、外语、计算机等各类人才。1999年7月，上海市公安局经济犯罪侦查总队挂牌成立，一支队主要负责打击金融领域重特大诈骗犯罪。2013年3月，根据新形势的发展需要，总队将一支队和负责金融秩序类犯罪案件的二支队作了整合，由此，新组建的一支队负责管辖上海金融领域犯罪的所有罪种。这样的调整，顺应了上海金融快速发展的形势，同时也对承担打击金融犯罪的一支队提出了更高的要求。这需要有攻坚克难的能力，更需要有勇挑重担的担当！

2015年年底的一天，轮到杜孔值班。

杜孔三十出头，探长，手下四五人，年富力强。天冷，他刚倒杯热水坐下，门口进来一瘦小老头儿。

老人捏着一张银行账单仰着脖子问他："警察同志，我儿子今天收到了银行的催缴单。可我们没办过信用卡啊！我们该怎么办？"

接过账单，杜孔马上与这些天办理的一起案件挂上了钩。与老人一样，未办卡却收到了莫名的信用卡透支账单，有些人急得喉咙冒烟，话都讲不清。

老人眼泪汪汪地要杜孔帮他开张证明，证明他儿子是"清白"的。公安局没有这个职能，但确实承担着还原事实真相的职责。杜孔印象很深，老人唠唠叨叨，他儿子马上要结婚了，要买房要贷款，而这张八万元的信用卡透支账单可能导致老人的儿子暂时不能贷款，不能贷款就不能买房，不能买房就不能结婚不能生娃……

老人忧心忡忡，杜孔紧锁眉头。

此前十多天，杜孔他们刚结了个案子，是一起关于公民个人信息泄露的案件。信息内容翔实，姓名、住址、工作单位、通信方式等，甚至家庭婚姻车牌车位。当时，此案查下来，逮进来几个人，是个松散型团伙，专门在网上叫卖公民个人信息。只要姓名手机号的，价钱便宜；要更多内容的，价钱则逐一升高。

由此案，一条线索延伸开来。

杜孔对"线索"有种与生俱来的敏感。我曾问他，是不是干经侦十多年了，练出来的？杜孔说，如果你改行做了刑侦，也一样。这就好像警犬的嗅觉。这个比喻不知是否恰当，反正就是这个意思，在几百条线索中甄别，在一个已经结案的案子里将有用的线索继续经营下去，是一种侦查功夫。这既是对线索中有价值的人和物的敏感性，也是对继续侦查的一种韧劲。练是百分之七十，与生俱来是百分之三十。

杜孔说，当时他们结了那个小案子，总觉得事情没完。几个小喽啰能干得了这事儿？其中三个，只有小学二年级文化，写自己的名字都难，学习上网就折腾了半天，他们是怎么拿到这些信息的？这就是杜孔嗅出来的线索。他觉得这个事情没那么简单。

年底之际，正是除旧迎新之时，但是一支队却无停歇之意。陆陆续续来了几位报案人，如前面的老者，个个沮丧悲观。有个中年妇女失魂落魄地说，我不知道自己哪个环节出了问题，是在网上购物时暴露了自己的信息，还是上次去看新房子时登记的信息太详细了？我绞尽脑汁地想，让我老公一起想，可一直没想出个道道儿来。我都不敢在网上购物了，我觉得是这个地方出了毛病。太吓人了，说我欠了银行十二万。跟银行去说，还要好多好多证明，还要等，说什么要一个月。我哪里等得及？可不等又不行。我觉得自己现在是个透明人，被别人监视了。警察同志，到底是哪里出了问题？

的确，哪里出了问题？这也是杜孔和队友想要知道的答案。

杜孔问了一句："你的身份证平时随身携带吗？"

妇女说："装在包里啊！"

"身份证丢过吗？"

妇女一下子缓过神来："丢过的。难道是身份证出了问题？"

妇女更加紧张了，捂着包一脸惊恐。

杜孔若有所思，手里的笔在桌上"噔噔"敲了两下，一个想法跃入脑海。

事实上，这个想法杜孔之前已有过。此时，与妇女报案的信息正好相匹配。

一个切入口打开了。

分管此案的是一支队副支队长张瀛，大高个儿，三十出头。这两天他的工作本上画了大大小小十几个方格子，这个方格子就是身份证。因为他去有关金融机构详细了解过，办理信用卡，必须持有身份证。

那么，受害人本人并未到银行办理过信用卡，这个卡从何而来？询问受害人时，这个关键点问得非常仔细。现在，杜孔敲门进来，把脑子里的想法一说，两人不谋而合。六位报案的受害人都称身份证或遗失或被盗过，那么，这个共同点就是此案首先要突破的症结。

看来，有这样一个人，拿着受害人真实的身份证前去银行办理过信用卡。在窗口办理信用卡时，因为某种原因躲过了或是骗过了工作人员的询问和检查，最终办理了一张张真实可用的信用卡，当然，卡的主人应是那张身份证上的面孔。

此案的难点在于，之前，一支队未碰到过个人征信系统与银行卡挂钩的案件，且量如此巨大。几位侦查员似乎都找到一点儿感觉，但是又说不明白这个感觉是啥。身份证、银行、窗口……哪个环节是要害？从何突围？是否有有关机构的内部人员参与？直接调查，是否会打草惊蛇？

每一步都必须想到、想实，做好、做实。

张瀛与杜孔一商议，决定先来个大面积"安全检查"。

向总队报告后，一支队向上海多家银行机构发出协查函，要求梳理筛查一段时间内办理信用卡的录像资料。张瀛和杜孔是这样想的，在窗口办理信用卡的这个面孔若与所持身份证上的面孔不同，那么就是重点排查对象。

这是一个海量的排查工作。按照既定原则，银行大堂内的录像、办理窗口的录像，以及银行门口周边的社会探头录像全在排查范围之内。

总共二十多家银行，保存的一个月内的所有录像资料，加起来总共10GB。这是一个怎样的概念？一般人没有感觉。打个比方，将这 10GB 的图像资料全部打印出来,可以堆满一个房间;也相当于二十部电影,连续不断分秒不停地观看,要看两天两夜。

然而,这 10GB 并不是电影,并非轻松愉悦地浏览,而是要一帧一帧地仔细辨别。首先要挑出办理人与身份证照片不符的;若确定目标,再观察目标人在大堂游荡时,是否有同伴;出了银行,同样要观察是否有接应人员,同时还得还原其进出轨迹。

整个专案组总共八人,可以说,一个星期日夜连轴转。四人在外调查,四人在内看录像,六小时后,换班。这看录像是个眼力加体力的活儿,但时间过长会有"眼盲",再看也看不出来,所以得换班。

结果,还真挑出了十几个不是给自己办信用卡的家伙。

总共十一张可疑面孔,通过大数据比对,结果失败了百分之七十。为啥呢?因为录像资料条件太差,图像模糊不清,输入大数据库后,根本无法识别。就像被打了马赛克的脸,人家计算机看不清!不过,还有百分之三十,也就是其中三个人露出了蛛丝马迹。

这三人身材矮小,长得精瘦,都在二十出头。在柜面办理信用卡时沉着冷静,有问必答。最令人惊讶的是,他们填写相关资料信息时,无一错误,完全准确。也就是说,为办理一张信用卡,他们不仅要持有被办理人的身份证,还要准备好所有的信息,作案准备相当缜密。

此时,已是 2016 年 2 月中旬。

专案组隐约感觉这不是三人结伙,而是一个庞大的犯罪团伙。团伙分工明确,应该有专门搜集公民信息的,有购买拾遗公民身份证的,有到柜面办理的,还有在办卡成功后专门提现的,等等。

那么,这个犯罪团伙的据点在哪儿?头目是谁?案件侦查到何时收网?一系列问题,专案组必须覃思研判,不能有一丁点儿的瑕疵。

然而,事情并未如预料中的顺利。仅有的线索,也就是浮出水面的三个马仔忽隐忽现,始终不暴露与上家的联系痕迹。

中止?还是终止?

此案不结，社会征信系统将受到严重危害，还有那些受害人对公安机关的期盼也会大打折扣。张瀛、杜孔、郑洁良等，八个人都憋了一口气。有时候破案就像解谜，在不知谜底的旋涡中徘徊，不停进击、不停被冲击，与旋涡斗争，也与自己较量。

真的是一种意志力的考验！

在最关键的时候，张瀛对大伙儿说了一句话："每一张信用卡后都有一个受害人！为了这每一张卡、每一个受害人，我们必须坚持到底！"

为了这个"坚持到底"，专案组的八个人使用了最原始最艰辛的跟踪策略，跟！跟着三个马仔，不相信他们不露马脚！上北下南，十几个省市，马不停蹄，未有停歇。

整整一个月，八人未归家。终于，3月下旬，一个"提现"的马仔冒出来了，接着，两个三个，一环接一环，专门购买公民身份证和公民信息的出来了，专门接听银行办卡查询电话的也出来了……

这个具有强大反侦查能力的团伙逐渐眉目清晰。他们在银行作案时刻意回避摄像头；在平日生活中几乎不使用任何电子通信设备；使用POS机套现时一层转一层，到第二十张卡时，才真正将钱提出，而其本人署名的银行卡始终不会出现；在银行打来核实信息电话时，他们通过所谓的技术手段，将外地手机号全部改号为上海本地的，以增加可信度。这是一个文化水平不高，犯罪技术含量却不低的作案团伙。

然而，他们的这些所谓的技术，在经侦一支队的蓝色刀锋面前，完败！

此时已是5月，江南桃花灼灼菜花烁烁，一片春光明媚。

5月6日凌晨，专案组会同湖南、广东警方三地同步收网，将王文、刘旭等八名主要犯罪嫌疑人拿下。24日，剩余十五名犯罪嫌疑人全部归案。

在湖南长沙的犯罪嫌疑人据点，打开房门的一刹那，几个嫌疑人正在有模有样地接听银行电话，报着手里捏着的那张纸上准确无误的信息。还有一个财务在认真做账，其精细程度令人瞠目结舌……

当然，这一切都在警察的那句"我是警察，不许动"之后化为泡影！

再用一组数据为此案作一说明：专案组捣毁信用卡窝点 4 处，缴获作案用身份证 2000 余张、手机 400 余部、手机卡 2000 余张、私刻公司印章 300 余枚、征信报告 5000 余份！

当然，还有一个数字也须写明：在作案期间，犯罪嫌疑人盗刷资金近 1000 万元人民币！

若此案不破，这个数字必将增长，何其恐怖！

此案系上海迄今破获的案值最大的信用卡诈骗案件。它的成功破获再次向世界展示了上海警方维护良好安全银行卡支付环境的坚强决心和专业素质，同时也为今后侦破同类案件提供了范本。

案件侦破后，一支队会同有关部门剖析研判，向金融机构提出了加强相关防范工作的有效措施。

当然，案件的最后，应该为读者作几点说明。一是怎么会有那么多的真实身份证流入犯罪分子的手中？经查，其中一部分是遗失后被人挂到网上出卖的，还有一部分是窃贼盗窃成功后掠去财物，再将身份证卖给了另有"用途"的不法分子。二是那么多的征信信息为何会到了犯罪分子的手中？近年来，随着公民个人参与市场经济的机会增多，个人信息被暴露的机会亦增多，被非法泄露转卖的可能也增大。三是如何杜绝防范？公民应最大限度地保管好自己的证件及财物，若被不法分子利用，要及时报案，只要完整取证，就可避免损失。

这个流窜沪、粤、浙、鄂、湘等七省市的特大信用卡诈骗团伙被一网打尽，是一支队攻坚克难、自我淬炼的生动例证。然而，此案并不是他们遇到的最险恶最困难的。

在这三年里，他们遇到过一个真正强大的对手。与其过招，一支队的侦查员说，每个人都像到金融学校学习了一年。

那是 2015 年，中国证券资本市场产生了一阵剧烈的波动，数千万股民损失惨重。

这是一起从未遇到过的新型金融犯罪，一支队面对的是一个强大的对手,他隐匿在黑暗中,不仅具有惊人的金融股票知识,甚至在他身后还有一个"智囊团",帮助他游走在"合法"和"非法"的灰色地带。

这个神秘的对手究竟是谁?在他面前,一支队侦查员原有的金融股票专业知识一时显得如此匮乏和单薄,他们将要面对的是一个陌生的甚至可能是布满机关的陷阱。

参战侦查员迅速聘请专业教授,开展股票行业知识的闭关修炼。三天内,所有办案人员消化了近40GB的文字数据资料,内容涉及金融、财务、税务、法律等各个方面,他们通宵达旦地进行专业知识的学习和补充。赴外地工作时,每位办案同志的背包里都装着十多本专业类书籍,为与那个躲藏在暗处的对手正面过招,侦查员们铆足了劲。

几天后,一个号称"总舵主"的大师露面了,此人戴一副眼镜,沉默寡言,一脸斯文。

与他谈到案情,他故作淡定,抛出一些行业内的"天书文字"。问他名字,他不屑地回答:"你们不是知道吗?"

他非常自信自己的专业优势,傲慢地反问:"你们懂股票吗?"

他抛出了一个又一个故弄玄虚的烟幕弹,有意将侦查员引入重重迷雾之中。

这一仗一支队是边打边学,边学边打,他们甚至咬紧牙关暗中向这个高智商对手学习。对手得意忘形,他们刻苦钻研;对手嘲讽鄙夷,他们积极谋划;对手以为可以逃脱法律制裁了,他们已经知己知彼、胸有成竹!

在不断的修炼中积累了攻坚克敌的能量,终于,一支队以顽强的意志,抢占了专业高地,一举突破了王遐自以为是的心理防线,他顿时溃败服输了。

那天,这个一直被人尊称为金融大师的傲慢分子颓丧地低下了头。他说:"我服输。实话告诉你们,我高薪聘请了一个强大的律师团,几年来,从没有出过纰漏,可这次却彻底被你们打败……"

此案,还有之后的"8·23"21世纪传媒敲诈案,"7·9"以高频交易手段操控市场、牟取暴利的新型操纵犯罪，等等，一支队都是从数万页的交易数据里成功挖掘出嫌疑人的犯罪证据，在艰苦淬炼中他们攻破了一个又一个难关。

成功侦破此类新型大案，为全国同行作了范例，更向国际社会有力展示了中国警方打击新型金融犯罪的能力，有效树立了中国政府维护金融市场的坚定决心。

淬炼要与时间争分夺秒——锻造成型第二阶段

侦办金融案件有个特点，那就是时不待人。

受害人账户里的钱被犯罪分子控制，分分秒秒就可能会被提走，若不快马加鞭，则损失巨大。

雨声淅沥，雨雾迷蒙。

2016年2月6日晚，是上海人俗称的小年夜，也就是年三十的前一晚。这晚对警察具有重要意义。因为年三十这天，多数民警会参加节日安保工作，或坚守岗位或增援外出，大多数不会在家吃年夜饭，所以很多人就提前一天也就是小年夜和家人吃个团圆饭。

一支队副支队长蔡晔从警十几年，几乎一半的春节是这样过的。他给老婆打电话，让夫人早点儿动手准备，别等几位老人来了，菜还没齐。夫人嘟囔一句："年货都是我准备的，你也没帮忙，瞎操心，真是！"

蔡晔"呵呵"傻笑一声，想想也是，好像真是瞎操心！这么多年，自己就是打电话隔空指挥，似乎把家弄得妥妥当当，其实哪件事是亲自做的？从孩子上学到老人看病，具体行动都是夫人！今天照旧装模作样去指挥，夫人不领情哪！

看看手表，下午5点16分，还有十几分钟就下班了。嗯，待会儿回去给老爸老妈，还有老婆大人敬杯酒……想到这儿，蔡晔叹了口气，有种滋味怪怪的，说不出。

说不出就出去逛一下，到兄弟们的办公室看看。隔壁房间很热闹，五个小伙子在打扫卫生，节前卫生总动员。蔡晔很高兴，这事没指挥，他们几个就行动了，真不错！于是连声表扬："还知道干净了，不错不错！快收拾好，早点儿回家吃团圆饭！"

小年夜吃团圆饭，在一支队，在很多警察家庭已是约定俗成。

兄弟们应着："知道知道。挂个红灯笼！"

蔡晔笑了，知道这红灯笼的意思……

傍晚6点15分。走廊里安静了，兄弟们都撤了，各自奔赴在回家团圆的路上……蔡晔起身关灯、锁门，就在按电梯按钮的一刹那，手机响了！

是值班室的电话！蔡晔心一沉，听着听着，便迅速回身开门开灯，然后就在微信群里发出信息："速回！有急活儿！！！"

三个感叹号代表着回的速度要快！要超快！

还在往家赶的弟兄们看到这三个感叹号，个个一身鸡皮疙瘩，说无所谓那是假。一边赶一边给家人发个信息："先吃，有情况！别等我。"

侦查员有个坏毛病，那就是给家里人发信息，话都极短。生怕说长了，家人会多问，那是说也不好不说也不是。所以，就短，短得像命令，短得冷飕飕。

说警察家属不难过那是假的，但是，不能问哪！憋着，一直憋到人家活儿干完，回来给个拥抱，算是回答了一切。

这晚，一支队四十多名侦查员全部赶回支队。四十多个家庭的所谓年夜饭就泡汤了！虽说这是常事，但也不免遗憾。

那三个感叹号的威力来自一个报警电话。

上海一国企单位紧急报案，说他们在某银行山西省分行营业部存有二十亿元资金的银行账户被他人控制，资金被盗划。

再过十二个小时，也就是2月7日早上8点，全中国人民将进入春节长假状态，而银行系统也将"休眠"——其内部系统将关闭。而外部系统，供市民存取钱款的系统仍正常开放。

这可以概括为一句话，作案人仍可以通过外部系统将钱转移，而警察却失去了支持破案的内部系统。

十二个小时！一次绝命的考验。

所有办公室齐刷刷地亮灯，一个简短的案情通报会后，几路人马各自领活儿，出发的出发，上网的上网，打电话的打电话……

这种角色的转变是职业化的。窗外霓虹闪烁，万家温馨团圆，都已与他们毫不相干。

而唯一刻在脑子里的是"12"这个数字！

迅速启动警银协作快速查询冻结机制。这是上海市公安局经侦总队近年来根据侦查需要而不断完善健全的办案机制。

一查，发现已有两亿资金流出。而这些资金已陆续转了四层，被分散到全国，涉及三十多家银行两百多个账户。这些账户大部分开设在太原、唐山、青岛、北京等地，开展冻结工作难度极大。但是，资金划转速度远远快于民警赶赴外地开展工作的速度。怎么办？专案组决定放弃传统的纸质文书冻结流程，充分发挥警银协作机制，跨越空间限制，异地冻结。在市局、总队的组织协调下，在上海银监局的大力支持下，先后冻结赃款19.4亿元。

那么，这个能够神不知鬼不觉地将两亿资金转走的家伙是谁？

夜色中，外围走访调查的一路人马争分夺秒。原来，2016年1月中旬，一名自称在某银行山西省分行营业部工作的中年人张大权通过多人居间介绍，来到上海该企业，向企业有关部门人员介绍了该行一款一年期固定利率4.5%的产品，相关人员不禁心动。

心动不如行动，企业财务就跟着这个张大权直飞太原到该行办理了二十亿元的一年定期存款。随后，张大权暗地做了手脚。在为该企业办理开户过程中，他使用了早已伪造好的该企业印鉴章作银行预留印鉴章，等到企业将二十亿元资金划入该账户后，张大权立即用事先伪造的印鉴章盗划了两个亿。两个亿就轻松地落进了他的腰包。2月初是第一个起息月，企业财务人员自行轧账，看是否到位。一看，魂飞魄散，二十个亿竟然缩水为十八个亿。

再查张大权的有关信息，可以判断是一个有金融专业知识的人员。他使用伪造的印章、协议，导致赃款分散，从而掩盖犯罪真相。

这个未谋面的对手非常狡猾，选在这个时间节点作案，他是有预谋的。他想到了警察会找到他,也想到了银行会冻结他的账户,所以,春节前一天动手,是个好时机!

调取有关录像,几乎没有一张正面图像。原来此人曾在部队服役,具有超强的反侦查意识。在作案过程中,皆在无第三人或单人情况下完成,且刻意躲避监控摄像头,衣装封闭,偶尔戴帽,将脸遮掩。

凌晨2点,张大权的同伙刘一水浮出水面。

此人系在沪游荡的山东籍男子,是幕后推手。张大权为啥要与他合伙?刘一水有个本事,就是瞒天过海到处诈骗。之前,吃过官司,吃官司原因与此案如出一辙。张大权与有丰富作案经验的刘一水合作,认为环环紧扣,天衣无缝!

不过,有一点,他们没有算到,那就是于警察而言,春节没有特别的含义!

再看时针,已是清晨6点,还剩两个小时,涉案资金已全部安全,一块石头落地。接下去,就是捉拿张、刘二人。

刘一水是个"老官司",估计警察会找到自己老家去。他突然后悔了,这事不该在春节前办,弄得现在有家不能回。又寻思,警察不会吃饱饭没事干,一个春节都守在我家门口吧?他左思右想,这个年到底回不回去过?于是就问张大权春节在哪儿过。张大权很严肃地告诉他,肯定不能回老家。于是这两个人就像见不得光的老鼠到处转悠,最后选择各自出逃,一个去了太原,一个到了北京。

2月7日。雨声停,雨雾散。

连续鏖战十二个小时的专案组进行了重新编队。

留守人员继续后台查询取证,抓捕小组准备出发。

一查,北京、太原那边都已是零下的温度,而上海还在零上七八度左右,回家取衣已然来不及,就把单位里能穿的衣服都带上,把警用毛衣也穿在里面,个个鼓鼓囊囊上路。

抓捕组有个小伙儿姓韩,采访时,他让我一定不要把他的名字写出来。但是,我想想还得写。说到这儿,他流畅的话语停顿了,低头在纸上画了两笔。

我追问,是不是遇到啥惊心动魄之事?

小伙儿哽咽:"不是,那天,我把生重病的老婆一个人扔在了医院。每次说到这个案子,我就会想到老婆,心里难过。"

"哦,咋把老婆一个人撂医院了?没其他家人陪吗?"

"之前是老爸老妈陪,陪了一个白天,小年夜是我陪,因为大年夜这天要开刀。"

"啊!"我心抽紧,"那得给领导说啊!这不好,要说!"

小伙儿歪着头:"没习惯说!看到三个感叹号,把想说的都咽回去了。这是我们的习惯。"

"那老婆一切都好吧?"

"后来开刀了,我不在。但是,她现在天不好就会伤口疼,一捂着伤口,我就自责……当然,那天就是我在,伤口也会疼。但是,有时会跟自己过不去。我们警察的老婆,其实比我们还厉害、还坚强!"

记下这段,我想是有必要的。为了这十二个小时,不只有坚强的一支队,还有坚强的警嫂、警爸警妈、警孩子们!因为我知道,一支队有好几个双警家庭,那晚,有两个孩子是自己一个人吃的年夜饭。

……

凌晨的山西,零下十几度。彻夜的守候,让衣着单薄的侦查员驻足难立。这一守就是六个夜晚,六个白天。

当冒着冰霜、顶着严寒,似人非人、似鬼非鬼的刘一水在年初六这天,鬼鬼祟祟地溜进银行大门,准备把划走的资金再做进一步处理时,"咔嚓",冰冷的手铐锁住了他的美梦。

刘一水说了句话:"大过年的,你们……怎么这么早就等在银行了!"

北京那边收官晚一天,张大权初七被抓。

这起特大金融诈骗案从接警立案到犯罪嫌疑人被抓捕归案,仅用九天!

抓捕小组回来那天,是全国人民过完新春佳节上班的第一天。

大伙儿在会议室里摆上了桔子和苹果,还每人泡了一杯热乎乎的咖啡。这算年后上班动员,也算过年加班小结,更是大伙儿一起"过个年"。

那会儿,还未播放电视剧《人民的名义》,但是我想,这四十多号人,放弃新春佳节,没有一个人说"哎呀,不行"或是"我得请假",他们真真切切是"国家利益高于一切,人民利益高于一切"。

"凭啥让国家的钱莫名其妙落进坏人的口袋里!不行,一分钱都不能让他们拿走!"这是侦查员袁维给我说的原话。

副支队长蔡晔笑着对我说:"那天兄弟们在墙上挂个红灯笼,是图个喜庆,是希望能安安稳稳过个年,结果愿望没实现,反而'保佑'来一个特大特急的案子,大家一个春节全泡在里面了。回来后,有人说,把灯笼扔了。我说,别扔,是灯笼让咱顺顺利利破了案,是个好灯笼!其实,我想灯笼挂在那儿,有个提醒,我们经侦的案子就得快侦、快破、快追,这是我们为保卫上海金融安全对社会的庄严承诺!"

我想,这个红灯笼是美好的祈愿,也是"运道"的意思。我与经侦民警交轻言浅,还不能理解和把握,或许是第六感?是灵气?是天赋?是接收到什么场发出的什么信息?有一点大约不错,运道总是被勤奋、坚韧、扎实、细致的努力照亮,而不是靠小聪明摘取的投机取巧。

我期盼"运道"时时围绕着勤奋坚韧扎实细致的一支队侦查员们。

淬炼要敢于创新、勇于开拓——打磨锋利阶段

若说啃硬骨头、和时间争分夺秒,是蓝色刀锋的锻造基础,那么敢于创新、勇于开拓则是它始终保持闪亮锋利的磨刀石。

一支队支队长周海峰对我说,一支队成立至今,屡破大案,与在侦查破案中科学研判、注重开拓创新分不开。金融环境日新月异,金融犯罪的专业化、衍生性、穿透力在不断增强。若固守阵地

吃老本,那就要被动就要落后,就打不了胜仗!

他的这段话可以此案为证。

21世纪初,有个叫P2P的东西从大洋彼岸飘来。P2P原意为"people to people",2005年从英国走向全世界。由借贷公司提供网上平台,供投资方和贷款方"个人对个人"进行交易,所以又叫P2P信贷,但安全性要求相当高。

P2P进入国内后,很快被贼人盯上,给它裹上了"互联网金融"的美丽外套,粉墨登场。

但是广大投资人并不能识别美丽外套的真假,加上投资心切,往往上当受骗。

根据此类案件的特点,一支队创建了金融犯罪的前期防控机制。在总队的协调下,他们和做情报工作的业务支队联手,开展"网上巡查",将P2P纳入视野。

按照借贷公司在互联网上注册的信息,时时监控时时寻找漏洞,一旦发现符合"漏洞"特点的可疑对象,就提前介入,为侦查破案寻找契机,也及时阻断老百姓的投资钱陷入更大圈套。

林植,1979年生人,一支队探长,文绉绉戴副眼镜,说话慢条斯理,这个"慢性子"对网上巡查特别有耐心特别有办法。

那天,2015年4月,一个叫"沪易贷"的网站进入了他的视野。

他看到一家名为佰强的公司在网站上发布了一则信息,意思是经营困难,暂停兑付投资人的返利资金。再查,这家公司2014年3月即注册,一年多,所谓的投资项目有几十个,大大小小涉及多个领域。在沪易贷的网页上,打着"信誉始终如一,安全值得托付"的标语,还配有公司法人的个人巨幅照片及光鲜的职业简历。

简历显示,那是一名有着十五年投资理财经历的知名企业家,职业生涯中创办过多家企业,在他名字后面挂了一大串社会名誉和豪华头衔。更具迷惑性的是,公司的注册地为上海某商业中心。

林植想,这花花装饰暂不去辨真伪,但是难以兑付返利资金确具极大隐患。有两种可能,一是公司经营不善,暂无能力返款;二是本来就无能力返款，利用拆东墙补西墙的办法维持骗局，而这一面面墙就是投资人的钱。若是第二种情况，则后患无穷。

林植马上将案情汇报，支队领导同意按照前期防控机制介入调查。

结果，这一查，问题大了去了。佰强公司为达到快速大量募集资金的目的，在网上发布的投资信息有相当一部分是虚假的。也就是说，他们从老百姓口袋里挖出来的钱，其中很大一部分在玩"东口袋进西口袋"的游戏。投资人不知情，可能等来一笔返利资金，其实是后面不知情的另一位受害者的投资钱。

一支队特别关注这类案件的原因还有一个，那就是关系到社会面的稳定。六百多名投资人，涉及资金1.9亿元人民币！试想，一个人因投资不利极可能引起一个家庭的不稳定，有几百个这样的家庭就不是小事了，吵架、自杀，甚至引发其他暴力型案件……

专案组分析，万一这家公司资金链断裂，负责人极有可能逃之夭夭，那么投资人将无处追款。

怎么办？

在制定前期防控机制时，一支队特别强调两点：一是要最大力度地打击犯罪，快速迅捷地破获案件；二是要尽最大可能挽回老百姓的损失。

这两者缺一不可。不能为了单纯打击犯罪，将嫌疑人一抓了事，要讲究策略，讲究方法，讲究时间。

为坚守这两点，林植和他的战友们巧动脑筋，循序渐进，可以说是殚精竭虑。

先将公司负责人吴啸风"请"进来，对他"软硬兼施"，既像尊重金融老大哥一样地将他稳住，以防止他狗急跳墙逃之夭夭，又像教育犯错误的小学生一样给他严厉警告，责令他尽快兑付投资人钱款；同时，利用大数据平台，冻结、查封涉案资金和房产。

吴啸风回去了，林植他们没抓他。

不能抓，得让他回去把该处理的处理，有个别合法的投资项目赶快接洽理顺，能够运转起来。还有一些碰到阻碍的项目，专案组给予专业的金融和法律知识支持，让吴啸风能摸到点儿门路。吴啸风心事重重地回去了，他自己坦言，当初注册地为上海某商业中心，为的就是"好骗"，其实他在上海没有落脚地，他的一切所谓公司行为都是在安徽老家进行的。

专案组这样做是有风险的，吴啸风回去后会不会逃之夭夭？会不会另起花花肠子？

既然决定这样做，就必须保证方案百分百的安全。专案组与当地警方迅疾联系，确保了在一定程度上限制吴啸风的自由，同时又给他一定的自由空间，抓紧时间去干那些正经事儿。

其实，此时，还没有一个受害人报案。

然而，五个月后，上海市公安局经侦总队大门前一下子涌来几十个人。男男女女，情绪激动。

林植他们虽有准备，却没料到受害人会天南地北地集合而来。

五个月后，也就是当年十月，是沪易贷承诺返利的日子，投资人左等右等没有消息，就到处打听。一打听，不得了，听说公司负责人被警察抓走了！那还了得，人抓进去，那还有啥机会翻身？不行，去闹，把人"闹"出来！

老百姓的想法很直接很实际，他们认为只要公司的负责人是自由的，他们的钱就会回来。但是，他们从未想过这钱为啥会"没有"的。

如光影人像，站在不同的角度，光影侧重不同。

但是办案的人必须从案件的全面出发，尤其是这类涉及广大群众口袋里钞票的案子。所以在制定前期防控机制时，就特别强调严惩犯罪分子与最大限度地挽回受害人的损失，二者缺一不可。

支队长周海峰告诉我："公安工作是司法工作，更是群众工作。和老百姓打交道，不能马虎不能不耐烦更不能敷衍了事，如果有这种情绪这种想法，我情愿少一个侦查员，也决不会让他的'敷衍了事'影响我们的经侦工作！"

周海峰的这种斩钉截铁，在之后的采访中我深有感触。

一位广西的"80后"受害人在写给上海市公安局经侦总队领

导的信中说:"我举全家之力投资沪易贷,期望依托这个平台参与地方投资建设,分享国家经济发展带来的成果,可残酷的事实给了我们响亮的耳光,投资的失误给我们六百多个家庭、近千人的个体带来无可名状的痛苦。有人自怨自艾,萎靡不振;有人大病一场,长久消沉,悔恨、自责和谩骂充斥着所有的信息渠道;有的人家庭濒临瓦解,甚至有人就医无门,卖房抵债。2015年,我们感觉从未如此寒冷。"

一位年过花甲的江苏无锡市民在信中说,他投资的是养老钱,现在整天恐惧、失望⋯⋯

另一位江西南昌的受害者称自己因为投入资金较大,精神到了崩溃的边缘⋯⋯

半年多来,部分受害人家庭失和、纠纷不断、亲朋反目成仇,受害人无心工作,精神压力巨大。

在上海市公安局经侦总队大门口一次又一次集合上访的正是这样一群受害人。作为办案人员,林植他们从未吐过一个"不"字。

那天,一位羸弱的老人敲开了侦查员办公室的门,一句话不说。

办公室里只有一位刚分进一支队的年轻小伙儿,叫袁维。看到老人不说话,他有点儿奇怪,倒杯水,让老人坐下。

老人坐定,就开始流泪,但还是一句话不说,两只手比画着。

明白了,这是一位聋哑老人,袁维拿出纸笔请老人在纸上交流。

你写一句,我写一句,一个多小时,终于弄明白了。老人也是沪易贷的受害人,老家在河南,听了邻居的蛊惑,把一辈子的积蓄十二万元都投进去了。时间到了,在家里等着拿返利,一分钱没拿到。因为聋哑,信息不畅,几个月后,他才知道上当受骗了。老伴儿一急病倒在床,他赶忙借了亲戚两千元跑到上海来报案。这事儿他还不敢告诉儿子,因为这钱是准备给儿子娶媳妇用的。

老人到了上海,找报案的地方就找了两天。

虽然老人字也写得不顺溜,好多还是错别字,但是袁维非常耐心,他一字一句地对答。老人若是打个问号,他就再写一遍,用更直白简单的语言,甚至用画图的方式回答。两个多小时后,老人总算弄明白了这个陷人坑是个啥东西、现在该咋办、报案需要啥材料,接下去该咋办……

当受理好老人的报案,欲将老人送出门时,老人在门口停住了,他焦急地用手比画着,嘴里吐着含糊的字眼儿。看到袁维不懂,老人返回身去,在刚才涂满符号和字的纸上,认认真真写下:"谢谢你,警察同志!"

看到年轻的警察终于明白了自己的意思,老人放心地走了。

老人远去的背影,就像一座山,压在袁维心头。之前学校里诸多的从警教育,都没有这个背影如此真实,如此有力。一次普通的接待工作,老百姓满含深情地写下"谢谢"二字,袁维心中一颤,他真正知道了"警察"二字的含义,知道了自己所从事的经侦工作究竟是一份怎样的职业,也知道了从警的第一步该怎么走了!

这张写有"谢谢你,警察同志!"的纸被袁维珍藏在抽屉里。

周海峰告诉我,几乎所有的人都认为警察这个职业是理性而冷静,甚至有时是冷酷的,其实他们不知道,警察还是个感性的职业。警察的一腔热血是最真实的,为了受害人的一句"谢谢你"有时会乐上好几天,真是单纯得厉害!

闻听此言,我愈发能懂得在侦查沪易贷这起案件中,林植他们为何会有如此耐心。

一二百人一次、两次、三次地集合而来,上班来、下班来,到公安局来,也想方设法到民警家门口堵着……

这一次次来的内容不发生任何变化,就是重复叙述事情的经过,提出自己的诉求,还有就是向警察摸摸案子的侦办情况。不能因为这种"无变化"而一拒了之。林植说,得换位思考,若是我的钱没了,我是一种啥心情?我需要跟人交流。和谁交流最可靠?那就是警察。所以,我们决不拒绝!

向受害人如实告知案件推进情况,提供法律援助,同时也讲明为何在一定期限内有条件地限制犯罪嫌疑人的自由……要取得群众的理解,也要根据法律规定公开可以公开的案件内容。这是新时代侦破经济案件的特点。再往更深层次说,应该是群众工作新时代的特点。

这一点,我认同。

随着社会文明程度的提高,老百姓的法律意识逐渐增强,对与己相关的信息渴望度也增大,警察关门办案那已是过去,与案件当事人的合理沟通、人性交流,在很大程度上可以促进工作的顺利开展。

当然,要真正做到这一点,还是得"用心"。

周海峰告诉我,那阵儿,开会、午休、吃饭、上厕所,甚至晚上睡着了,都会接到受害人的电话,但从没有侦查员把电话按掉过,都是耐心接听、认真回答。

正是这份"用心",也正是提前介入的防控机制,才使整个案件顺利推进,嫌疑人吴啸风尽最大可能返还了受害人的钱款,同时也受到了应有的法律制裁。

结案那天,一支队非常热闹。

并非专案组在庆功,而是遍布全国三十多个省市、总共六百多名受害人的代表一批批来表示感谢,有面锦旗上书:为民破案立警威,人性执法暖人心!

"暖人心",真真切切,情深意浓!

那位聋哑老人没有来沪,但是他给袁维发来短信:小伙子警察,谢谢你!我现在终于可以好好睡觉了。

……

正是建立完善了前期防控机制等一系列创新机制,让一支队在侦查工作中,扁平化指挥、立体化打击、集约化取证,从打到打防结合,始终处于"战备状态"。

还是一起P2P案件。

2015年12月16日。上海浦东张江。长泰广场,奇强集团总部。

两名精悍青年走进董事长办公室,向董事长周柯出示警官证。董事长看他俩一眼,平静地欠了欠身,说:"让我跟这位老区来的同志谈完了再跟你们走行吗?"

坐在他对面的那个近五十岁的戴厚眼镜片的男人,看出跟周董事长说话的是警察,眼光就禁不住闪出一丝疑惑,然后就听到了警察的声音:"不必了吧。"语气虽然和缓,却不容置疑。

迟滞了几秒钟,董事长站了起来,对厚眼镜片男人说:"抱歉了。"然后转身,被两个警察夹在中间,走了。

暖冬的下午,饱受"厄尔尼诺"的困扰,气压低得让人透不过气。但是,聚集此地的一大群人却冷得骨头嘎嘣响。这冷不仅是身体冷,更是心里冷。兼具投资人和受害人双重身份的他们,已在这儿站了好几个日日夜夜,得不到希冀的答案,希望越来越渺茫,就觉得身体温度在一点点下降。

这些人,或捶胸顿足,或口吐秽言,或黯然神伤,他们不明白这个叫"P2P"的东西到底是什么,到底合不合法,为啥能一下子把他们的钱卷走?人群中,有个中年妇女打开微信,告诉周围的人,说微信传来可靠消息,奇强在某地的分公司被砸了!现在有几十亿元的窟窿,完蛋了,我们的钱统统完蛋了。还有消息说,被查处之后,北京、唐山等分公司也在近日停止运营,南京分公司也人去楼空,办公室里狼藉一片……

此刻,在上海市公安局经侦总队一支队,那两名将周董事长带走的精悍年轻人——一个是探长陈修俊,还有一个是陆漪康,正在向支队长周海峰汇报工作。

这起非法集资大案已引起国家高层和社会的高度关注。一支队倍感压力,因为涉案资金高达四十个亿,涉及地域太广,受害者多达上万人。

在暂时冻结的被查实的集团账户上,专案组发现账面仅剩一亿多元,另外二十九亿元已经凭空消失一年。

一年多前,这个所谓的周董事长并未如此春风得意,相反,百事不爽,事业爱情两不搭边。在银行十几年干下来,未成气候。周柯决定南下闯荡上海改变人生。2013年,奇强集团在陆家嘴隆重开业。2014年2月7日,上海奇强资产管理有限公司在上海浦东新区注册,注册资金人民币两亿元,经营范围为资产管理、投资管理、实业投资、创业投资,入驻浦东张江核心地块新崛起的商业中心长泰广场,实际控制人为周柯。

更令人咋舌的是,仅仅一年多,奇强集团"突飞猛进"。周柯就像一个高超的魔术表演家,神奇魔棒轻点,分支机构就像一簇簇鲜花盛开在全国各地三十个省市。三级分支机构近四千家,员工共计十万余人。

扩张为何如此迅猛?高薪和高回报是杀手锏。

探长陈修俊在调查时,一位员工透露,公司底薪原本是六千元,提成每个月20%,提出"大干一百天"(类似口号在"奇强"很频繁)后,底薪上升至一万元,拉五万元单子立马转正,每个月加发四千元。人事部有个女同事入职十来天,信用卡套现五万元投资,然后顺利转正,头衔也变成了人事经理。集团老总普遍是"90后",管理方式简单粗暴,谁投钱多谁就能"年轻有为"。一般情况下,升职以后就会越投越多,甚至有人把房子卖了投资。

在进一步调查中,专案组发现,所谓的集团领导层会使用"激励性"政策鼓动大家,比如,他们有句口号叫"要成功先发疯,头脑简单向前冲"。同时,在所谓的经营项目上尽量向"绿色"靠拢,涉及金融理财、建筑装饰工程、商品贸易、"未来公益"和"环保公益"基金等众多领域,具有极大的欺骗性。

面对脉络复杂、资金庞大的奇强集团,一支队"扁平化指挥、立体化打击、集约化取证"的工作机制发挥了重要作用。从调动人员到走访调查到取证固定都有较成熟的指挥保障机制。这个机制中除了公安部门,还有社会其他相关单位,合成作战,集约行动。

这个案子,参战民警十六人,每两人一组,每两人拖三个拉杆箱。读者会问,拉杆箱派什么用处?警察办案还需要拉杆箱?

这就是一支队与其他警察办案的不同之处。

金融案子所涉及的案卷材料以及各类相关资料极其庞大,有时一个小案子所需查证的财务账目就要装一个拉杆箱,当场不能全部核实,就要拉回办公室,通宵查证。

这个案子，涉案金额达四十亿元人民币，进进出出几十万笔账目，涉及全国三十个省市，时间跨度达一年，所以每个小组每次查实一个线索就要查阅调取一厚沓材料，何况，每天不仅仅查实一个线索。

陈修俊告诉我，有一次，他们车子里装了五个拉杆箱，两个侦查小组一起工作，为把材料找齐，一天内跑了几百公里，还仅仅是在上海市内跑。由于负重太重，车子最后罢工了。怎么办？两人一边找地方修车，一边喊了出租车继续工作。最后到单位碰头已是深夜11点，四个人竟然都没吃饭。

写到这儿，得说点儿题外话，那就是侦查员为啥老是不按时吃饭。

读者或不了解内情的人觉得是书匠杜撰，为了煽情瞎编。那么，我就说一下这个"不吃饭"的事儿。

那天，我随警采访。早上碰头，一见面，他们就客气地说："林老师，先给您说一下今天的工作内容，一二三……"

走访、查证、讯问……满满当当，他们是按照每项工作日常所需时间进行安排的，如此，午饭时间是半个小时。然后，两位侦查员抱歉地说："林老师，今天吃饭时间短，咱们就在路边找个小店吃，您看成不成？"

有啥不行！

然而事与愿违，每项工作的进度不以人的意志为转移，最后我们吃饭只用了十分钟，买了汉堡包在车里吃的。

我相信，那天是因为我，他们才客气地买了汉堡包。如果我没去，那车里的一包饼干就是干粮了。

要问，有必要这么拼命吗？其实，这也是我想问的问题。

他们说，走访调查某些单位、某些关系人，约好了时间就必须按时赴约，否则对方有事不等我们，那也没办法。而且有些调查的内容只能在特定的时间段进行，比如银行系统，去晚了，或者去早了，都查不到。有时为了调取一个账户的信息，得开车十几公里到开户银行去，而马路对面的银行就是不能查。这就是规矩。提审更是如此，中午下午加起来也就几个钟头，不能连续讯问，也不能占用嫌疑人的吃饭午休时间。因此，我们只能压缩自己的时间，所以不按时吃饭很正常。就像那天，车子坏了，手里还有两个活儿要做，哪有时间吃饭啊！

知道了侦查员不按时吃饭的原因，我就想着，真应该有种快餐食品，安全营养保温，能让这些人民卫士好好保重身体。

在侦破奇强案件时，连续鏖战几个月，专案组十六名侦查员一天两顿，真是常有的事儿。

不过，他们的"饿肚子"终有收获。

奇强集团的真面目日益清晰。他们为了吸引更多的客户，紧跟时代潮流"创新"、"转型"。

"互联网+"、"APP"、"在线理财"、"高收益"，新时尚、新平台，吸睛元素齐备，撩拨得投资人浮想联翩，跃跃欲试。果然有人捷足先登，再后来就趋之若鹜了。

一个巨大的空麻袋是怎样背米的呢？它的选项是"红色+公益"。

在奇强集团官网上，有党建动态、团青风采、政策宣导、党务专栏等内容。集团内到处可以看到"壮大队伍建设，扶贫攻坚双不误"、"心系民生，优化服务"之类的招贴。至于企业使命，那更是宏大：保卫地球，建设家园。

2015年7月，在"上海奇强梦公益基金会"启动仪式上，周柯表示要让关心和支持慈善事业的每一位奇强人都参与济困、赈灾等公益慈善工作。而后，锦旗、捐赠证书、荣誉证书、表扬信……纷至沓来，琳琅满目。

张扬和高调，就是它要的效果。"红色基因"便是它成功套住一位位投资人的秘诀之一。

案发翌日，奇强官网继续发出一则报道：奇强集团将全力推动革命老区建设。

这就是当日探长陈修俊、陆漪康前往抓捕周柯时的那个场景。周柯正与老区来的人"一本正经"谈投资建设。

到案后，以周柯的个性，哪肯轻易服输。面对讯问，一张利嘴咬定他的项目是真实的，即使非法募集的资金也是用于项目经营，而非个人挥霍。

整个讯问，是犯罪者与打击犯罪者不见枪弹不动声色却又是你死我活硝烟密布的较量。表面看去问者似乎漫不经心，随意问，也任你顺嘴答，其实是在探虚实、摸弱点、寻破绽，抓住能刺穿彼盾的己矛，收紧几个关键结子织成一张兜对象于其中的网。

终于，周柯垂吊网中。之后，七十九名犯罪嫌疑人亦全部归案，追缴赃款十八亿元左右。

发还赃款那天，疲劳过度的侦查员嘶哑着嗓子告知受害人案子已结了，能追的赃款先发还给大家，专案组还会继续奋力追赃，请大家放心。

坐在下面的一位老年受害人看在眼里，于心不忍，他犹豫再三，走上前去，给民警鞠了一躬："好好保重身体，为我们，你们受累了！谢谢！谢谢！"

这是真诚的理解和信任！

几个月来的疲劳一扫而光。十六名侦查员都笑了，很开心！

2016年4月5日，上海市政府发布的《关于印发本市进一步做好防范和处置非法集资工作的实施意见的通知》明确指出，要调整充实上海市打击非法金融活动领导小组成员，增设案件侦办组（市公安局牵头）、信访维稳组、宣传教育组，同时建立非法集资黑名单制度。

这一实施意见为进一步打击非法集资犯罪、健全完善一支队的扁平化指挥机制提供了保障。

一支队还转变金融领域犯罪"报案、破案、预警"的传统模式，打造"深入核心+动态巡防+跨前调研"三位一体的金融犯罪打防控新机制。他们先后与金融监管、行政执法、行业协会等部门建立二十余项合作机制，实现了信息共享、案件协查、打击整治、防范宣传的高效联动和无缝衔接。

中国（上海）自由贸易试验区一成立，一支队便走访了自贸区管委会、工商、税务等多家单位，深入分析自贸区建设中可能出现的风险问题，并研究提出了相关工作建议，及时发现弥补了金融管理中的制度漏洞和薄弱环节。

未雨绸缪，倾力护航！

淬炼蓝色刀锋，还需抗氧化——找漏洞提建议

锻造可成型，打磨愈锋利，润滑则使刀锋保持持久的抗氧化性。

采访时，支队长周海峰几日未见，后再三约定，终得一见。原来他重任在身，每日在城市另一边的"据点"指挥工作，这边的活儿就交给几位副职。

不便问他手里是个啥活儿。但是，一见面，周海峰就说，不能光写一支队是怎样打击犯罪的，不够全面。现代警队一定是打防结合的队伍。防范有两种，一种是提前介入的防控机制，还有就是破获案件后的补漏洞机制。尤其是经侦警察，在打击金融犯罪的同时，还要善于发现漏洞，发现那些金融业界工作环节中的漏洞、可能被犯罪分子利用的漏洞。我们每侦破一起案件，都会做这项工作——梳理漏洞，及时与有关部门联系，并提出合理化的建议和意见，通过专业部门制定规范措施，最大限度地防止案件再次发生。

周海峰说，这好比是润滑剂、是保护膜，能够保护金融单位，也是保护我们自己。警力有限，案件高发，难免精力不足，办案质量会下降，所以要通过案件侦破后的补漏洞机制，进行预警性防控，这也是科学合理使用警力的有效措施。金融是个大环境，是个大体系，警察冲锋陷阵打击金融犯罪义不容辞，但是，能够有预见性地制止犯罪也是同等重要。何况上海这个国际金融中心与一般城市相比，金融犯罪案件的类型和数量都不可同日而语，这一招就好像润滑保护，可以抗氧化。

周海峰的话给了我启示。一味地打击是主动也是被动，但是，根据已破案件预警性制定防范措施，那就是主动上加主动。

这是大金融意识，也是大公安精神。

2013年8月，有两个普通的字眼让上海市民频频热议——泛鑫。热议原因有两点：一是泛鑫公司还不了保险人投保的钱，这个钱高达十三亿元；二是泛鑫公司有个美女高管，名叫陈怡，把钱卷走了。

老百姓搞不清楚到底是谁把钱卷走了，也不知他们是用啥办法把钱卷走了，就不停地问：那我们到底能不能够参加保险？哪类保险公司是合法的？保险公司和保险代理公司有啥不一样？

要回答这些问题，就得层层剥开泛鑫的真面目。

8月12日下午，上海市保监局报案称，在日常监控中，他们发现有家名叫泛鑫的保险代理有限公司擅自将寿险产品变造为固定收益理财产品，并大肆对外销售。

未按照经营许可，泛鑫公司已违规。更可怕的是，其实际负责人、一个名叫陈怡的女性主管不见踪影。

一支队迅即成立专案组。赶到泛鑫公司，只见三四百名员工惶惶然。每人心里都有小九九，作为业务员，他们"拉进"的每一笔业务都是有说法的。原始标的不存在，那么业务回扣、工资、奖励，甚至这份工作是否保得住都难说。

警察现场要求他们，从现在开始，不得擅自离开上海，必须随叫随到，协助调查案情。

专案组成员明白，那个已失踪的陈怡极有可能是罪魁祸首，但是否有员工参与作案，目前还不清楚。必须先控制住局面，从人到物。

外围调查小组反馈信息，陈怡连同另一个名叫姜皆的公司顾问已离境一月有余。

这一个月里，对于高管的离去，公司员工是从认为正常到有点儿怀疑再到心中惶惶然，毕竟一月有余，即使度假，也该返家了。再一打听，离去的还有另一位公司顾问，忐忑加重。

但是，家无主的日子也得过。毕竟谁都不知这两个人到底干吗去了，或许是拓展海外业务，谋发展创大业去了呢。

守家的这几百号人按照那位离去的上级主管陈漪教给他们的办法,将那款所谓的收益理财产品继续向外推销。

一个大高个儿业务员向侦查员曹阳反映,他们的主管陈漪非常年轻,是个温婉的江南女子,说话细声细语,平时穿着时髦,虽然他不懂,但是听其他懂行的"美眉"说都是名牌。衣服他不懂,但是,他懂车,陈漪曾开名牌跑车来上班,后来又换了。反正,陈漪给人不一样的感觉,就是个能人,不像其他公司的主管,婆婆妈妈,整天睡不醒的样子。

曹阳问:"陈漪穿名牌开名车和开展业务有何关系?"

大高个儿显然有点儿激动:"陈漪也不是上海人啊,是南京人,她也是到上海来打拼的,可她能打拼成这样,让人羡慕啊!我要向人家学习!听说她也是从一个小业务员开始做起,一年多就做到了主管,而且还是很优秀的主管。所以,她手把手地教我们怎么开展业务,我们都很认真地做笔记。我们信服她……"

在调查中,专案组发现陈漪的风格甚至影响到了整个泛鑫,泛鑫灌输给员工的理念是"做别人做不到的事情,享受与别人不一样的生活"。

再看看公司里的一些员工:男的,劳力士、爱马仕、博士(西装);女的,香奈儿、卡地亚、黑丝袜。员工说,这个标配公司尽管没有明确,但是,出去做业务这身行头非常有用。不管行头真假,一见面,客户就被业务员的衣装镇住了。所以,陈漪多次给员工上课,要求他们不惜血本地提高穿着品位,还说,这是成本,只要做得好,可以翻倍地收回来!

既然有前人带路,后人大踏步跟上!

专案组紧锣密鼓地调查走访,泛鑫的敛财轨迹逐渐清晰——

保险公司与保险代理公司有本质区别。代理公司应按照法律规定与监管部门许可承担"居间"工作,将保险公司的保险业务推销给需要的特定人群,从中收取居间费。然而,陈漪操控的泛鑫公司却打着保险的名义,推销理财产品,巨额利润是最大驱动。他们凭借一款所谓的长期寿险业务,愣是将业务做得红红火火,每月进账千万多元。实际上他们玩的是"长线短做",将二十年期寿险产品拆分包装成"一至三年期高收益理财产品",号称年收益10%左右。同时制作多个版本的理财协议,年收益从6%到12%不等。

通过这种模式,保险代理人,也就是业务员,至少能拿到50%以上的佣金。后面呢?后面就靠拉到新的客户来填补前面的资金亏空。一旦资金链断裂,"游戏"便无法继续。

客户是业务员发展的,很多业务员都把家人亲戚朋友拉下了水。

刚进公司的业务员小张,为了能做成第一笔业务,求他母亲帮忙。乡下的母亲咬咬牙,将手头的十万元全买了所谓的保险。后来,小张要升经理,母亲全家总动员,舅舅、姥姥、叔叔、大伯都来帮忙,一家子凑了五十万元,小张顺利当上了经理,自然月薪也提高不少……

泛鑫就是这样发展壮大起来的。三四百名业务员成为它的销售大军,泛鑫成为沪上极具知名度的保险中介代理公司。很多年轻人都想进泛鑫,但是,进泛鑫的前提条件是要去拉一笔相当辉煌的业务,以证明其能力,即便如此,仍然趋之若鹜。

再问,这么多客户对自己的钱到底买了个啥玩意儿是否清楚?其实,很多人压根儿不知道自己买的是保险,业务员只告诉他们"保本保息"。他们在推销时坚守一条:尽量口头承诺,若客户再三要求,才会出具一份自制的书面协议,但是,这份协议与保险公司真正授权其代理的产品风马牛不相及。前面已说过,泛鑫制作了多个版本的理财协议,业务员会融会贯通、灵活掌握。

这条违法轨迹的复原,是专案组通过与近四百个业务员逐一对话取得的。在获取证据的同时,也厘清了泛鑫的所有账目,每一个业务员做了多少业务,每一笔涉及多少资金,一一记录并汇总。

参与办案的副支队长杨杰告诉我,这么大的取证量他们仅仅在三天内完成,这是前所未有的。之所以要快,是因为近四百人需要及时控制,否则离开一个就会造成证据链的缺失,同时,犯罪轨迹越清晰,对案件的定性就越准确。

其实，何止四百人，每一笔所谓的保险业务涉及的相关人员，杨杰他们都尽可能地查访询问。

这是一项艰巨的工作。是什么力量支持着杨杰他们将破案当作绣花，当作织锦？

他们哪里来的"打井要见底"的韧劲？

杨杰跟我说，侦查破案就是获取证据、还原真相。特别是金融犯罪案子，没有人赃（证据）一起到位，就很难将真相辨明，就不是我们说的铁板钉钉。那么，罪罚相当如何实现？而且，在追查搜集证据的过程中，我们可以挖掘梳理此类犯罪的特点，也可以知晓犯罪分子到底钻的是什么空子。我们不仅要破案，还要补漏洞。

这个话，和周海峰说的是一个意思。我想，这个理念已经渗透进他们的骨髓。

外围调查小组也取得进展。

陈漪和姜皆两人先逃香港，后飞韩国，最终落脚斐济。

当即，在专案组的提请下，公安部发出"红色通缉令"，向全世界一百九十个国际刑警组织成员国发布协查通报，特别对斐济及其周边的澳大利亚、新西兰等国进行了通报。

2013年8月17日，在公安部、上海市公安局相关部门，以及斐济执法部门的配合下，专案组精确掌握了陈、姜二人的落脚点。

追捕组出发！

这次万里大追捕极其辛苦。韩伟峰等七名侦查员从上海起飞，至香港转机，马不停蹄准备办理转飞斐济的航班时，却发现当日已没有班次。若等，就得耽搁几日。如果嫌疑人在这个时间段内"洗白身份"，抓捕工作又会遇到新的阻碍。怎么办？抓捕组当即决定乘坐飞往新西兰的航班，再转斐济。

在新西兰移民局的紧急协调下，抓捕组终于在起飞前不到五分钟坐上了香港至新西兰奥克兰的航班。十多个小时的飞行，所有乘客都进入睡眠状态，而飞机上却有七个人利用纸笔在商议修正抓捕方案。并非准备工作不充分，而是确定了陈、姜二人的落脚点后，抓捕组便马不停蹄出发，多一分钟耽搁就多一分隐患。所以，精细的抓捕方案只能在飞机上进一步修正。

人是疲劳的，精神却是高度集中的。

韩伟峰告诉我，这就相当于打仗，脑子里全是战役内容，一刻松懈不得，直至战役结束。

甫抵斐济，已是三十个小时后。未合眼、未吃饭，他们马上会同斐济移民局和警方开展工作。

在机场，已取得瓦努阿图身份的陈漪、姜皆正准备登机逃往他国。当中国警察出现在两人面前时，惊恐、颓丧、无奈，各种表情在他们的脸上交替出现，然后一句话都没有。

如同上了一条航向错误的船，那是一条从高崖跌落瀑布的船，或许靠侥幸躲过急流和礁石，但无法改变粉身碎骨的终局。

8月19日晚上7时30分，两名犯罪嫌疑人被押解回沪。

飞机落地，暮色满天。

总队长戴新福、总队政委胡斌勇在停机坪向他们招手，迎接七人凯旋。

我问韩伟峰当时的心情，他说："不是喜悦，也不是激动，难以形容。"

那么，让我来试着形容——

那是一种冲破黎明前的黑暗，曙光初现旭日即将东升的欣喜感；那是一种突破艰难险阻，终于攀援到顶的成功感；是对自己智慧与体能的一次检验；是自我价值的确立与实现；更是"潮平两岸阔，风正一帆悬"的境与界。

韩伟峰笑了。韩伟峰和一支队的侦查员们珍惜这份感觉并把感觉珍藏，在往后的日子里，默默滋养身心，照亮前路。

我问："你们喝酒了没有？案子破了，要放松下吧？"

杨杰和韩伟峰说："案子破了，第一件事是梳理'漏洞'，来不及喝酒。"

泛鑫案的巨额损失肯定不会由消费者承担，但是由此引发的群体退保和资金窟窿可能会对保险公司产生不小的震动。专案组针对保险中介套取保费、骗保等问题梳理了三个大项七个小项，提出了针对性的防控措施,将一份完整的建议和意见交于相关部门。

至此,专案组认为案件完美收官。

我想,这个"完美收官"是令人尊重的。

这是一种纯粹的职业精神,是使命与责任的实现,是对"经侦"二字的生动诠释,更是诠释了他们保卫上海金融的坚定决心!

现在,外地朋友来上海,只要乘两次地铁,就会知道有个移动电视节目叫"智慧经侦"。这是一支队和其他经侦兄弟单位为提高群众防范意识,以案说法、以案说防范的专题节目,每天在全市各地铁站台、地铁车厢内、公交车厢内超过六万余块的屏幕上多频次滚动播放,每天收视人群达到两千万人次。

预警性防控,无时无刻!

淬炼刀锋,需打造坚韧刀背——凝心聚力,打造现代优秀警队的"精气神"

采访最后一天,我有幸参加了一次"视频会议"。

那天,一支队政委李江晖楼上楼下跑个不停。他说:"等会儿有个重要会议在七楼召开,待忙定再与你聊。"

我一探头,看到会议室里男女老少总共十多人,有两个孩子才两三岁,胖嘟嘟的,煞是可爱。

一群人中,三个警察,其中一个就是李江晖。

我纳闷儿,这是一个什么会?两岁小孩儿也来开会?

下午2点,会议室的两台电脑开启,会议室当中的一台大屏幕电视机也开启。

一阵杂音之后,电视屏幕上出现了一张英俊的脸庞,有点儿诧异的神态,过一会儿大概看到了坐在这边电脑前的老人,一下子笑了,喊了声:"姆妈!侬好!"

老人很激动:"好!好!你好不好?"

"我很好。你们放心!这段时间你们辛苦了。带宝宝很辛苦的,我知道……我知道……"

"不辛苦。宝宝胖了,你看看!来,宝宝来……"

老人叫着那个两岁的宝宝,还在满地踢皮球的小胖墩儿被硬叫到电脑前。

"快看,这是谁啊?"

电脑里的年轻爸爸兴奋期待地看着宝宝,不停地喊:"宝宝,宝宝……"

可惜小宝宝只看了他一眼,也没叫爸爸,又跳到地上踢球去了。

年轻爸爸显然有点儿失落。老人连忙安慰他:"孩子太小,不懂。两个月不见了,他是不认得的。你回来后,马上就认得了。"

"哦……"年轻爸爸应着,不停左顾右盼寻找宝宝,可惜宝宝再也不肯过来……

过了一会儿,一对母子坐在了电脑面前。

那边是位头发乱糟糟的中年男子。儿子一看到爸爸,大笑:"老爸,你头发怎么这样?"

爸爸不好意思地说:"没时间剃,没时间剃。今天应该剃个头。很难看啊?呵呵……"

"老爸,我参加足球队了。刘宇跑得太慢,老师让我上了。咋样?我说我能进足球队吧!"

"不错,不错!踢球注意安全,别硬跟人撞,伤到身体耽误学习不好。"

"我知道!"

……

这对父子话很多,坐在一旁的妈妈都插不上话。末了,这位刻意打扮了一番的妻子深情地看着丈夫,只说了一句:"注意身体。少抽烟!"

……

两个多小时的视频会议结束。我知道了这是一个怎样的会议。那头是离家在外工作的五位专案组成员,因案件关系,没有上网通信的条件,平日只能与家人短信联系。

五十多天，担心、思念，牵着两地。于是，支队政委李江晖想出这么一个办法——远程视频会议。在与专案组指挥部联系后，选了个合适的时间，然后五个人就找能上网的地儿。这边，把家属们统统组织起来，一场隔空对话就开始了。

　　虽然，那天，最后一个小女孩儿哭哭啼啼不让爸爸走，弄得大家有点儿伤感，但是老老少少十多人离开会议室时还是很高兴。至少，有个平安的消息，足矣。

　　做警察的家属，其实他们早就适应了，适应了这种离别、这种牵挂、这种担心，甚至这种陌生！

　　但是，这种种的种种绝不是理所当然。

　　李江晖说，队伍在外面打仗，若无坚强的保障，日久，难免兵力损伤，气力殆尽。

　　这保障从组织到物质、到精神，缺一不可。警察也是普通人，有普通人的脆弱和无奈，需要宣泄和帮助，需要扶持与关心。说警察屹立不倒，那是假话。

　　今天这个远程视频会，就是为了让在外工作的侦查员和许久没见面的父母妻儿聊上几句。别小看这几句聊天，作用大着呢！两头都安心，一个安心工作，一个全力支持。

　　当然，思想政治工作没有这么简单。

　　3月的一天，李江晖被总队领导叫了去。

　　"小江，你队里有个民警的老婆生病住院，你知不知道？"

　　李江晖摇头。

　　领导说："民警出差在外，你得多关心他们的家属。要通过多种渠道多种方式，尽可能地给予帮助。家属生病住院好一阵了，不好意思给组织添麻烦，所以不说，但是，我们要关心啊！"

　　李江晖觉得奇怪，总队领导怎么会知道？

　　后来，上门慰问家属时，李江晖才知道总队领导是通过微信了解到的。

　　当然，总队领导没有民警家属的微信，是七转弯八转弯通过别人的微信信息了解到这一情况的。

李江晖是个男同志，不方便把队里几十人的老婆或者女朋友的微信加上。再说，你想加，别人也未必愿意。毕竟距离太近会有压迫感。

李江晖想了个办法——曲线救国。

他知道女同志和女同志容易说话，队里几位女侦查员和有些家属关系很好，有时还一起带着娃出去搞亲子活动。对！可以让她们搭个线通个桥，传个信息递个话儿，而且她们都有微信，甚至还有微信群。他得不到的信息，她们可以告诉他！于是，李江晖很认真地分配给那几位女侦查员一个工作——做信息员。不是打小报告的信息员，而是传递组织温暖的信息员。谁家娃谁家老人谁家妻子生病，不管需不需要组织帮助，都请说一声！尤其是侦查员在外工作的时候，那更是一定要说！

李江晖说："我们也生过病，知道生病的时候身边没人是啥滋味；也知道生病的时候，有个人能来倒杯水打个饭举个盐水瓶，虽不是大事，但要安心很多。所以，总队领导找我之后，我就下定决心，再也不让我们一支队的民警家属一个人孤零零地待在医院……"

家稳定了，才能安心工作，才不会有心事。几位支队领导有分工，每天上班先到各自分管的探组转一圈，打个招呼问个好，顺便"察言观色"。谁今天脸色不好心情不爽，那就多问两句。到底是身体不舒服，还是有难事缠身？尽量通过对方能接受的方式给予关心和帮助。

这每天上班串门式的关心，可以基本掌握队伍动态，当然，要真有问题，还是要进一步去了解化解消除。

李江晖说："你想想，我们侦查员穿着警服开着警车出去工作，他不是代表个人，是代表国家代表法律，每天思想要高度集中。如果脑子里思虑重重，那就干不好工作。说难听点儿，我还要担心他们的安全，开车、说话、办案，别出岔子。"

李江晖和一支队党总支的担忧不无道理。

影响一支队民警的因素不仅仅来自家庭、个人，还有社会。

经侦民警不比其他警种，他们所接触面对的个体或群体可能更

"财大气粗",身价动辄千万上亿,即使不是嫌疑人,只是案件调查中的关系人,也开名车戴名表,房产四五套。对于多数只守着一套房、有的还在为房贷节衣缩食的经侦民警来说,这种差距显而易见。防范"金融腐蚀"是个很现实的问题。

民警在办案过程中,当事人以各种方式拉拢腐蚀侦查员的不在少数。

举个小例子。在侦查"3·5"非法集资案时,民警小王发现有人给自己的手机充值话费一千元,还在想这是咋回事儿时,门卫通知他有个快递。拿到快递打开一看,是一套价值三万元的纯金纪念品。小王马上向组织进行汇报,同时以恰当的方式将礼品退给当事人,不过那一千元话费,费了他好大的劲才给退回去,自己还贴了手续费。

现金、礼品,请吃请玩,甚至还有人把心思动到了办案民警家属的身上,真是无孔不入。因为他们知道只要打开了这个缺口,一丁点儿付出就可换回之前的巨大"损失"。

不过,这个缺口从未打开过!这是一支队引以为傲的。

经侦民警被人称为"白领警察",不知情者,以为经侦警察是警察中的"白领",其实不然。这个"白领"是指经侦民警工作的对象基本是白领阶层,从工种到收入。但是,经侦民警从未艳羡,从未在巨大的物质差异前沮丧。

相反,一身警察蓝是他们永远的骄傲!只要穿上警服,他们就会目光炯炯、英姿飒爽。对于这身警察蓝炽热的忠诚和热爱,只有真正穿着它的人能懂!因为懂,所以,能够抗拒那么多的诱惑,能够坚守清贫,能够享受寂寞!

李江晖说:"一支队党总支、一支队领导要做的是,时时刻刻提醒每一位侦查员保持头脑清醒,决不能因小失大!"

对民警个人及家庭的关心爱护是解除他们的后顾之忧,而帮助提高侦查员的综合素质则是给他们配发装备精良的武器。

李江晖带我去侦查员的办公室转了转,看看他们日常的工作状态。

当时是下午4点半，几乎所有的办公室都没人，除了综合室。

我们推门而入，一个戴眼镜的年轻女警察在打字，见我们进来，起身。我凑近看，她正在写一份立案报告。电脑旁边放了两本书，一本是《刑法一本通》，另一本是《刑事诉讼法一本通》。两本书都有砖头那么厚。我再一回头，每个办公桌上都有几本书，除了这两本，还有诸多金融、法律、财务、心理学等方面的书。

之前采访任何一个警种，包括刑警，都没有这种情况。经侦警察哪能如此好学？我不禁提问。

李江晖说："这是工作逼的。金融犯罪所涉及的知识面太广。我们这支队伍很多人是学法律科班出身，对金融知识不是很熟悉，但是，你不懂就干不了活儿啊！最起码的股票、债券、保险，你得懂。还有近年来出来的新花头，好多我们都是第一次听说、第一次办理。不能糊里糊涂地破案子啊，法律哪容得了一丁点儿的糊涂，所以我们每天都在学，每个案子都在学。"

怪不得，采访第一天，我看到会议室里满满一屋子人，没出去办案的侦查员全坐在里面。最前面在播放PPT，一位侦办此案的侦查员在与大家分享"得与失"。下面听讲的不仅有副支队长、探长，还有资历年龄都长于他的老侦查员。

李江晖说："这是一支队的制度，每月一次或两次的学习制度。成功案例的交流学习、外请专家进行专业知识的授课、党建书籍月度会、核心价值宣传等常态化的理论学习，等等。尤其是金融知识，我们特别强调，没有底线、没有止境，随时学习、随时更新。因为金融这个领域实在是太丰富庞大了，不俯下身来真心虚心地学习，就别想做一名合格的金融警察！因为你根本无法与你的对手对话！"

李江晖的话让我想起那大随警采访的一个细节。

下午，我随林植、袁维一起提审。提审的对象是一个金融犯罪老手，四十多岁，诈骗集资几百万。此人还有两个同伙，一个因全部退还赃款且认罪表现好已取保候审，一个与他一样已在看守所里度过了一个冬天。

此人双手被铐着,老老实实坐在提审凳上。林植问,他答,两个小眼睛始终在我与林植之间晃荡。他不知今天来的这个女警察是啥来头,以前从未见过,到底是换人办案了,还是案子出现了新情况?所以他的每一句话都是在脑子里滚了几遍才说。

林植今天提审的目的是要他将隐藏的犯罪情节如实供述,小眼睛不停地重复:"反正我是不知道的。我就是听了他们的话,然后就开始操作了。"

看到林植不接他的话茬儿,小眼睛就开始说一些于我非常生冷的字眼。林植始终不说话。小眼睛大概觉得警察默认了他的说法,越说越起劲,从头至尾把他伪装成一个受害者……

突然,林植厉声指出:"借贷宝是通过互联网人与人之间的连接机制,实现直接金融交易。有实名借贷,也有匿名出借,不管何种方式,都存在借贷双方。你把自己藏起来,能藏到哪儿去?"

小眼睛一愣,然后就闭口了。

……

提审结束,林植告诉我:"小眼睛是个金融业老手,做了十几年,正的邪的都懂。可以说,他懂的金融知识非常丰富。每次提审他都会绞尽脑汁把自己肚子里的货理一遍,他可能有不下十套方案来对付我们。他自以为丢给我们一张棘手的牌,隐身而去,可能还在冷笑……但是,他不知道撒谎就像玩多米诺骨牌,撒了第一个就得撒第二个。其实,他很累,夜夜不能睡。不过,这样的对手并不可怕,因为他的底气就那么点儿,我们虽不是搞金融出身,但是在办案过程中不断地学习不断地充电,每次'打仗',我们也是做足了功课。所以鹿死谁手,看最后!"

与林植一起采访的细节印证了李江晖的话:坚持不断地学习是与对手对话最好的武器!

前任支队长任志强离任时,曾语重心长地给几位副支队长说:"千万别小看了我们的对手。在讯问凶杀、抢劫案件嫌疑人时,侦查员嗓门大,对手或许能被镇住,但是在讯问金融犯罪嫌疑人时,嗓门大,真的是没用。你说出来的专业术语不对,对方马上知道你几斤几两，表面上老实巴交，暗地里跟你玩虚的阴的，如果你掉进他挖的第一个坑，没出来，他马上就会挖第二个坑、第三个坑，最后往往被他牵着鼻子走，这案子就难办了。对于基本法律的掌握我不担心，我担心的是不停更新不停出现的新的金融知识。所以，每月一次的业务课千万不能停！"

周海峰接任支队长后，不仅固化学习制度，还将学习内容拓展扩大。比如，有一次，有位侦查员在嫌疑人家中搜查犯罪证据，为避免嫌疑人的未成年子女看到父亲被询问、家中被搜查，侦查员特地选在上午小孩儿已上学的时候。没想到，孩子因为没带课本返家，看到有几位陌生的叔叔在查自家的电脑，而且父亲一副畏畏缩缩的样子，孩子很吃惊也很害怕。侦查员小李灵机一动，马上笑着对嫌疑人说："你家电脑装的东西太多了，乱七八糟的。我们维修员在现场修不好的，可能要回公司帮你重装一遍。"说到这儿，小李还开玩笑地对孩子说，"你爸爸电脑水平真差。你比他好一点儿吗？"

小李一边说一边将电脑的主机拆下来，准备打包。

孩子一看是修电脑的，马上放心了，和爸爸说了声"再见"，就上学去了。

这个人性化的小细节成为攻破此案的关键点。嫌疑人很感激侦查员的灵机一动，让他维护了做父亲的尊严，也给了孩子"安全"的信息。他一五一十全部交代，而之前，他却是一直缄口不语。

每一个细节、每一条经验，都是相互学习相互提高的内容。一支队的学习讨论课，其意义绝不止上一节课那么简单。

学习作为一种机制，已是他们的铁定队规，这是因为工作特殊性的需要，更是一种负责任的职业操守。它能够使每位民警在获取、分享和实战中切实增强能力素质，助力青年民警成长，带动队伍整体能力优化升级。

采访到这儿，我想到了一个贴切的词儿——刀背。

刀的性能好坏离不开刀背，就像房子的房基一样。刀口当然是越锋利越好，但是刀背有时也会成为攻击的一部分，而且刀背是受力的支撑处，刀背打造的好坏直接关系到刀的最大承受能力和使用年限。一把刀的刀背裂了，那它的支撑力将大大减弱，也就是说，这把刀废了。

一支队党总支在加强队伍建设方面的决心和尽心，正是契合了刀背的含义，其意义深远而厚重。

近年来，上海市公安局党委、市局经济侦查总队党委对这支优秀警队也格外关注。经申请批准，将其升格为正处级，从人才储备到民警职务晋升上加以关心和扶持，为民警的职业规划创造条件，也为努力挖掘、培养金融犯罪侦查专业后备人才在警务机制上予以极大的支撑和保障。

这种激励是积极有效的，也是显而易见的。

近年来，一支队人才辈出。有林植这样的全国特级优秀人民警察，也有业务素质高、被提拔为其他支队领导干部的。据统计，上海市公安局经侦总队九个业务支队、两个综合部门的六十名领导干部，其中三十七人是在一支队成长起来的，占到了总队全部领导干部的61.7%。

我想，正是这种通过建立梯次表彰奖励、岗位能手破格提拔、培育民警职业成就感荣誉感等一系列机制体系，让每位民警都能够满怀信心地展现才华、实现自我价值。

也正是因为有了这把坚韧的刀背，蓝色刀锋始终闪亮锋利。近五年来，他们破获金融领域大案要案两百余起，为国家和人民群众挽回直接经济损失一百一十余亿元；发挥条线引领作用，牵头指导侦破各类金融犯罪案件九千余起；荣立集体一等功六次，荣获中共中央、全国总工会、共青团中央授予的全国先进基层党组织、工人先锋号、青年文明号，上海市委、市政府授予的上海市先进基层党组织、市模范集体等荣誉称号三十余项。

三天的采访马上就要结束，我想到了之前与侦查员韩伟峰的对话。我说每一起案件侦破之后，那是"潮平两岸阔，风正一帆悬"的境与界。

此刻,这种"境与界"在我的脑海里更加生动起来。

韩伟峰不与我说,是因为那一刻的感觉,没有此经历的人难以企及,所以他们轻易不与人言,甚至不与亲人言。

我想,若不说就举起酒杯吧——

让醇香浓烈的酒为他们洗去风尘,挥发疲惫,抚平心弦,激活智慧与体能,从头开始!

蓝盾在上,不负荣光!

(原载《啄木鸟》2017 年第 7 期)

天柱盲警

陈 晨

宽敞的大厅里，前方有一块巨大的屏幕，占据了差不多一面墙的面积。大屏幕由20多块电子屏组成，随时切换着各处的监控情况。大屏幕的对面，有一排操作台，上面摆放着电话和电脑。一位民警身着警服，眼戴墨镜，端坐在操作台前，在电脑上进行操作。民警的左臂已高位截肢，右手仅剩中指和小指。随着中指和小指在键盘上快速敲击，一行文字出现在屏幕上——某时某分，接报警人某某电话，某地发生一起交通事故……伴随文字的还有语音。

这是贵州省黔东南州天柱县公安局110指挥中心的接警大厅，使用读屏软件在电脑前操作的是天柱县公安局的民警张秀昊。

他是一位盲人,一位双目失明、一级伤残的盲警!

一

"如果知道那枚自制的炸弹早就埋伏在你 26 岁最美好的青春年华里,它将把你的人生炸得面目全非,你是否还愿意选择当一名警察?"

"如果知道 18 年前的那次处警会导致你双目失明、肢体不全,终生生活在黑暗中,你是否还要义无反顾以身犯险?"

这是 18 年里,张秀昊始终绕不开的话题,也是他在黑暗里思考时自问最多的假设。人生没有假设,"如果"没有意义。即便知道后果如此严重,结局如此惨烈,人生从此改写,18 年前,他依然会选择把危险留给自己。因为,他没有别的选择。

18 年前,在偏远的贵州黔东南州天柱县,不可能有精锐的排爆部队,不可能让战友冲在前面,不可能牺牲无辜的群众,不可能置之不理一走了之……这么多不可能,除了牺牲自己把危险留给自己,他哪里还有别的选项?

不是为了要当英雄,而是因为职责所在,使命所然。

当时他是天柱县公安局刑侦大队凤城中队的中队长,参与处警的只有他和同事李斌,而且冲锋在前一直是他出警时的习惯做法,把危险留给自己一直是他的行为模式。

那枚与他狭路相逢的自制炸弹,是他失明前仔细看过的最后一样物品,并且,此后的 18 年里,这枚炸弹无数次在他的梦中突然炸响,让他一次次唤起惊惧和剧痛的回忆。他永远记得它的模样。

那枚自制炸弹被装在一个鞋盒里,与两盒西洋参和一封匿名信一起,以礼物的形式,出现在了村民罗传政的出租屋内。匿名信上写道:"罗兄,听人说你在辣子坪发了大财,现我有事相求,恕不能登门拜访,送上礼物一件,望小心对付。祝美女如云,财源滚滚。黑旋风。"字写得歪歪扭扭,内容不伦不类,不知所云。

张秀昊事后才知道,其实那个报警人罗传政做下了亏心事,他婚内出轨，那间出租屋是他与情妇同居租借的房子。因为一直担心会被"教训"，所以一见到这个从天而降的"礼物"，他吓得心惊肉跳。但是面对前来处警的警察，他并不老老实实地交底，只说这个"礼物"来得蹊跷，十分可疑。

张秀昊遵照规范的程序迅速地对现场进行了勘查，记录了匿名信的内容，绘制了房内设施的方位图，并判断这个胶带封着的鞋盒里面很可能是自制的炸药。张秀昊所在的黔东南州天柱县，盛产贵金属，发生过多起不法分子私制炸弹炸山盗矿的案件。这种自制炸弹大多采用硝铵等材料，稳定性差，极易自爆，杀伤力极强。如果不及时把爆炸装置拆除，很可能会造成屋毁人亡的严重后果，而且这一带的房屋建得比较简陋，屋子连着屋子，一间房子爆炸，很可能殃及旁边的房子和村民。

情况紧急，张秀昊命令李斌带着当事人撤退："李斌，你们快撤，这里面很可能是炸弹！"

"让我来！"干过缉毒、巡警工作的李斌非常勇敢。

"你说了算还是我说了算？快走，万一是定时炸弹……"张秀昊不由分说，强行将李斌推出房间。

看到有警车在这里，越来越多的群众围过来看热闹。张秀昊一看，急了，严厉禁止群众继续围观，告诉他们屋内很可能有定时炸弹，责令他们立即疏散。群众一听，吓得四散而逃。

人群散去，四周出奇地安静，听得见心脏加速跳动的声音。张秀昊蹲下身子，定了定神，开始小心翼翼地拆除炸弹。时间一分一秒地过去，几分钟后，张秀昊撕下贴在盒子封口上的透明胶纸，成功地摘除了一枚电雷管。正当他轻呼一口气，以为爆炸装置被解除了，没想到，当他的手接触到盒盖的另一侧时，犯罪分子安装的另一套引爆装置接通了电源，只听见轰的一声巨响，他眼前一黑，失去了知觉……

这枚自制炸弹威力极强，砖木结构的房子被猛烈的气浪冲成一片废墟，退在外面但未远离的同事李斌和报案人罗传政都受了伤。所幸群众都已疏散，没有伤亡。

那天是 1998 年 12 月 19 日,那是他生命中最铭心刻骨的一天。从那天起,他再也没见到过太阳,再也没有见到过亲人的脸庞,再也没有见到过这个五光十色的世界。

二

张秀昊苏醒的时候,距离爆炸已过了整整三天三夜。

他不知道他已经在鬼门关上走了一圈,不知道在他昏迷的三天三夜有多少人在为他悬心。

他不知道上至省公安厅、下至县公安局的领导时时刻刻都在关心着他的生命,让医院不惜一切代价进行抢救。他的战友得知他大量失血,一个个红着眼圈、撸起袖子,抢着对医生说:"我来,我来,抽我的血,我是○型血……"此刻,他的血管里流淌着很多战友的血。

经过医院紧张的抢救,20 日凌晨,疲惫不堪的医生推着浑身缠满白色绷带的张秀昊走出了手术室。医生告诉大家:张秀昊的生命保住了,但双眼球已被摘除,左臂高位截肢,右手只剩两根手指,双耳耳膜被震破,右脚肱骨骨折。

尽管大家早有思想准备,但这个结果还是让候在手术室外面的家人和同事震惊不已,大家哭作一团。

昏迷了三天三夜后,从死神魔掌中挣脱出来的张秀昊,翕动着香肠一样肿胀的双唇,意识模糊地说出了被炸伤后的第一句话:

"枪,我的枪,记录本,李斌,群众……"

他的战友知道他在记挂着什么,连忙凑到他跟前告诉他:"张队,你放心,群众没事,没人受伤。李斌和报案人受了点儿伤,但没有生命危险。"

张秀昊缓缓地点了点头。

队友又说:"三名涉案的犯罪分子已经抓捕归案了。"

张秀昊又缓缓地点了点头。

张秀昊不知道,他被自制炸弹炸伤后,震惊了省公安厅的领导,要求全力破案,缉拿犯罪嫌疑人。他的战友们怀着极其悲愤的心情投入到侦查破案之中,很快查明此案真相,并抓捕了唐维政、杨清和、唐秀英三名犯罪嫌疑人。原来唐秀英是报案人罗传政的妻子,因为对丈夫与其他女人在外姘居不满,多次向弟弟唐维政哭诉,并且与弟弟一起密谋如何教训这个"禽兽"。唐维政决定为姐姐出气,就和朋友杨清和一起,用硝铵制造了炸弹,装在鞋盒里,放到了罗传政的出租屋里。得知把一名警察伤得那么重,三名犯罪嫌疑人后悔不已。

三

苏醒后,复原的过程缓慢而痛苦。尽管 26 岁的张秀昊体质良好、意志顽强,但来自体内的断裂和疼痛还是让他无法抵挡,时不时地陷入昏睡状态。间或醒来,浑身上下到处都是锥心刺骨的疼痛,整个人被纱布捆得严严实实,丝毫动弹不得。秀昊知道自己伤得很重,但仍然心存一丝侥幸,暗暗祈祷:断手断脚都不要紧,但一定不要伤到眼睛。

秀昊向家人询问自己的伤势,家人心有不忍,吞吞吐吐,欲言又止。十天后,秀昊脱离了危险期,伤势稍稍稳定。在他的连连追问下,妻子终于对他说出了眼球已摘除的实情。

他听了,如一记闷雷砸在了脑袋上,差点儿晕过去。最不愿意听到的消息,最担心的预想,最不能承受的结果,最终还是不偏不倚地降临到了他头上。起先,他和家人还有一些不甘心,缠着医生问,还向北京、上海大医院的权威眼科医生打电话咨询,有没有可能通过移植眼球的方式,让眼睛复明。得到的都是否定的回答,因为伤到的是玻璃体,整个眼球都已被摘除,根本没有复明的可能。

他听了,一次比一次沉默。他看到自己生命里亮着的灯一盏接着一盏熄灭,他想象不出用什么照亮未来的路。

妻子李兰怕他想不开,一遍一遍在他耳边告诉他:"以后,我就是你的眼睛,我会照顾你一辈子。"

他还是不说话。

他的父亲张孟修,那年60岁出头,从天柱县民族中学的语文老师的岗位上退休不久。在儿子面前,他永远都是一副镇定自若的样子,似乎在告诉儿子,有爸在,一切都会没事儿的。但是,有一天,他在上厕所的时候,突然想到儿子双目失明,只剩下两根手指,将来连上厕所都需要别人帮忙,后面几十年的人生之路该怎么走啊?不禁悲从中来,放声大哭。那一通长哭,如山洪,如海啸,让他积压在心底的悲怆奔泻而出。足足哭了半个小时,他才擦干眼泪,振作精神,重新走进儿子的病房。

眼泪流过之后,张秀昊的父亲心想,儿子已经这样了,要接受这个事实,一家人都沉陷在悲伤之中是没有出路的。他苦苦地思索着怎样在精神上鼓励儿子,让他有生活下去的信心和勇气。感谢苏联作家尼古拉·奥斯特洛夫斯基,他的那本《钢铁是怎样炼成的》曾经给多少困境中的人带来战胜困难的勇气,书中的主人公保尔·柯察金成了一个时代的精神偶像。这一次,保尔·柯察金又一次成了灯塔,指引着秀昊的人生方向,让秀昊获得了绝处逢生的力量。父亲从图书馆把《钢铁是怎样炼成的》借来,一页一页地读给儿子听。他以一个语文老师40年的修为读给他听,以一个父亲全部的爱读给他听,他期盼着他的朗读唤醒所有的神灵,庇佑着他的儿子坚强起来,他幻想着他的朗读延展成无数有力的臂膀,托举起他的儿子挺立起来……

父亲读累了,妻子李兰接着读,每个清醒的时刻,秀昊的意识都跟随着父亲和妻子的读书声走进保尔的精神世界。也许是因为榜样的力量,也许是因为亲人的安慰和陪伴,也许是因为性格中固有的坚强和乐观,张秀昊慢慢地接受了自己残疾的事实。

想到不能再给温柔的妻子和年迈的双亲增添新的悲痛,秀昊终于说出了知晓伤情后的第一句话:"我没事儿,你们放心。"

四

在万般煎熬中,张秀昊送走了他的 1998 年,迎来了他的 1999 年。从来没有想到过,辞旧迎新是一件如此让人伤感的事,因为他送走的是他耳聪目明、身手矫健的 1998 年,迎来的是身体残疾、缠绵病榻的 1999 年。

这天,他正躺在病床上听父亲读《钢铁是怎样炼成的》,突然听到了妻子的声音:"宇宇,叫爸爸,快叫爸爸。"随后,他听到了儿子迟迟疑疑的叫声:"爸……爸……"

20 多天没见到儿子,猛然间听到儿子的叫声,张秀昊一激灵,本能地想坐起来,挣扎了两下没能动弹,他沮丧得想落泪。他想起 12 月 19 日早上他离开家时,儿子张开小手要他抱,他亲了亲儿子说:"宇宇乖,等爸爸下班回来再抱你。"时隔三个星期,儿子就在跟前,但他残缺的手臂无法抱起儿子,失明的双眼无法看见心爱的儿子。

一同前来的母亲和岳母看到他黯然神伤的样子,连忙岔开话题,告诉他,今天是 1 月 10 日,是宇宇的一周岁生日,大家就在病房里给宇宇过生日。

陆陆续续地,来了很多家人,他的姐姐、哥哥,还有他的岳父、岳母,坐满了他的病房,所有的亲人都在说着吉利、宽心的话。

一周岁的宇宇,先是胆怯地看看这个浑身包着白色纱布的人,不敢靠近,后来在张秀昊柔声细语的召唤中,渐渐地听出了爸爸的声音,胆子慢慢地大起来,终于敢靠在病床边叫"爸……爸……"。

那一声声"爸……爸……",口齿不清,奶声奶气,钻进张秀昊的耳朵里,格外地动听,瞬间让他的心融化了。他忘记了伤痛,忘记了自己,心里只有这个小小的人儿。那一天,他的耳朵始终捕捉着儿子的一举一动,儿子走到哪里,他的心就跟到哪里。他感觉到自己的心里有柔柔的温情在慢慢地荡漾,他听到有一种力量从自己的心底慢慢地生长。那是爱的力量。

那一刻,他甚至有一丝庆幸,虽然自己已是残疾之身,但到底保住了生命,他的父母还有儿子,他的妻子还有丈夫,他的儿子还有父亲。只要人还在,那么希望也还在。

他想,既然不能看着儿子一天天长大,那么我就听着儿子长大吧。

五

几个月后,张秀昊出院了,回到家中休养。

处处都是看不见的障碍,处处都是意想不到的羁绊,处处都是难以预料的崎岖不平,再也不能来去如风,再也不能随心所欲,再也不能健步如飞,在一次又一次的碰壁过后,张秀昊不得不重新调整原先的行动模式,一点一点摸索着前进。

受伤前的张秀昊,是个喜动不喜静的人。受伤后,即使行动不便,他也不愿意坐在黑暗里胡思乱想。腿上的骨折慢慢痊愈后,他就一心想着要积极锻炼,逐渐恢复体力。

天柱师范学校的后面有一座山,名叫洪家山,山上有茂密的树林,还有一汪清泉,泉水不知名,但甘甜可口。以前,这座小山曾是秀昊和李兰的热恋之地,现在这里成了秀昊的康复和散心之地。每天清晨,李兰牵引着秀昊,穿过天柱县城的街道,穿过清晨的薄雾,穿过林中崎岖的小路,一步一步往山上爬。

清晨的小山上,幽静而宁和。树木无声,以华盖给他们庇护;鸟儿婉转,以鸣叫向他们问候;山泉叮咚,以甘甜给他们滋润。

在泉边,他和妻子李兰并排坐着,静静地听着风吹过的声音,他想起了很多年前与妻子最初相识时的情景。那时,他高大帅气,她窈窕漂亮,两人都喜欢运动,常常能在运动场上见到对方的身影。学生时代的他们,尽管彼此心生爱慕,但从来没有表白过,直到大家都走上工作岗位,才在热心人的撮合下,牵手走到了一起。

结婚后,秀昊的心里只有忙不完的工作,眼里只有破不完的案子,根本没有时间陪伴妻子,甚至在李兰生儿子的当天,他都没能陪在身边。

现在,他再也不能风风火火地赶来赶去,他终于安静地陪在她身边了。那一刻,李兰的心里有了小小的满足。

听够了鸟儿的歌唱,听够了泉水的和弦,他们就把带来的空瓶满满地装上泉水,背回家去。

有时候,他们还会一起去天柱县城郊外远足。天柱县城的东郊,有一个天然石柱,几丈高,取名"石柱擎天",天柱县由此得名。眼睛受伤之前,秀昊曾经多次看过石柱,如今故地重游,他只有靠回忆来想象石柱突兀峻拔、凌云擎天的风姿。那石柱,渐渐地成了他心中的图腾,内化为他对自己的精神要求。他想,男子汉大丈夫,也当如这石柱一般,顶天立地,岿然不动。

经过几个月的远足和爬山训练,张秀昊渐渐地恢复了体力,双腿重新有了力量。

行动渐渐自如以后,秀昊想到妻子还年轻,他不愿意连累妻子,不想让她终身都守护在他这样一个残疾人身边,他希望她有更好的生活,于是就几次三番主动提出要离婚,甚至不惜故意找茬儿,逼着李兰离婚。几次吵吵闹闹分分合合之后,俩人发现彼此谁也离不开谁。李兰对秀昊说:"我们这个家不能散,儿子还小,不能少了爸爸也不能少了妈妈,我们一家人风雨同路。"

是的,这一路注定会比别人走得更艰辛,所以更要与爱的人在一起,迎风送雨,携手同行。从此,她是他的眼睛,是他探路的盲杖,是他前行路上的灯盏;而他,则是她精神世界里的支柱,即便身有残疾,却依然是她可以倚靠的大树。他沉静的内心是辽阔的海,能够收纳命运给予的大不幸,也能够收纳日常生活中各种琐碎的小烦恼,他是她的主心骨。

六

张秀昊的英勇事迹经过国家、省、州等各级媒体相继报道之后,鼓舞和激励着广大群众,尤其在黔东南州公安系统的广大民警中引起了强烈的反响。

1999年5月,公安部授予张秀昊"全国公安战线二级英模"荣誉称号。

1999年9月,张秀昊在妻子和时任贵州省公安厅厅长姜延虎的陪同下,一起前往北京参加英模代表大会。平生第一次,他坐上了飞机,第一次到了北京首都,第一次来到庄严的人民大会堂,胸前佩戴着二级英模勋章,接受国家领导和公安部领导的接见。领导一边握着他残疾的手,一边关切地嘘寒问暖。尽管他看不到领导亲切的目光,但听着领导温暖的话语,他感受到了来自组织的肯定和褒奖,感到从未有过的光荣和自豪。

第二天清晨,晨曦初露,在公安部的组织下,张秀昊和另外50位英模代表来到天安门广场,观摩升旗仪式。张秀昊微微仰头,凝神站立,听到旗手嚓嚓嚓的步伐由远及近,整齐而有力。嘹亮的小号声穿过晨雾清脆地响了起来。从来没有觉得《义勇军进行曲》是那样动听,那样鼓舞人心。他感到有光植入了自己的体内,身体里的小宇宙重新有了光亮,他分明看到五星红旗在冉冉升起,迎风招展。那一面红旗,像一把升腾的火炬,照亮了他的人生之路,让他重新有了前进的方向。他情不自禁地站直身体,举起右手,庄重地敬礼!

升旗仪式后,他用仅存的两根手指抚摸人民英雄纪念碑,有摄影记者抓住这动人瞬间,拍下的新闻照片标题叫《听升旗》。

这一次的"听升旗"给予张秀昊的感动和影响是极其深远的。这些年里,每当他遇到困难险阻,感到自己无力突破重重困境的时候,他的脑海中总会响起嘹亮的国歌声,仿佛又看到五星红旗冉冉升起,他的心里就会重新升腾起无穷的勇气和力量。

七

时间是疗愈伤口的良药,时间也是掩盖光芒的砂砾。当所有的伤口都渐渐愈合，所有的褒奖和关注都渐渐淡去，必须直面残疾人生活时，张秀昊才知道原来自己要面对的困难比预想的要大得多，不是仅仅靠意志品质就能克服的。最难对付的是无边无际的寂寞和无所事事的空虚无聊。山区的电视台早早地就没有了节目，电台的信号也时断时续，每天都有大把的时间不知道如何打发。每天都是漆黑的夜晚，长夜的后面还是长夜，永远等不来天亮，永远被滞留在命运的深谷，永远等不来救援。每当夜深人静的时候，张秀昊总是难以入睡，他焦虑，他绝望，他暴躁，他觉得自己每天都在混吃等死，只会连累家人，他甚至一度觉得生无可恋。

张秀昊的父母和妻子看在眼里，痛在心里。张秀昊的父亲还是想用保尔·柯察金激励儿子，他说："你写吧，你小时候语文基础很好，我相信你可以成为一个作家。"要想成为作家，当然首先要解决一个书写的问题。父亲把秀昊带到盲校，但是盲校老师仔细看了看，张秀昊左臂已截肢，右手只有两根手指，只好遗憾地摇了摇头说，学习盲文要靠十指的触觉去摸，他只有两根手指，根本没有学习的条件。

张秀昊不想让父亲太失望，就说，盲文学不成，那我就试着自己写吧。但是哪有那么容易啊？在平面的纸上，完全找不准方位，一写，所有的字都挤到了一堆，根本无法辨认。父亲苦思了几天，找来几张硬纸片，在上面刻上凹痕，让儿子再试试……

试试，再试试。失败了，换一种方式再试试。尽管很多尝试看起来是徒劳的，也没有听说过其他盲人有成功的先例，但张爸爸始终相信天无绝人之路，他心中永远有一个信念，他的儿子终有一天会把他内心的所思所想自如而流畅地书写出来，他会成为一个自强不息的作家，一个永不言败的勇士，一个不向命运屈服的强者。

坚强的父亲和坚强的儿子，组成了抗击命运的强大组合，他们始终在寻找从困境中突围的途径，始终在寻找一条光明的出路。

终于，转机出现了。

2002年，张秀昊的大哥替他找到了一种可以帮助盲人上网浏览网页、阅读文章的电脑软件。尽管这套软件功能不全，使用起来很不方便，但是张秀昊一家看到了希望。2004年，张秀昊终于通过媒体发现了永德读屏软件，利用它可以上网浏览、聊天儿、收发电子邮件，更重要的是，还可以用它来打字，现代电脑及互联网的各种功能盲人都能够借助它使用。就像当年哥伦布发现新大陆一样，张秀昊为这一新发现激动万分，他又重新能够读书，能够了解外面的大千世界，能够写自己想写的东西了！

张秀昊在家人的帮助下买来了电脑，一个星期后，又收到了那套软件。从此，每天除了五六个小时的睡眠和吃饭时间外，秀昊都坐在电脑前孜孜不倦地学习着。他用残缺的半节拇指和食指去配合中指、小指来按键，遇到用残缺手指不能兼顾的时候，就用嘴咬住一支铅笔去按住一个键，再用右手按其他键，也学着用中指一个键一个键地摸索着敲击出一个个字……

八

有了电脑之后，最让张秀昊高兴的，是他可以自由地徜徉在辽阔的网络世界里，进行浏览和阅读。

他在网上阅读了很多适合儿子听的故事，临睡前讲给儿子听。《安徒生童话》《格林童话》《西游记》《皮皮鲁和鲁西西》等，这些都是儿子小时候爱听的故事。李兰见宇宇喜欢听故事，也曾试过用录音机放故事磁带给儿子听，但宇宇不要，说爸爸讲的故事好听。临睡前的亲子故事时间，是儿子宇宇的快乐时光，也是秀昊最享受的幸福时光。躺在他怀里的小生命，那样无条件地依赖着他，让他如此满足和感激，也让他满怀辛酸和愧疚，他总是觉得亏欠儿子很多，不能像其他父亲那样带着儿子奔跑、游戏。每天晚上给儿子讲故事，这是他唯一能给儿子做的事。

让秀昊和李兰欣慰的是，在这种特殊环境里长大的宇宇，懂事而善良，从小就知道体谅大人。

宇宇三岁的时候，和爸爸一起去奶奶家。一开始他好好地牵着爸爸的手，快到奶奶家时，他放开爸爸的手，自己飞奔着跑去了奶奶家。奶奶看到宇宇一个人来了，就问他，爸爸呢？宇宇说，爸爸在后面。奶奶急了，连忙出去把秀昊接回来。到家后，奶奶跟宇宇说："爸爸眼睛不方便，出门的时候，你要保护好他，不能把他一个人丢在路上，听到了吗？"这是三岁的宇宇第一次听到大人把爸爸的安全托付给他，懂事地点了点头。

从那时起，宇宇就成了爸爸的好向导，带着他过马路，带着他散步，带着他去操场上跑步。

宇宇上幼儿园了，秀昊和李兰每天早上一起送他去幼儿园，中午一起接他回来。突然有一天，宇宇悄悄地跟妈妈说，以后不要让爸爸去幼儿园，只要妈妈一个人接送。

李兰觉得很奇怪，就问宇宇怎么回事。

宇宇委屈地说，幼儿园里的小朋友嘲笑他有个瞎子爸爸。

李兰听了，心里很难过，告诉儿子："你爸爸是英雄，是为了保护别人才受的伤。"她把秀昊受伤的经过告诉了儿子。宇宇边听边哭，那时他才四岁，很多事情似懂非懂，但他小小的心里对勇敢的父亲充满了崇敬，他为自己有个英雄爸爸而自豪。

秀昊把对儿子的爱写进了一篇文章，文章的题目叫《儿子，爸爸在听着你长大》。他在文中写道："儿子，从你在爸爸的病房里蹒跚学步到现在成为爸爸出门的向导，从你的牙牙学语到现在你读课文的朗朗书声，爸爸从声音里感觉着你一天天长大。在那生命一百八十度转向的时刻，在那段从天堂到地狱的痛苦挣扎中，在那从对五彩缤纷的眷念到平静地面对无尽的黑暗，从可以天马行空自由翱翔到必须小心翼翼、亦步亦趋，儿子啊！你都似放入咖啡里的那块方糖，成为冲淡爸爸心中苦涩的甜蜜。"

尽管不能像其他的父亲那样陪伴儿子成长，但像所有望子成龙的父母一样，秀昊对于儿子的教育从来都没有放松过。对于儿子的品行，他言传身教，教给儿子做人的道理，用自己的意志品质影响儿子。

儿子从小的学习，也都是秀昊自己在抓。宇宇上了小学三年级,开始学英语,但他似乎不太喜欢英语,英语成绩不够理想。秀昊很着急,就每天晚上帮着宇宇一起背诵英语单词。宇宇读单词,秀昊把单词记录到电脑上,考查时,秀昊戴上耳机,说出中文意思,让儿子拼写出英文。这项考查工作从宇宇三年级开始,一直持续到宇宇高考前一个星期才结束。其实宇宇在学习上是个自觉的孩子,逐渐长大后,并不真的需要父亲天天盯着背单词,但也许是因为习惯成自然,也许是因为父子二人都很享受背单词过程中互动的感觉,所以才会坚持了十年。爱是彼此的需要和彼此的成全,坐在一起背单词的场景,是父子二人心中永远珍藏的画面。

在秀昊持之以恒的督促之下,2015年,宇宇成功地考入了上海大学。

秀昊的家庭是一个侗族家庭,随着民族的融合,他们的生活方式都已逐渐汉化,但他们身上还保持着真诚朴素的本色,正直向上,重亲情,重友情。秀昊的父亲去年生了一场病,病愈后记忆力严重衰退了,与人交流时,常常会长时间地沉默,似乎不知道如何插入谈话,又似乎忘记了要说什么话。逐渐老去的父亲,永远心疼着自己的儿子,常常会在长时间的沉默之后,时不时地冒出几句一辈子铭心刻骨的话。他说:"我的脑子不大好了,很多事情记不住,但秀昊受伤时的样子我都记得。"还说,"宇宇是秀昊的命根子,是他的全部。"是的,宇宇是秀昊的命根子,秀昊又何尝不是他父亲的命根子呢?血脉相连的两对父子,身体里流淌着同样的血,传递着同样宽广而博大的父爱,传递着生生不息绵延不绝的薪火,也传递着人间最平常而又最深情的爱的力量。

九

凭借着盲人读屏软件,秀昊一步步进入广阔的互联网世界里,也在"爱盲互联语音聊天室"里结识了很多盲人朋友。境遇相同的人,因为同病相怜,所以更能彼此理解与关心。虽然大家都是生活在黑暗中的人,但都能依靠透亮的心,感知来自同类人群的温暖和友谊。在热心盲人网友的帮助下,秀昊学会了使用 QQ 等聊天工具和电子邮件与网友们交流,学会了在浩瀚的网络世界里获取自己需要的信息。

在和其他盲友的交流中,秀昊也学会了更多的生活技能。2004年年底之前,秀昊从来没有一个人出过门,一旦需要外出,总会有家人、同事陪伴。有一次,在网上聊天儿时,一位上海的盲友告诉秀昊,你可以尝试着自己一个人出门,试过了,你会知道其实并没有想象中那么困难。听了这位盲友的话,秀昊大受鼓舞。在家人的帮助下,他添置了盲杖,独自一个人一步一步探向久违的街区。起初的尝试当然也会磕磕碰碰,但经过几次训练后,秀昊对周围的环境越来越熟悉,在一些经常活动的区域,完全可以自己一个人自如地来回。

在网上,秀昊也用自己的专业知识去帮助其他盲人朋友,一度他还应聊天室主持人的邀请,每周四晚上在"爱盲互联语音聊天室"给盲人朋友们讲解法律知识。上警校期间学到的法律知识不够用了,他就在网上寻找有关资料,先自学充电,然后再去讲解,这一讲就是三个月。

坐在电脑前的秀昊,似乎回到了跑跳自如的从前,让他重新变得自信和快乐。每天除了吃饭、睡觉和锻炼身体外,他大多数时间都在电脑前度过。上网读书、写作、与盲人网友们交流成了他主要的生活内容。有了电脑的陪伴,寂寞远离了张秀昊的世界,生活重新变得有声有色。

秀昊自小就爱好文学,有着较好的文字功底,有了电脑以后,他开始了自己的创作。他把自己热爱生活、乐观向上的思想感情表达在字里行间,创作了近十万字的诗歌和散文,先后有《珍惜生命》、《享受孤独》、《电脑引领我走出生命的冬天》等 17 篇作品在《人民公安报》、《贵州都市报》、《盲人月刊》等报刊发表。

十

　　熟练掌握了电脑操作后，重回岗位的念头不断在张秀昊心中滋长，像一团火苗越烧越旺。

　　那一顶镶着国徽的警帽，曾经牵引过他幼年时敬仰的目光，承载过他少年时的梦想。穿上帅气的警服，做一个除暴安良的好警察，一直是他的职业理想。高中毕业那年，他不顾父母反对，毅然选择考入警校，经过刻苦的专业训练，成为了一名光荣的人民警察。

　　他知道，自己始终是用生命在爱着警察这个职业、这支队伍，做梦都想早日归队。

　　1998年受伤后，刚刚苏醒的秀昊，对着一直在等他醒来的领导说："等身体康复了，我一定尽快归队。"这位领导已经从医生处知道了秀昊的伤情，想想秀昊这辈子再不可能归队了，忍不住掉转身去悄悄地抹泪。

　　2001年、2003年，张秀昊先后两次向县公安局领导提出工作要求，申请去值班室接电话，领导从爱护他身体考虑没有批准。

　　2007年9月，在前往省公安厅开会途中，张秀昊得知目前局里已基本实现了电脑化、网络化，自己完全可以胜任110接处警的工作，更加坚定了重返工作岗位的决心。回到家，他用自己仅存的两根手指在电脑上打出了《关于请求重返工作岗位的申请》。

　　次日，在妻子的搀扶下，秀昊走进局长办公室，郑重地递交了申请书。他说："我提出重返工作岗位的请求，并不是心血来潮，而是我这九年来都未泯灭的愿望。我才35岁，实在不甘心自己的下半辈子就在碌碌无为、无所事事中度过。"这一字字、一句句掏心窝子的话，深深地感动了在场的每一位局党委委员。局党委经过慎重考虑，报经州局党委，最终批准了他的请求。

　　2007年11月13日，张秀昊在失明了九年之后，重返工作岗位。上班的第一天，秀昊换上崭新的警服，穿上锃亮的皮鞋，在妻子的搀扶下,走进了公安局大院。那是一个爽朗的晴天,秋日的阳光明净而温和,同事的招呼热情而友善,无不让他心生欢喜。当年锥心刺骨的折磨有多痛苦,今日重生的喜悦就有多强烈;当年独坐黑暗里有多孤独,今日被战友情谊包围就有多温暖。向死而生,凤凰涅槃,久违的幸福从他心底慢慢地弥漫开来。

失而复得的工作机会,让张秀昊无比珍惜。他以最大的热情投入到110指挥中心的工作中,以期尽快适应新岗位。为了尽快熟悉和掌握接处警系统的运用,他死记硬背系统的项目,用两根手指慢慢地摸索和敲打键盘,一遍遍地练习。就这样,凭着顽强的毅力,他仅用一个星期的苦练,就准确无误地掌握了这套系统运用,熟练地投入到接警工作中。每个星期五,他都根据接处警情况,认真分析政、社情动态和发案规律、特点,把警情分析材料上报局里,为局党委决策提供依据。

张秀昊所在的天柱县110指挥中心,为了建"天网"工程的需要,2014年搬出了县公安局大院,搬到距离县局本部两公里的特巡警大队驻地办公。

在这个指挥大厅里,只有张秀昊一个专职民警,协同他的是几位年轻的协警。由于当地协警的待遇相对较低,人员的流动就比较大。所以张秀昊还有一个任务是培训和带教新成员,但常常是一个新来的协警刚刚培养好,没过多久,又因为找到了更好的出路而辞职了。

虽然这里只有秀昊一个专职民警在带队工作,但天柱县公安局的领导对指挥中心的工作很放心,因为秀昊在这里,他比谁都尽责。黔东南州公安局指挥中心的领导说,全州16个市、县的指挥中心,天柱县指挥中心的110接警记录最规范。这些接警记录每一笔都出自张秀昊之手,即便其他人记录了,他也会很不放心地"看了再看",直到规范为止。

从2007年11月重返工作岗位,到如今,张秀昊已连续工作了九年多。九年来,他和战友们一起共接处有效报警47970起,没有发生一起接处警不当的事故。

在天柱县公安局每个民警的办公桌上,都放着一块牌子,上面写着:"向英模张秀昊同志学习,争做优秀人民警察。"张秀昊身残志坚、乐观向上、不畏困难、热爱工作的精神,感动着全局民警,也激励着全局民警奋勇前进。

他越做越得心应手,越做越有信心。工作着的张秀昊是充实而愉快的,当每天的时间被工作填满、每天的活动都与这个世界发生着紧密联系时,他感觉到自己是个对社会有用的人。

他的精神激励和鼓舞了无数的人,党和人民也给了他更多的荣誉:2009年,被评为第三届"我最喜爱的十大人民警察";在争创人民满意的公务员活动中记个人二等功一次;荣获全国青年"五四"奖章、全国道德模范提名奖;被授予"全国自强模范"、2011年全省优秀共产党员等荣誉称号。他被誉为"中国的保尔"、"贵州的张海迪"。

十一

经历了生死的张秀昊,对人生有了更深的感悟。当年,他那只残缺不全的右手终于挣脱了绷带的束缚重获行动的自由时,他迫切地想用它干点儿什么。哥哥给他递上笔和纸,他在黑暗中摸索着一笔一画地写了四个字:珍惜生命。他看不见他写的字,但这四个字已工工整整地镌刻在了心上。

18年前,他无意成为英雄,只是因为根植在内心的责任和担当意识,让他做出了那样的选择。重返工作岗位后,他也无意获得那么多荣誉,他只是觉得既然在岗位上,他就有责任把工作做好。他觉得工作着就是幸福的,能够做一个对社会尽责的人,就没有虚度这一生。

当年,当他深陷命运的低谷之时,他的父母、妻子、儿子给了他强大的支撑;如今,他的父母逐渐老迈,他的妻子体弱多病,他的儿子正在成长,张秀昊再一次感到重任在肩,他必须强大起来,成为全家人的精神支柱,就像他父亲当年一样。

这贯穿他生命主线的责任意识，并不是他想刻意表现，正是因为发自内心，因此可以穿透命运的尘埃，穿透崎岖的岁月，把性格磨砺得无比刚强而又无比柔韧，把生命的质地锤炼得无比坚硬而又无比精纯。

这一生，他只能生活在黑暗里，但他的心始终无比敞亮，有责任，有尊严，有崇高的理想，有柔软的希望。

他，始终如同天柱县城东郊的石柱，突兀峻拔，凌云擎天，傲然屹立于天地之间！

（原载《东方剑》2017年第2期）